劉 芽龍
LIU MAYRON
釣部 朱陽
TSURUBE AKEHI

????
赤井 鬼灯
AKAI HOZUKI
CHARACTER
[HIGH!] SCHOOL HACK & SLASH

CONTENTS

ハイスクールハック
アンドスラッシュ6

竜庭ケンジ

BRAVENOVEL
ブレイブ文庫

開幕

「う〜ん。今日はお掃除日和だねぇ」
ガラリと窓を開いた蜜柑《みかん》が、雲ひとつない空を見上げる。
遠くから聞こえてくるのは鳥の声、うるさいほどに鳴き始めた蝉の声。
車や電車など、人の営みが作り出す雑音はない。
周囲を山々に囲まれた豊葦原《とよあしはら》学園は、人里から隔離された陸の孤島だ。
小さな田舎にある学舎ではない。
巨大な校舎と、それに相応しい生徒の人数。
外界との接点である駅から学園へと繋がっている学生街。
それはまさに、自然の中に埋もれた学園都市だった。
「よ〜し。それじゃ、作業を始めよう〜」
元気で可愛らしい蜜柑の号令に、同じくらいに可愛らしい声が唱和する。
そこは安っぽいプレハブ造りの空間だ。
彼女たちが所属している『C』ランク倶楽部、『神匠騎士団《アデプトオーダーズ》』の正式な部室である。
倶楽部活動は学園生活の重要なファクターだ。
学園においての倶楽部とは、スポーツや文化的活動を目的としたグループではない。

ダンジョン攻略。

それが豊葦原学園の生徒に課せられた目的であり、授業も施設も、そして倶楽部活動も、ダンジョン攻略をサポートするシステムの一環になっていた。

「しばらく放置してたけど、やっぱり埃っぽくなるかな」

彼女たちの代表である蜜柑、その隣で箱を抱えている凛子《りんこ》が苦笑していた。

小柄で愛らしい体軀をした蜜柑とは違い、大柄な凛子は発育もよろしかった。

対照的なコンビであるふたりは、彼女たち職人組十二名のまとめ役になっている。

それは前身の倶楽部、旧『匠工房《アデプトワーカーズ》』時代から変わっていない。

「使ってない部屋にもゴミが溜まっていくのって、どう考えても理不尽だわ」

ぶつくさと文句をいいながら、真っ先に雑巾がけをしている久留美《くるみ》だった。

「エントロピー増大の法則だよね、柿音《かきね》ちゃん」

「だね、智絵理《ちえり》ちゃん。あっ、それは部室に持ち帰るから、こっちのコンテナに」

並んで棚の整理をしていたふたりが、持ち帰り用コンテナボックスに備品を追加する。

このプレハブ部屋こそが本来の部室であるのだが、彼女たちが普段活動しているのは仮部室のほうだ。

とある女子寮に設置されたその出張仮部室は、寮生からも好意的に受け入れられている。

いまだブチブチと愚痴っているのは寮長のみであった。

「お掃除は手間になっちゃいますけど、この部室がこのまま残るのは嬉しいかもですね～」

箒を手にした杏《あんず》に、はたきを手にした桃花《とうか》が頷いた。

「私も同じ気持ちです。いろいろな思い出もありますし……」

蜜柑を除いた彼女たちが、今のパートナーである『彼』と初めて遭遇したのはこの場所だった。

当初は部長に悪い虫が寄ってきたと、排除する気マンマンであったのもいい思い出である。

「倉庫の封印は生きてるね。流石《さすが》に泥棒さんは来ないか」

バインダーを片手に在庫チェックをしていたのは市湖《いちこ》だ。

放置されているこちらの部室だが、フリーマーケット用の倉庫として活用されていた。

月に一度グラウンドで開催される青空市場では、ダンジョンから回収してきたアイテムを、彼女たちがカスタマイズして安価で提供している。

「秘密の地下倉庫にも侵入者の形跡はありませんでしたー！」

「秘密のキノコ畑もイイ感じに育ってました」

床板をバーンッと開いて顔を出したのは、無駄に元気いっぱいの梅香《うめか》だ。

その隣から、ひょこっと顔を出したのは朱陽《あけひ》だった。

「あのね、ふたりとも。いつの間に地下スペースを作ったのかな？」

「あ、あはは。秘密基地っぽくなっちゃってるね」

頭痛を堪えるような凛子に、苦笑いしている蜜柑。

「問題、なしです。麻鷺荘《あさぎそう》、同じです？」

「秘密基地は……大事、ですよ」

ナチュラルに首を傾げているのが芽龍《めいろん》で、声は小さいが気合いの入っているのが鬼灯《ほおづき》だ。

滅多に自己主張をしない鬼灯だが、ふすふすと可愛らしく鼻を鳴らしていた。

「何かあっても……秘密基地があれば……きっと助けに、来てくれるから」

言葉足らずな鬼灯の主張も、彼女たちには誰を指しているのか理解できた。

それは『神匠騎士団《アデプトオーダーズ》』の部長であり、彼女たち全員のパートナーでもある男子。

無愛想で、ぶっきらぼうで、常識知らずで、それでも自分たちはとても優しい男の子だと知っている。

「まあ、あの馬鹿なら、文字どおりに飛んでくるでしょうけど」

そっぽを向いた久留美の言葉は疑いようもない。

だが、それでも彼女たちは、自分を御伽話《おとぎばなし》のお姫様と重ねることなどできはしない。

彼女たちの過ごしてきた学園の日常が、甘い幻想を許さなかった。

たとえ王子様が、どれほど理不尽の権化《ごんげ》であったとしても。

踞《うずくま》って待っているだけでは、何も変わらず、ただ救われることはあり得ないと思い知っている。

故に彼女たちは、ただ待つことなど、もうできるはずがない。

たとえ戦う力がなくとも、諦めの中で踞ることだけは止めたのだ。

自分たちにできるのは、あらゆる状況を想定し、準備し、用意をすること。

戦う者をサポートするバックアップ要員。

目立たず、活躍が賞賛されることはなくとも、それは自分たちにしかできない仕事。

そして『彼』も、ちゃんと自分たちを認めてくれている。

「うん。じゃあ、ちょっとだけ……こっちの部室も改造しちゃおうか？」

悪戯っぽい蜜柑の微笑に、みんながコクコクと頷き合っていた。

＊＊＊

「……はっくち」

妙に可愛らしい音を出した乙葉《おとは》先輩へ、静香《しずか》がジト目を向けていた。

「乙葉先輩。クシャミがあざとすぎます」

「べ、別に狙ったわけじゃないわよ？」

寝相の悪い乙葉先輩なので、お腹を出してグースカ寝ていた影響だと思う。

ぱっと見は美人でスタイルもいい先輩さんなのだが、相変わらずの残念っぷりだ。

「虚言、です」

「きっと可愛い路線で媚を売る計画、です」

「海春《みはる》ちゃんも夏海《なつみ》ちゃんも、人聞きの悪いことは言わないように」

静香の後ろから顔を出した双子が、いつものように乙葉先輩を弄っている。

最近は見慣れてきた感のあるボケとツッコミトリオであった。

だが本来、寮長を務めている乙葉先輩はともかく、俺たちは麻鷺女子寮の新参メンバーにすぎない。

特に俺や誠一《せいいち》のような男子は、女子寮では完全に異物である。

「旦那様〜。これで最後ですよ〜」

元気いっぱいに階段を上ってきたのは、ポニーテールの侍少女である沙姫《さき》だ。

抱えているランドリーバスケットには、色とりどりの洗濯物が詰まっている。

いや、今は心を無にして天日干しのお手伝いをしよう。

今日は久し振りの晴天なのだ。

部室の掃除に出向いた先輩たちの分も頼まれている。

羞恥プレイの一種かな、と思わなくもない。

下着が悪用される可能性もあるというのに。

「叶馬《とうま》くんがパンツかぶってエヘエヘ笑ってたら、ちょっと失神するくらい怖いかも」

「誠一よ。代わりに制裁を頼む」

「俺も手が離せねえよ。つーか、麻衣《まい》もサボってないで手伝え」

「うえぇ、面倒臭いんですけど。洗濯物とか乾燥機で充分でしょ」

俺と誠一は麻鷺荘のベランダに、洗濯ロープを張り巡らせていた。

天日干し会場の設営作業である。

俺たち以外の寮生も干しに来ているから、圧倒的にスペースが足りなかった。

学園の学生寮は、ほぼ自治区みたいな扱いだ。

維持管理作業も寮生の手に委ねられている。

まあ、男手が必要なシーンであれば喜んで手を貸そう。

俺たちのような怪しい面子を受け入れてくれた寮生への恩返しである。

「ふぅ。だいたい、こんな感じでしょうか」

額を拭った静香がベランダを見渡した。

青空の下、ひらひらと舞っているのはほとんどが下着である。

なかなかに華やかでカラフルな光景。

だが、やはり中身とセットになっていてこそ、真のバリューが生まれると思う。

「今日は一日晴れるみたいだし、このままでも大丈夫でしょう」

「梅雨晴間《つゆはれま》、ですね」

並んで空を見上げている乙葉先輩と静香は、何というか絵になった。

ふたりとも中身はさておき、外見は美少女なので。

ジト目を向けてきた静香さんからルッキングアウト。

「流石にちょっとくたびれたな。中でひと休みしようぜ」

「ああ……へっぷし！」

おっと、可愛らしくないクシャミが出てしまった。

誰かが俺の噂をしているのだろうか。

同時に、空で何やらピカッと光ったように見えたのは気のせい。

「いや、おい、マジかよ……降ってきやがったんだが？」

「嘘でしょ。干したばっかりなのにぃ！」

空からポツポツと降ってきた雨粒に、みんながパタパタと慌てていた。

「叶馬さん……」

「誤解だ」

静香にため息を吐かれたが、自然現象まで俺の所為《せい》にされても困る。

それに慌てる必要はない。

どうせすぐに止む。

いやまあ、そんな気がするだけだ。

第五十九章　ネクストステージ

倶楽部対抗戦が終わり、六月も終盤となっていた。

お祭り騒ぎだった校内の空気も落ち着いている。

シトシトと降りしきる梅雨空は憂鬱だが、ようやく学園生活にも余裕が出てきた感じ。

学園のイベントとしては七月の当初に期末テストが待っているが、それを過ぎれば夏季休暇ということもあって、のんびりとした雰囲気になっている。

ダンジョンの攻略も順調に進み、今は十層にまで到達していた。

一気に様変わりしたダンジョンの様相にはビックリした。

だが、複数の合同パーティーである『軍戦《レイド》』が組みやすいフィールドなので、俺たちには好都合ではあった。

なによりレイドクエスト『海淵の悪魔』クリアで稼いだ経験値により、俺を除いた参加者はみんなクラスチェンジを果たしていた。

上位クラスになれば、全ての能力が一段階引き上げられる。

その『力』を馴染ませるには訓練が必要だ。

「ヤッ、ハァ！　セイッ！」

びゅう、と長物を振るった乙葉先輩が、流れるように演舞を続ける。

切っ先に返しのついた穂先が、空中に青い軌跡を描く。

手にしているのは『竜の鱗穿つ鯨銛《ドラコスケイルピアッシングハープーン》』という、トリプル銘器《ネームド》のマジックアイテムだ。

それぞれ『竜因子《ドラゴンジーン》』と『甲鱗《スケイル》』と『貫通《ピアス》』の銘が刻まれている。

トリプル銘器にもなれば、普通に入手可能なマジックウェポンでは最高ランクになるそうだ。

こうしたレイド産とは違い、宝箱産で複数の『銘』が入ったマジックアイテムは完全ランダムで『銘』が刻まれている。

衝撃を吸収するハンマーや、切れ味のいい盾など、噛み合わせの悪い効果も普通についてくるらしい。

全て実用的な『銘』が刻まれたマジックアイテムは、誰もが欲しがる逸品となる。

私にぴったりだよね、えっでも私が使ったほうがいいよね、嫌だ～私が使うの～、と駄々を捏ねまくる乙葉先輩を、みんなで生温かく弄って遊んだ思い出。

実際、クラスチェンジ前に『竜の鱗穿つ鯨銛』をゲットできたのは、乙葉先輩にとって大きな契機だったに違いない。

「竜爪《ドラゴンクロー》！」

振り下ろされた穂先で、見えない爪痕が地を抉《えぐ》っていた。

乙葉先輩の情報閲覧《インターフェース》を改めて確認する。

名称、『青葉山《あおばやま》 乙葉』
種族、人間
属性、加護（雷）
階位、10＋20＋30＋1
能力、『人間《ヒューマン》』『戦士《ファイター》』『騎士《ナイト》』『竜騎士《ドラグーン》』
存在強度、☆☆☆
「豊葦原学園弐年戊組女子生徒」

戦士系第三段階クラス、『竜騎士《ドラグーン》』にクラスチェンジしたばかりだ。

最初に見た時は『聖騎士《パラディン》』と『戦乙女《ワルキューレ》』しか選択肢になかったのだが、『竜の鱗穿つ鯨銛《ドラコスケイルピアッシングハープーン》』を手にしたら追加で増えていたクラスである。

クラスチェンジにはいろいろと妙な条件がある模様。

タンク系の騎士クラスでも、攻撃偏重型のレアクラスであるそうだ。

「ぶっちゃけ攻防一体の強クラスだし？　いやー、もう参っちゃうなー。ハイランク倶楽部からスカウトされちゃったらどうしよう～……って、えっ、えっ？」

「乙葉先輩が調子に乗っておられるようなので、やらかす前に釘を刺しておきましょう」

「連行、です」

「あっち、です」

海春と夏海に両腕をロックされた乙葉先輩が、静香と一緒にどこかに連れて行かれてしまった。

乙女らしからぬ悲鳴が聞こえてきたが、スルーして差し上げるのが良心。

「――……」

鯉口《こいぐち》を切った刀に手を添え、静止していた沙姫が吐息を吐いた。

麻鷺荘の東側に、新しく拓かれた鍛錬場。

その端に何本か打ち込まれている巻き藁《わら》が、斜めにズレ落ちた。

たぶん、居合か何かだったのだろう。

見えなかったし、音すらも聞こえなかったが。

名称、『南郷《なんごう》　沙姫』
種族、人間
属性、加護（雷）
階位、20＋20＋30＋1
能力、『超人《オーバーマン》』『剣士《ブレイダー》』『剣　豪《ソードマスター》』『刀　王《ブレイドロード》』
存在強度、☆☆☆
「豊葦原学園壱年寅組女子生徒」

沙姫もクラスチェンジしたばかり、というかみんなの足並《レベル》みが揃った状態だ。

乙葉先輩とちょっと違う部分があるようだが、まあ気にしない。

「無駄なＳＰがない状態がすごくイイです。パワーアシストが働いてないというか、今の内に基礎をおさらいしておきます」

真面目モードの沙姫さんが、型らしき演舞を繰り返す。

ゆらりと、ゆっくりした動きなのに、目で追えない合間があった。

『殺害』を突き詰めて、連綿と練り上げられてきた刀術。

その動きは美しくも、どうしようもないほどの怖さが含まれている。

放っておくと徹夜して刀を振ってそうなので注意しておこう。

しかし、この『情報閲覧《インターフェース》』スキルでの個人情報確認は、プライバシーの侵害になってしまいそうなので自重したほうが良さそうだ。

石榴山でバージョンアップして以来、見ようと思えばいろいろな情報が覗けてしまう。

仲間たちのクラスチェンジに使うくらいがちょうどいい。

ちなみに、静香は『巫女《ミコ》』から『斎女《イツキメ》』に、海春は『司祭《プリースト》』から『司教《ビショップ》』に、夏海はサブクラスが開放されたので新しく『測量士《サーベイヤー》』クラスを取得している。

蜜柑先輩たち『職人《クラフター》』系もサブクラスが開放されていたので、本人の希望を聞いて新しいクラスを取得済みだ。

少し目についたところでは、静香の種族が『眷属』になっていたり、双子シスターズの能力に『完全同期《パーフェクトユニゾン》』とか『感覚外知覚《ESP》』とかいう、マックスレベル1の謎スキルがあったりしたが、まあ気にしない。

俺自身のデータも、もう何か訳がわからない表示になっていたので情報閲覧にバグがあるのだと思う。

今度スケさんやヘルさん、もしくは他の精霊さんにあったときに最新版へバージョンアップしてもらおう。

「こういうダンジョン外でスキルが練習できる場所があるのは便利よね」

竹箒に腰かけた麻衣がフワフワと浮かんでた。

新しいクラス『魔女《ウィッチ》』の基本スキルで、魔女の箒《ウィッチブルーム》という飛翔スキルだった。

もう少し恥じらいがあるとベストショット。

麻衣の蔑むような視線がアイスランドブルーである。

「……挿入されるような視線を感じるんだけど。ていうか、今更パンツ見て楽しい？」

誤解があるようだが、パンツが見たいのであって中身は比較的どうでもよい。

無論、中身のないパンツ単体も興醒めだ。

女体と合一を果たし、適度に隠されているパンツにこそ意味がある。

とはいっても沙姫さん、不自然なパンチラはノーサンキュー。

「ところで誠一よ。いい加減、決まったのか？」

「……やっぱ『隠密《オンミツ》』か。だが『御庭番《オニワバン》』のスキルも……補正は一長一短だが……」

訓練場に座り込んだまま、頭を抱えた誠一が唸りっぱなしだ。

こう見えて慎重で思慮深さのあるタイプであり、それは長所でもあって欠点でもある。

一度決めればドライに割り切れる男だが、割り切るまでは基本的に優柔不断だった。

まあ、流石に第三段階での再クラスチェンジはつらそうなので、じっくり考えるのが吉だ。

「うんうん。ちゃんとダンジョン空間結界は作動してるみたいだね～」

鍛錬場にダンジョンエリアを設営したのは、言わずもがな蜜柑先輩たちである。

「流石、超級ボスの素材かな。外界でも魔力を維持し続けてるし」

「頑張りました！」

蜜柑先輩が取得した追加クラスは『工匠《マスタースミス》』だ。

職人《クラフター》クラスではまだ前例の少ない、前提条件のある派生クラスだ。

全てのクリエイトスキルに補正が入る、ある意味器用貧乏なクラスだったが、少しでも『鍛冶士《ブラックスミス》』が強化できる道を選んだとのこと。

凛子先輩は『贋作士《フェイカー》』という組合《ギルド》メンバーのスキルを劣化コピーできるらしい追加クラスを選んだが、いまいちよくわからない特性だった。

普通ならゴミクラスなのだけど、と本人が笑っていたが大丈夫なのだろうか。

他の先輩方については、だいたい元クラスの強化になりそうな選択をしていた。

ただ、『要塞建築士《インゲニアトール》』というレアクラスだった梅香先輩は、更に変なクラスを獲得していた。

『迷宮創造士《ダンジョンクリエイター》』という、未登録《アンノウン》クラスである。

未登録《アンノウン》クラスのつらさを実感していたのでおすすめしなかったのだが、他に選択肢がなかったので致し方なし。

この鍛錬場の設計も梅香先輩の手によるものだ。

だが本来、ダンジョン空間結界の作り方については学園のトップシークレットなので、このような半永続型のフィールドをこっそり作ると怒られる。

いざとなったら物理的に破壊して証拠隠滅しよう。

俺たちや先輩方の数名は、このダンジョン空間結界がなくてもスキルが使えたりする。

地上ではSP消費が激しく発動もさせづらいらしいが。

建前上、俺たち普通科生徒がスキルや魔法を使えるのはダンジョンの中のみ、ということになっている。

もし仮にスキルを使っている所を見られても、この結界の所為にすれば誤魔化せそうだ。

梅香先輩をナデナデすると、恥ずかしそうに目を瞑って身を委ねてくる。

ニコニコと後ろに並んでいる蜜柑先輩と、当然という感じでその後ろに並んでいる凛子先輩が待機状態。

だが、寮の中にいた他の先輩方もゾロゾロ出てきて並び始めるのはどうしたものか。

「……人がお嫁に行けなくなりそうな辱めを受けてたのに、なんなの、このラブイベントは」

心なし背中の煤《すす》けた乙葉先輩が脱力していた。

＊＊＊

『Bまでならいいんだろう？』

『ふざけるな』

ふたりきりの教室の中。

壁にドンと両手をつき、逃げ場は塞がれていた。

『……大声を出すなよ。まるで怯えた子犬だ』

誰に対しても温もりを感じさせないアイスフェイスは、ただ彼を責める時だけ意地悪な微笑みを浮かべる。

『こんな場所で、誰かに見られた、らっ』

『お前は黙って、この俺に愛されていればいい』

どこまでも強引な暴君が、両腕の檻《ケージ》に囚われた王子様をいたぶっていく。

『……クッ』

『お前は泣き顔が一番似合う』

『クソっ、たれ』

反らした顔が朱に染まり、身体《からだ》から力が抜けていた。

『さあ、今日も可愛がってやる。精々いい声で鳴いてみせろ、聖市《せいいち》』

『絶対、殺してやるっ。当麻《とうま》ぁ』

『……そう、そのまま飲み込んで、俺の性別超越棍棒《オーバーグリードギア》』

このあと無茶苦茶セックスしていた。


「……な、なんて破廉恥な」

タブレットを握り締めた薫《かおる》が、背中をプルプルと震わせていた。

放課後の生徒会室。

特級科の教室棟は普通科と違い、特に騒がしくなることはない。

ましてや、生徒会の目が届く場所で騒ぐ生徒など、いるはずもなかった。

「こ、こんな破廉恥なマンガは禁書指定されて当然ですね。お、男同士なんて穢《けが》らわしい」

特級科女子の間でも、こっそりと話題になっていた問題のボーイズラブマンガは、この豊葦原学園が舞台になっていた。

ストーリーは一匹狼の男子生徒である聖市と、男子寮のルームメイトで俺様キャラな当麻との絡みがメインになっている。

とある目的のために無茶をする聖市を、時にからかい、時に陰からサポートする当麻は、その裏で毎晩のように聖市の身体を貪《むさぼ》っていた。

他の登場キャラには、クラスメートの爽やか勇者や腹黒眼鏡に脳筋野獣系、更には三馬鹿トリオなどの男子がおり、みんな聖市を狙っている。

クラスメートの裏切りや学園の罠に塡《は》まって彼らに犯されながらも、聖市と当麻はともにイベントを乗り越えて絆を深めていく。

そんな完全フィクションの妄想マンガである。

ちなみに薫がタブレットにかぶりつきで読んでいたのは『第四十二話 対抗戦に仕掛けられた天国の檻《ヘブンズケージ》』だ。

作者不明のボーイズラブマンガは不定期に学園イントラネットにアップされ、着実に女子生徒の間で読者を増やして腐敗を感染させていた。

外部とのアクセスについては厳重にフィルタリングされているイントラネットだが、内部においては比較的フリーダムだ。

それでも、学園風紀では同性愛が禁止されていることもあり、禁書指定されている。

同好の士が手持ちのデータをアップしてもすぐに検閲消去されてしまうが、多くの女子生徒は友達やクラスメート同士でデータを交換しつつ全話蒐集に努めていた。

ちなみに最新話がアップされると個人鯖が落ちる事態になり、晒しスレの住人と腐女子スレの仁義なき戦いが激化していたりする。

ガチャリ、と扉が開かれた音に、『第四十三話 唸れ薔薇の必殺剣《ジャッジメント》』を読み耽っていた薫がビクリと姿勢を正した。

「ごきげんよう。薫さん」

「え、ええ。ごきげんよう。麗華《れいか》先輩」

定期的に開かれる生徒会会議は、お茶会としての意味が強い。

会計担当の薫と、庶務担当の麗華が最初に揃ったのは、立場が下の者として準備を行わなければならないからだ。

その意味では麗華が行うのが筋であったが、外から入学して間もない薫には先輩後輩としての意識が残っていた。

「ありがとうございます。薫さん」

「いえ、たまたま実習の時間が早めに終わりましたので……」

机に並べられたティーセットの前に麗華が着席する。

カチカチと無機質に刻まれる時計の音が、シンと静まり返った部屋に響く。

生徒会の役員同士は、決して仲の良い集まりではない。

むしろ悪いと言える。

それはやはり、派閥の問題が大きい。

「……『ろずすく』、ですか？」

「えっ、な、何のことでしょう？」

バタン、とさりげなく遠ざけたタブレットを落とした薫に、麗華が頭を振る。

『ローズスクールハック＆スラッシュ』が発禁マンガの題名だ。

「生徒会の役員として調査は必要だと思います」

「え、ええ。そう思います」

「ですが、全話を拾い集めるのは、意外と大変なのですよね」

「はい……」

「よろしければ、調査資料として第一話から四十八話までのデータをコピーしますが」

「ホントですか！」

勢いよく立ち上がった薫は、はっと我に返って椅子に座り直した。

俯いて赤面した薫を、内心微笑ましく見ていた麗華が頷いた。

「あの、ありがとうございます……。十話台あたりがなかなか見つからなくて、『・五』話系はいくつか見かけたのですけど」

「何話ですか？」

「えっ？」

「ナンバリング以外の外伝系は有志によるｗｉｋｉでも把握されていないのです。後から追加で描かれた物もある、と思われています」

姿勢は変わらず、だが妙に熱の籠もった声だった。

「え、えーっと……十四・五話と、十八・五話だけですけど」

「……未知の外伝ですね。もしかしたら薫さんがオリジナルを最初に見つけたのかもしれません」

「その、コピー、しますか？」

「ぜひ」

彼女たちが求めるのは、あくまで調査のため。

だが確実に汚染は拡大していた。

＊　＊　＊

雨漏りに隙間風。

廊下を歩けばギシギシと床板が軋み、腐食した壁に穴が開いても放置状態。

ガムテープで補修された割れ窓や、明かりが消えたままの電灯も多かった。

お化け屋敷と呼ばれるほどだったオンボロ建屋。

そんな廃屋一歩手前だった麻鷺荘だが、謎のリフォームで一気に快適な居住空間へと変化していた。

当初のようなチマチマとした修繕ではない。

クラフタースキルを活用すれば、たとえ自重していても本職顔負けの作業効率になる。

そしてなにより、寮の東側にこっそり作られた鍛錬場のダンジョン空間結界は、超級ボス『白鯨《モディディック》』の素材を利用して作られたものだ。

その高密度な瘴気を宿した素材は、梅香の計算を超えて寮の周辺を丸ごとダンジョン空間へと変質させていた。

無関係な寮生も、あ…なんかダンジョンっぽい、と思いつつも快適になっていく居住空間に不満があるはずもなく。

むしろ現状を自分たちで守るべく、仲間内で箝口令《かんこうれい》を敷いて快適ライフを堪能していた。

「ねぇ……叶馬くん、早くぅ」

甘ったるい牝の声に合わせて、瑞々しい桃のような尻がプリンプリンと振られていた。

甘酸っぱい濃厚なフェロモンの匂い。

むっちりとして艶のある肌に、ねっとりとしたピンク色の粘膜が覗いている。

発情したメスが、オスを誘う媚態だ。

背中を向けて尻を突き出し、交尾をせがむ。

健康的なお色気とは正反対の、淫靡《いんび》で背徳的に蕩《とろ》けている顔だった。

「焦らさないで……いつもみたいに、硬くて熱いのを、ココに」

自分の股間に這わせた指で、くぱっと割れ目を開いて見せる。

むわっとするほどの匂いと、とろりと滴る蜜液が穴の中に満ちていた。

彼女は麻鷺荘の管理を担っているメンバーのひとりだ。

ソロリティーの副寮長になっている紫苑《しおん》は、『遊び人《ニート》』の上位派生『娼婦《ニンフ》』クラスを得ている。

そして、そのクラスに相応しい性に対する奔放さと、強い性欲を自覚していた。

ダンジョンでの戦闘に向いたクラスではないが、本人は納得して学園生活をエンジョイしている。

「あんっ」

背後から腰をつかまれて、熱くて硬いものが押し当てられる。

場所は使う者がおらず、すっかり放置された室内浴場の更衣室。

寮内で秘め事を為すにはちょうどいい隠れ処だ。

「ア、アぉ……大っきぃのズルってキタぁ」

柔らかな桃尻の中心にズブズブと肉棒が埋め込まれていく。

前戯らしい愛撫もなく、ただ性欲を発散させるためだけの交わり。

勢いよく股間が打ちつけられて、瑞々しい肉桃がプルンッと弾む。

クラスの特性上、ほぼ常時発情している紫苑のソコは、楽々と即ハメができるほどに火照っている。

「ア、すごいっ……叶馬くんのおチンチン、スッゴイ」

丸見えの菊門をヒクつかせ、ねっとりと肉棒を咥え込んで広がる膣穴がわなないていた。

「すごいっ、すごいぃ……穴の奥までゴリゴリ掘られるぅ。んぅ、そこ、ダメぇ〜中身が引っ張られちゃうぅ」

　パンパンッと打ちつけられる出し入れに遠慮はない。

　健康的なお色気とは真逆の、淫らに成長を遂げたメスの身体をしている。

　正しく学園生活に順応した女子生徒の姿だった。

　床を踏ん張っている紫苑の足が内股になっていた。

　桃尻を鷲づかみにしている両手が左右に広げられると、女性として誰にも見せられない秘所が大きく開かれてしまう。

　性器を包み隠す大陰唇の内側、柔らかくピンク色の粘膜に空いた穴に、ゴッゴッと硬く勃起している異物が根元まで咥え込まれているのが見えた。

　ヌルリッと穴から出てくる肉棒は、ねっとりとした粘液に塗れたまま、即座にヌプリっと奥に沈んでいく。

「視姦されてるぅ。おマン○視姦されながら、おチンチンでも犯されてるぅ。叶馬くんのオナニーに使うオナペットにされちゃってるぅ」

　紫苑は自分でも尻を揺すりながら、思うままに淫語を垂れ流していた。

　だが、腰の動きが貪るように激しくなっていくと、発情した犬のように舌を出して喘ぐだけになる。

　打ち鳴らされる肉の音が小刻みに、それでも大きく響いていた。

「ア、すご…すごい、やっぱすごいっ……叶馬くんのおチンポ、すごすぎぃ…！」

紫苑のオルガズムに合わせて、無意識に『吸精《エナジードレイン》』が発動していた。

交尾相手のＨＰやＥＸＰを吸収する、『娼婦《ニンフ》』クラスの基本スキルになる。

叶馬も承知していたが、気にせず思い切り射精を放っていた。

「……ふは～……やっば、マジやっば。やっぱし叶馬くんから交尾されんのスッゴイ」

「然様で」

下着を下ろしたまま長椅子に腰かけた紫苑が脱力していた。

「一発でバッチリ叶馬くんの女にされちゃうしさ。ホント『娼婦』を何だと思ってンのって感じぃ」

頬を掻く叶馬に、ニヒヒと笑った紫苑が身繕いを始めた。

「あんがとね。これでまた叶馬くん成分が薄れるまで寝取られプレイを愉しめるし～。叶馬くんもアタシを専属ご奉仕させたいとか思ってないでしょ？　乙葉たちだけで手いっぱいだろうしねぇ。あ、んでも、仲間になりたそうな寮の子が増えてるみたいだから、まあソコんとこは注意しといたほうがいいわよ？」

ペロリと唇を舐めた紫苑がショーツを引き上げる。

「ちなみに、アタシにムラッとしたら即レイプオッケーよ。スッゴイ燃えそうだしぃ」

＊　＊　＊

今更だが現状、俺たちが寝泊まりしている麻鷺荘は女子寮だ。

寮生の皆さんとも顔馴染みになってしまい、割とフレンドリーな関係を維持している。

だがしかし。

「肉食系が多すぎると思う」

「……まあ、そうだな」

遠い目をしている誠一も思い当たる節があるのだろう。

一応、居候している身なのでいろいろ自重しようと努力はしている。

だが最近は何というか、襲われるのだ。

自重や貞操観念とかを吹っ切ってしまえば、男子よりも女子のほうが性に貪欲なのではないだろうか。

油断していると拉致られそうになることがしばしば。

紳士的にお断りしようとしても逆レされたりします。

代表例としては、麻鷺ソロリティーの紫苑先輩と朱音《あかね》先輩になる。

先ほども紫苑先輩と一戦交えた後に、ふらりとやってきた朱音先輩と延長戦に突入。

がっつり搾られてしまった。

おふたりは麻鷺ソロリティー、つまり学生寮の自治組織において風紀委員を担っている。

いわく、必要以上に性風紀が乱れないように、定期的に俺たちのリビドーを発散させる必要があるとのこと。

完全に自分が楽しむ目的だよね、と思わなくもない。

「自分は悪くないと言いたいのですね。わかります」

ガウン一枚を羽織った静香が怪しい手つきで撫でてきた。

ベッドの上であるが、既に夜の日課も済ませて安眠タイムとなっている。

「……でも、そのように感じてしまうのは、叶馬さんが私たちに遠慮されているからだと思うんです」

背中にぴったりと寄り添って、耳たぶをハムハムしてくる静香さんがブレインウォッシュモード。

「もっと強引に、もっと強欲に、私たちを蹂躙《じゅうりん》してください」

乳首責めしてくる静香さんをインターセプトして膝上に抱っこする。

「あ……」

最近の静香はどうみてもはっちゃけ過ぎというか、一線を越えているような気がする。

というか常軌を逸している。

静香石が良くない干渉をしているのではないだろうか。

心を空にしつつ、右手の静香石を静香自身に委ねるように、そっとタッチ。

色即是空、空即是色。

煩悩を発散したばかりの俺は心清らかなはず。

「わかりました……。この国を、いえ地球を征服しましょう」

なんかものすごいことを言い始めた。

学級とか学園とか、そういう庶民的な視点を何段階もすっ飛ばしておられる。

地球征服とか、最近はマンガでも見ない単語だ。

そもそも日本や地球を征服して何の意味があるのかと。

「この腐った人間社会を浄化したいという叶馬さんの熱い思いが」

「そんなパッションはない」

征服ではなく、もはや人類浄化《ホロコースト》である。

スケールが大きすぎて、ちょっと静香さんには帰ってきてほしいところ。

「……んにゃー、うるしゃい」

誠一の膝の上で寝ていた麻衣が、妙に可愛い寝言を漏らす。

「まあ、静香も寝惚けてんだろ。……つうか、寝惚けててくれ。素だったら怖すぎる」

静香が本気で地球を浄化したいというのなら、手伝うのもやぶさかではない。

実行方法はちょっと見当つかないが。

まあ、エッチぃ意味ではなく、眠くて目がトロンとしているので寝惚けているのだと思う。

俺より先には寝ないという、古風な嫁の如き観念をお持ちなのだ。

「……確かに半分は寝惚けています」

「もう半分は？」

半分だけでもものすごい危険思想ではないだろうか。

ご奉仕しようとする静香を押さえて子どもを寝かせるようにあやしていく。

あっさりと夢の世界に旅立った静香を、真っ先に落ちていた沙姫の隣に寝かせた。

後はクッションの上で抱き合って丸くなった海春と夏海だが、シングルベッドの上に乗せるには狭すぎる。

風邪を引かないように毛布で包んでおこう。

宿直室を含めていろいろ大規模改装中の麻鷺荘なので、寝る場所に不自由している今日この頃だ。

「蜜柑ちゃん先輩たち、マジ自重してねえよな……」

膝枕でクースカ寝ている麻衣に布団を被せた誠一が欠伸《あくび》をする。

とりあえず、俺の寝る場所がないのだが、どうすればいいのだろう。

この静香&麻衣部屋はともかく、沙姫たちが本来どこの部屋を使っているのかわからないのだ。

何というか、自然とみんな集まってきていたので。

「無理矢理ベッドに潜り込んじまえ。つか、ふあ……もう今日は寝ちまおうぜ。みんなクラスチェンジも終わったし、明日から、またダンジョンで……」

ベッドの上で座り込み、膝を麻衣に貸したままの誠一が寝てしまった。

明日、筋肉痛になりそうなスタイル。

何だかんだ言っても、自分より麻衣を優先するジェントルマンな男だ。

名称、『小野寺《おのでら》 誠一』
種族、神人
属性、空
階位、10e＋[ ]＋20＋30＋1
能力、『神人《ディバイン》』『 』『盗賊《シーフ》』『忍者《ニンジャ》』『御庭番《オニワバン》』
存在強度、★[ ]☆☆☆
「豊葦原学園壱年丙組男子生徒」

クラスチェンジで思い出したが、追加でクラスを取得できそうだと告げるのを忘れていた。
まあ、些細なことなので明日でもいいだろう。

第六十章　ネイチャーフィールドゾーン

——穿界迷宮『YGGDRASILL』、接続枝界『黄泉比良坂』——
——第『拾』階層、『既知外』領域——

ギョッギョッ、と空の彼方から奇妙な鳥の声が響いてくる。

ガサリ、と巨大な歯朶《しだ》植物から顔を出したのは、鳥と蜥蜴をハイブリッドしたような
NullMOB《ヌルモブ》さんだ。

ちなみに焼くと淡泊なササミ肉っぽいお味がする。

仕留めてもクリスタルに変化せず、瘴気にも還元しないので食糧にできたりするのだ。

モンスターとヌルモブの違いは未だにわからないのだが、攻性反応を示さずＥＸＰにもならないヤツを指すらしい。

俺の場合、情報閲覧《インターフェース》で見れば名称が未表記になっているので区別は簡単だった。

下手なモンスターより大きな亀さんがノシノシ通り過ぎていったが、アレもヌルモブだ。

モンスターを丸呑みで捕食してたりするので、ヌルモブが雑魚とは限らない。

あと、攻性反応はなくても殴れば反撃してくるし、コッチを餌として認識すれば普通に襲ってくる。

「ん～、マイナスイオンたっぷりって感じ」

ぐーっと腕を伸ばした麻衣だが、そも学園の周囲は山に囲まれているので大差ないと思う。

まあ、この巨大樹の原生林は変なイオンを出してそうだ。

ダンジョンの第十階層は今までの地下迷宮とは違い、玄室と回廊という区切りのない野外《オープンフィールド》になっていた。

見上げた空には果てがない。

初めて階層に到達したときは、まるで外の世界のような風景に驚いてしまった。

地下迷宮というより、もはや完全な異世界である。

ここから二十階層までは、このようなネイチャーフィールドが続くらしい。

とはいえ、基本的なダンジョンルールは変わらない。

界門から界門で階層移動して、モンスターを倒せばクリスタル化する。

これだけ広範囲に開放されたフィールドにおいては、夏海たちのナビゲートなしで探索できるとは思えなかった。

この階層からは軍戦《レイド》、つまりパーティー共闘攻略が推奨されているのも納得だ。

「うし、蜜柑ちゃん先輩たちも来たな」

空間接合の黒点が空間を歪ませて膨張する。

霧のような煙をたなびかせてログインしてきたのは、職人《クラフター》組の先輩方だ。

倶楽部メンバー十二名の内、約半数が交替でダンジョン攻略へ参加することになっている。

「お待たせだよー」

「ん。やっぱり十階層からは別世界かな」

蜜柑先輩に凛子先輩、智絵理先輩と柿音先輩と鬼灯先輩に、ログインリーダーの乙葉先輩が今日のメンバーだ。

ちなみに先輩方のログインリーダーは、毎回参戦している乙葉先輩が務めている。

迷子になってしまうと面倒なのでできるだけ団体行動したいところだ。

やはり六名という同時転送上限数がネック。

こちらのパーティーメンバーも七名なので、今までは別パーティーでログインしていた。

最近は海春と夏海に空間収納《アイテムボックス》の中に入ってもらって一括で飛ぶようにしている。

たまに雪ちゃんからお茶を出してもらったりしてるらしい。

すごい山ができてましたとか、新しく海が広がってましたとか、よくわからないニュースを持ち帰ってくれたりする。

「よっしゃ！　いよいよ『竜騎兵《ドラグーン》』パワーのお披露目ってことね」

銛を手にした乙葉先輩が調子に乗っておられる。

すごく、やらかしそう。

静香を振り返ると、処置なしとばかりに申し訳なさそうな感じで頭を振っていた。

三歩でいろいろ忘れてしまうのは、沙姫に通じるところがある。

当の沙姫は敵を求めてそわそわと落ち着かず、海春と夏海が見張ってくれていた。

「クラチェンしたばっかかでSPも減ってるからな。肩慣らしってことで慎重にいこうぜ。……なあ、聞こえてるよな？」

忠告する誠一へ、静香と並んで頭を振った。

アキラメロン。

本来ダンジョンのモンスターに食物連鎖という概念はない。

モンスターという存在の根幹は、瘴気の濃縮により発生する疑似生命体に、ダンジョンの挑戦者への敵対という指向性を与えられた障害だ。

だが、そこに生命活動が成立するほどのリアリティが与えられれば、曲がりなりにも生態系が成立してしまう。

それが放置されてモンスターの討伐されない既知外領域であるならば、影響は顕著に反映される。

瘴気より発生したモンスターが生命活動を途切れさせることなく、歪《いびつ》な生態系の中で存在をし続けた結果、階層規定値の上限に達した超越個体《オーバーボーダー》が点在する魔境と化していた。

「モンスターつうか、もう完全に怪獣だろっ！」

歯朶の藪から飛び出した誠一が、悪態を吐きながら後ろを振り返る。

藪を踏み潰し、木々をへし折りながら姿を見せた追跡者は、頭部だけで人の身長を超えるサイズの岩石恐竜《ロックダイナソー》だった。

「バアアアアッッ！」

ビリビリと空気を震わせる咆吼《ほうこう》を上げる顎《あぎと》から涎《よだれ》が飛び散る。

腹を引き摺るように岩場へと見せた巨体は、金槌のような頭部から棘の生えた尻尾の先まで、二十メートルを超える超大型のモンスターだった。

「ヴォルル……バアアアアア！！」

「おおぅ！」

岩壁に追い詰めた獲物に、ためらいもなく金槌状の頭部で突っ込んでいく。

壁を駆け上がるように逃げ出した誠一の足下があっさりと砕け散り、岩石恐竜へと降り注いだ。

その散弾のような石礫《いしつぶて》も、岩石恐竜にはどれほどのダメージも与えていない。

「目標地点到達。総員セット、シュート！」

岩場に伏せていた四体の巨人が、岩石恐竜へ向けたアームから白い捕縛糸を射出する。

左右から×の字に射出されたスパイダーウェブは、岩石恐竜の表皮に着弾して動きを止めた。

超越個体である岩石恐竜のパワーは四体の強化外装骨格《アームドゴーレム》でも封殺することはできなかったが、弾力性に優れた糸が切れることはない。

「パイルアンカー、射出！」

凛子の合図に合わせて、各自の強化外装骨格の足下から杭状のスパイクが地面へと食い込む。

スピードはないがパワーに溢れるゴーレム部隊が岩石恐竜を磔《はりつけ》にしていた。

「征きます！」

もはや辛抱堪らんとばかりに岩陰から飛び出した沙姫が、振り回される尻尾の先端を一閃で切り飛ばした。

金属の塊に刃を立てたような手応えと硬質な残響に、口元を楽しそうに歪ませた沙姫が刀を振り回す。

「アレに飛び込んでく姫っちって、ホント度胸があるわ」

箒に跨がった麻衣が、上空からギロチン状にした魔力の刃を岩石恐竜へと撃ち込む。

この階層に巣くう超越個体モンスターのタフネスと装甲強度に、ちゃちな魔法弾など通用しないのは経験済みだ。

「いっくよー！　ゴライアスくんアタッーック！」

担ぐように撃震鎚《インパクトメイザー》を振りかぶった蜜柑の強化外装骨格が、暴れる岩石恐竜の背中を強打する。

ドオン、と鱗をひしゃげさせる一撃に、岩石恐竜の身体が反り返った。

フィジカル型のモンスターに対して効果抜群のマジックアイテムであり、ハンマーという扱いやすい武器は蜜柑にぴったりだった。

だが、普通のモンスターであれば一撃で潰れるような打撃であれ、体重一〇〇トンを超える巨体を仕留めるには至らない。

「バアアアア！　ババアアアア！」

「くっ……押さえきれない、かな」

首と尾を振り回して暴れる岩石恐竜に、四方に位置するゴーレム部隊が崩れかけていた。

その鉄槌のような頭部に、上空から鉄塊と化した超重量物質が墜落する。

ズドンと地面にめり込んだ頭部の上には、甲冑を纏った叶馬が膝を乗せていた。

「これしきでは砕けぬか」

振り上げた拳で、空中からズルリと六尺棍棒を引き摺り出す。

「があああっ！」

武技とはいえないような猿叫を上げつつ、ガッガッガッガッと頭部を滅多打ちで叩き潰していく。

「これは……後衛クラスが近づくのは無理ですね」

「はい」

「です」

補助的な魔法や召喚モンスターでサポートする静香たちの足下には、岩石恐竜が砕いた岩の流れ弾が直撃して失神した乙葉が寝ている。

急所である頭部への、それは見事なクリティカルヒットだった。


「……蜜柑ちゃん。ヘルムを作ってぇ」

泣き言を漏らす乙葉先輩が反省のポーズ中。

「反省が足りないようですね……叶馬さん」

「ひゃあ、いきなりぃ……っていうか、これお仕置きなのかご褒美なのか、どっちのなのー」

腰回りの鎧パーツをパージされた乙葉先輩が、もう何かパニック状態。

静香さんによる調教の成果が顕著。

みんなに見られちゃってるのぉ、とかセルフ視姦羞恥モード発動しているようだが、蜜柑先輩たちはドロップアイテムの確保で盛り上がってたりする。

遭遇するモンスターが全部ボスクラスだそうで、かなりのレア素材が出ている模様。

「釣り役、軽く死ねるぞ、コレ。もう別ゲーだろ……」

「雑魚モンスがいないしね～」

箒に乗ったままの麻衣が頭の高さでホバリング。

歩くよりも楽らしい。

「ですが、地の利を生かした『釣り野伏せ』式が、一番安全に狩れると思うのです」

釣り野伏せとは、戦国時代に九州の島津氏が考案したとされる戦法だ。

本元は対軍戦法で詳細は異なるが、基本的なコンセプトは同じ。

釣り、と呼ばれる囮が敵を誘導し、野伏せ、と呼ばれる伏兵が潜んだキルポイントで強襲する。

ネトゲでもよく見る戦法だ。

最近、勉強熱心な静香さんは、軍師のようなスタンスを確立させつつある。

ビームとか撃ち始めたらどうしよう。

「まあ、確かにな。しばらく、このスタイルでやってみるか」

「はーい。っていうか、蜜柑ちゃん先輩たち、思ってたよりずっと強くなっててビックリなんですけど」

「それは叶馬くんや麻衣ちゃんたちのおかげかなっと」

岩石恐竜のドロップ素材の吟味を終えた凛子先輩が、アテルイくんを連れて戻ってきた。

スラリとしたシルエットは、遮光器土偶のような蜜柑先輩のゴリアテくんとは趣が異なる。

近未来っぽいロボットな感じ。

これら職人クラスのアームドゴーレムは、本人のSPを半分使って生成される。

本人のアバター的な分身だ。

なお、ゴーレムが損傷した場合などは、SPを注ぎ込んでやれば修復する模様。

「モンスターの素材をインストールすることによって、そのモンスターの特殊能力を得られるって判明したからね。うん、本当これは職人クラスにとって革命かな」

「つまり、強いモンスターを倒して素材をゲットできれば、その分ゴーレムも強くできるってこと？」

「かな。特殊能力の発動に魔力を使うから、使い放題って訳でもないけどね」

通常の生徒は、武器や防具に使えそうなモンスターの素材以外そのまま放置してしまうらしい。

職人クラスのパワーアップに必要だったのは、その廃棄されていたパーツのほうだったということなのだろう。

「叶馬く～ん。これ、全部持ち帰ってもい～い？」

蜜柑先輩たちも下拵えを済ませた素材を抱えて合流する。

鱗や皮、爪や骨の他にも、ナマモノ的なパーツがびっくんびっくんしてる。

そこら辺に生えてる木材からコンテナを作って格納しておられるので、雪ちゃんから抗議が来ることもなさそうだ。

「夏っちゃん、マップ見せてくんね？」

「はい、です」

手を伸ばした夏海の前に、ホログラムの本が表示される。

開かれたページに記載されているのは、木々の生い茂ったジャングルの地図だ。

マップには既に『検索案内《ナビゲート》』で検索済みの、界門、宝箱、ボス級モンスターの位置が表示されていた。

すごく便利である。

「ゲートに向かうとして、途中で何匹かモンスター狩っとくか」

「ていうか、宝箱スルーするとかあり得ないでしょ」

「今回のダンジョンダイブで次の階層まで届かなくてもいいんじゃないかな?」

「だね。新しいクラスにも慣れていかないと」

「ああっ、みんなが真面目に相談してる中で、叶馬くんのオナホにされちゃって悦んでる私って、もうっ!」

とても失礼かもしれないが、どこまでも勝手に盛り上がっていく乙葉先輩は、もうどうしようもないと思う。

「そのゴミを見るみたいな目がっ……あっ、イクゥ!」

乙葉先輩、性癖が歪みすぎではなかろうか。

静香を見ると視線を逸らされた。

やらかしてしまった自覚はある模様。

「しょ、しょうがないでしょ。叶馬くんが暴走しないように身体を張って宥《なだ》める役目が私なんだし……」

「差し出がましい、です」

「おこがましい、です」

なにやら弁解している乙葉先輩に対して、海春と夏海が辛辣な突っ込みを入れている。

このトリオは何故か仲が良いので険悪な空気はない。

ふたりの隣をてふてふと歩いている雪狼《スノーウルフ》と双頭犬《オルトロス》は、我関せずで欠伸をしていた。

すごくのんびりモード。

「移動用のバギーとかあってもいいかも？　ダンジョンへの持ち込みは叶馬くんのアレがあるし」

「じゃあひとり乗り用じゃなくって、みんなが乗れるトラックみたいなオープンカーでっ」

「……シンプルな旧式エンジンなら自作できます。内燃機関のレシプロエンジンでサンプルを組んで、動力は」

「モンスタークリスタルからのエレメンツ抽出は部室で」

「帰ったらみんなで設計を」

蜜柑先輩たちが難しいお話をなされている。

パワステにモンスターの筋肉シリンダーとか、いっそ多脚歩行式にとか、姿勢制御モジュールがうんたらかんたらとか。

乙女っぽくないというか、すごくオタクっぽい。

「ねぇねぇ、叶馬くんっ。脚は六本が格好イイよね？」

「四本で充分です。代わりにマルチアームを搭載したほうが格好イイです」

「三脚タイプのローラーブレードによる高速移動を組み合わせたタイプが正義なのです」

先輩たちの好きにすればいいと思います。

マップを元に歩きやすい地形を選んでいるのでハイキングな気分。

「あー、楽ちん。ちょー楽ちん。『魔女《ウィッチ》』になってちょー正解だったわ〜」

箒に跨がって浮いている麻衣が、オヤツのクッキーを齧《かじ》ってボロボロと食べかすを撒いている。

その後を追うように、二足歩行の鶏蜥蜴みたいなヌルモブさんがコツコツと地面を啄《ついば》んでいる。

お前はヘンゼルとグレーテルかと。

「私も飛んでみたいですー」

「足が竦んじゃいそうですね。それにあまり高く飛ぶと……」

さっき調子に乗った麻衣が上空まで昇ったら、なんか翼竜《プテラノドン》のようなヤツに拉致られそうになっていた。

蜜柑先輩たちのスパイダーショットで墜とさなければ、そのまま遠くに連れて行かれていたと思う。

というか、沙姫は空中でダブルジャンプどころか、トリプルジャンプもやってのけるし、もう空を飛んでるのと同じじゃなかろうか。

「みんな緊張感なさすぎじゃないっすかね……」

「メイビー」

索敵斥候ポジションの誠一が、ひとりで疲れていた。

負担をかけて申し訳ないが、索敵に関してはそれだけ誠一が新しく取得した『御庭番《オニワバン》』が強力だった。

最初は、こやつギャグに走ったか、と思わなくもなかったのだが、クラスチェンジで一番恩恵を受けているのは間違いない。

「ストップ！　警戒態勢。見えねえがモンスターが、いる」

誠一の号令に、パーティーメンバーが円陣を組んだ。

見通しのいい岩場だったが、誠一の『領域《テリトリー》』に反応したのなら、実際にいるのだろう。

『御庭番』というクラスの特性は、自分を中心とした『領域』空間を広げ、自分の縄張りとした範囲内ではいろいろと変な事ができるらしい。

特に知覚能力に長け、不意打ち対策にはぴったりだった。

よくわからんが、現状は誠一を中心に半径十メートル圏内で『領域』が張れるそうだ。

つまり、視認できなくとも十メートルの距離内にモンスターがいる、はず。

「そこだ！」

格好イイ台詞を吐きつつ投擲した誠一のダガーが、右側の岩に弾かれる。

マジックナイフが刺さらずに弾かれる、という時点でモンスター確定だ。

岩石に擬態していたモンスターは、鎌首をもたげてガッパリと口を開く。

体長五メートルほどの尻尾の生えた蛙は、『無色吞竜《カメレオンガルパー》』という名称だった。

「あっ」

思いの外素早い動きに、円陣になって周囲を固めていたアームドゴーレムの一体、鬼灯先輩のモモタロウくんが丸吞みされてしまった。

幸いアームドゴーレムには、本人への肉体的フィードバックダメージはないと聞く。

ただ痛覚などの感覚共有はしているそうなので、大破級のダメージを受ければショックで気絶してしまうほどだ。

そういった場合、アームドゴーレムとのリンクを遮断《オフ》するしかないのだが、切り離されたゴーレムは消滅してしまう。

本人にも精神ダメージは残るらしく、回復するまで再召喚はできない。

涙目になった鬼灯先輩が、うーっという感じで可愛くリキんだ。

「グゲ、ゲェ！！」

みんなが攻撃を始める前に、ビクビクッと仰け反った『無色吞竜』が膨らませた腹と喉から棘を突き出して痙攣していた。

遠距離攻撃かと身構えていたら、そのまま横倒しになってビクビクと蠢《うごめ》いている。

「あー……うん、よりによってモモタロウくんを飲み込んじゃったら、そうなるかな」

ゴリアテくんとアテルイくんが力任せに無色呑竜の口をガパッと開くと、飲み込まれたモモタロウくんが無事に脱出してきた。

ずんぐりむっくり型で両腕が逞しいモモタロウくんの全身には、針千本のように逆立った無数のトゲトゲが突き立っている。

見覚えがある、というか、確か『轟天《ごうてん》の石榴山《ざくろざん》』にいた『山颪《やまおろし》』とかいうモンスターの防御形態だ。

腹の中から串刺し刑にしたのだろう。

「うーわー……スッゴイ痛そう。こんなの呑み込んだらそりゃ逝っちゃうわ」

「攻撃は最大の防御ってか」

ドン引きしている麻衣に、ダガーを回収した誠一が肩をすくめる。

シンクロでヌルヌルしてるのが気持ち悪いのか、涙目のままになっている鬼灯先輩をナデナデした。

「見えたな。アレが十一階層へと続くゲートか」

「ゲートっていうか、樹？」

岩場を越えて、原生林を抜けた先に広がる広場には、巨大な樹木がそそり立っていた。

幹の直径は二十メートルを超え、幾重にも枝分かれした枝葉は空を覆っている。

慎重に近づいた一行だが、何の反応も示さない。

「ぜってえ、コイツがボスだと思ったんだがな……」

「期待させといて動かないとか逆にビビるし」

「ん。けど、これが界門守護者《ゲートキーパー》で間違いないかな。『伝説級擬態木《レジェンドエント》』って、私が見えるのはそれだけだけど。叶馬くん？」

「おそらく」

叶馬が書き示したデータをみんなが覗き込んだ。

名称、『伝説級擬態木』
種族、擬態木
属性、木
階位、１００
能力、『擬態《ミミック》』『怠惰《スロウス》』『超絶再生《ハイパーリジェネレーション》』
存在強度、☆☆☆

「うわー。レベル三桁とか初めて……じゃなかった、レイドボス以外では初めて、だね」

「エント。そういえばそんなモンスターもいましたね。この地形での擬態能力は、確かに恐ろしい待ち伏せトラップになりますが、これだけ目立つボスとして登場するのなら意味がないのでは」

「ネタ臭すぎて逆に妖しいぜ」

「レベルから見て強敵、のはずなんだけど……」

ただ生えているだけで何の反応も示さない『伝説級擬態木』を一行が見上げる。

「肝心の界門なんだけどさ。これってもしかして……」

「このでっかいエントが取り込んじゃってる、のかな」

深層へとコネクトした界門から流出する瘴気が界門守護者を作り出している。

その溢れ出る瘴気を養分として、効率よく自身に取り込むために界門自体を囲うように取り込んだ存在が、界門守護者『伝説級擬態木』だった。

「とりあえず、斬り倒してみますねー」

「さ、沙姫ちゃん」

脳筋筆頭メンバーが、スラリと抜いた水虎王刀を一閃する。

あっさりと刃が食い込み、そのまま幹が切断される。

だが。

「……これ、見覚えあるわ。トロールと同じ『再生《リジェネレーション》』ね」

刃を振り抜いた瞬間には、既に切り口もわからないほど元どおりに再生していた。

「ズルイですー！」

「この巨体で、この再生力とか。普通に倒すのは無理っぽくない？」

「敵というよりは、もうただの障害物ですね……」

「ここは俺の出番か」

腰のベルトから『流　血《ブラッドシェッド》のゴブリンソード』を抜いた誠一が、切っ先を差し出すように構える。

「すごい魔剣、出ました」

「ずるい魔剣、来ました」

「確かに、それって悪役とかダークヒーローが使いそうな悪の武器っぽいよねー」

「……そうな、味方がいねえのとか悪役っぽいよな。ま、とりあえず、『啜れ《アギト》』」

背中が煤けて見える誠一の手にした魔剣は、赤黒いオーラを纏わせて覚醒する。

再生能力を暴走させる魔剣の対特効性能は、トロールとの戦いで実証済みだ。

ただし、それは急所へのダメージを兼ねていたからこそ。

無造作に斬りつけられた幹の切り口からは、無秩序に増殖した新芽が洪水のように噴き出していった。

残身のポーズを決めていた誠一が、車に轢かれたように張り飛ばされていた。

「セーイチ、ダサすぎ……」

すいーっと真上まで飛んだ麻衣がトドメを刺す。

「えっとね。叶馬くん……」

「如何しました？」

「このモンスターの素材、いっぱい欲しいの……。最高級品質《エクストラクオリティー》の木材だから、すっごいアイテムがいっぱい作れると思うの」

上目遣いでモジモジとした蜜柑のおねだりポーズに、キリッとした顔の叶馬が頷く。

「お任せあれ」

ひたり、と根元に叶馬が手を当てると、小さな地響きと一緒に巨木が震えた。

「ええっと……」

「抵抗《レジスト》された、らしい。一度ボコボコにしてやらんと入らぬか」

餓鬼王棍棒《オーバーグリードギア》を手にした叶馬だが、相手は文字どおりの壁となってそそり立つ巨体だ。

ザクザクと憂さ晴らしのように刀を振るっていた沙姫も、頬を膨らませて投げ出していた。

「やっぱり斬っても死なないのはズルイです～」

「大きさだけなら『白鯨《モディディック》』も超えていますね。攻撃してこないのは幸いですが」

「最悪、他のゲートを探すって手もあるんだけど。十層なら点在してるゲートの数も減ってるはずだし、ちょーっち見逃すのは惜しいかな。このレア木材の塊くんは」

「でも、こういうボスは、どうせ叶馬くんのチートパワーで……って、あれ？」

いつもなら空気を読まずに破壊工作を始めていたであろう叶馬は、戸惑ったようにコリコリと頬を掻いていた。

「……そうじゃないかな、とは思ったかな。叶馬くんの『雷神』っていうクラスの根源は、陰陽《ウーシング》五行カテゴリーで木属性《ウッド》じゃないのかなって」

「サンダーって木属性なんだ？　なんかイメージじゃないなぁ」

「やっぱりそう思うかな？　陰陽五行はあんまり馴染みがないからね」

日本で一般的なのは、ゲームなどで登場する西洋の四元素《エレメンタル》思想だろう。

東洋の陰陽五行思想はマイナー扱いだ。

「ウーシング属性の関係は『相生《そうせい》』とか『相剋《そうこく》』とか複雑でわかりづらいんだけど、叶馬くんのビリビリだと逆に元気にしちゃうかもなの」

「『比和《ひわ》』って状態だね。叶馬くんとはちょっと相性が悪いかな。まあ、叶馬くんのことだから無理矢理でも倒しちゃえそうだけど……」

パーティーメンバーとしてこれから先、ともにダンジョンで戦う仲間ならば。

「コレは私たちが倒さなきゃいけないモンスターだと思う」

第六十一章　共闘攻略

ダンジョンからのログアウトは海春が新しく覚えた『司祭《プリースト》』スキル、『降臨《アドヴェント》』を利用している。

ダンジョンでの戦闘に使用するスキルではない。

このスキルを使用すると、任意の対象をダンジョンから地上へと帰還させることができる。

羅城門の閉門によるオートリターン時間帯は混雑するので、とても便利に使わせてもらっていた。

購買部で販売している使い捨ての帰還珠や、『遊び人《ニート》』スキルにあるという個人用ログアウトスキルとは違い、対多人数を対象にできる素敵スキルだ。

本来はもっと別の使い方をするスキルな気もするが、まあ便利なのは違いない。

何より銭がかからないというのが、俺に優しい。

さて、足留めを喰らった俺たちは、ダンジョンから出た後に対策を練ることにした。

正直、凛子先輩が言ったように、倒すだけならばゴリ押しできると思う。

普通に討伐しても、あの巨体からしてそれなりの木材ドロップは期待できるかもしれない。

だが丸ごと素材確保を目的としてスマートに処理をするのは難しい。

空間収納《アイテムボックス》を使った裏技を使うにしても、シビアなタイミングを逃せば瘴気に還元してしまう。

その場合は俺が回収専門に待機している必要があるだろう。

丸ごと空間収納に放り込めれば、無限に木材が回収できる製材所になるかとも思ったのだが無理だった。

まあ、あんなデカブツを入れたら雪ちゃんからお仕置きされそうなので幸いだったかもしれない。

いろいろとみんながやる気になっているようなので、今回は脇役に徹しようと思う。

誤解されることも多いが、俺も成長して少しは空気が読めるようになったのだ。

「ワッフルうまー」

というわけで、お菓子をたかりに来ていたワンコ先輩を捕獲してモフモフタイム。

膝の上に抱っこし、柔らかな毛並みを堪能中。

「やっぱり、特化した武器が必要かな？」

「う～ん。陰陽五行《ウーシング》の相剋的には『金剋木』、金を以て木を制すだけど。リジェネレーションを無力化するには『木生火』で、火《フレイム》がいいかも」

「木なら燃やしちまえばいいって、言われてみりゃあ当然か」

「火は、文字どおりに一番火力が出せる属性だからね。デカブツを削り落とすにはピッタリかも」

乙葉コレクションの『火炎短剣《フレイムダガー》』がテーブルに乗せられる。

「ただ、私の持ってる火属性ってこんなのしかないんだよね……」

「んー、四元素《エレメンタル》とかぶってる火《フレイム》、水《アクア》、土《アース》は割と出回ってる筈なんだけど」

「オークションにゃ幾つか出てるけど、ボリすぎだ。これ」

「仕方ないかな。オークションは銭が余ってる廃人レートだから」

「誠一なら、ほら、ニンジャ漫画みたいに火遁の術～みたいな感じでさ」

「あー、勘違いしてるヤツが多いんだが、隠遁術は文字どおりに目眩ましとか、敵を幻惑させるのがメインでな。ぶっちゃけ攻撃には向かないスキルなんだわ」

麻鷺荘の仮倶楽部室にて作戦会議が紛糾中。

半分以上のメンバーは、いつもどおり好き勝手に活動していたりする。

会議メンバーは難しい話をしているようだが、俺はワンコ先輩に蚤《ノミ》がいないか確認するお仕事を続行。

「蚤なんかいないし。ちゃんと毎日洗ってるし」

これ、呪われた装備みたいに脱げないと思っていたが、普通に脱げる模様。

歩くモップみたいなルンバ状態なので、洗わないと埃まみれになってしまうか。

尻尾も綺麗なフサフサなので、いい柔軟剤に変えたのだろう。

「……ベタベタにイチャついてるけど、静香的にアレはイイの？」

「……ええ。叶馬さんにソノ気はまったく全然ないので」

麻衣と静香が、メープルシロップをたっぷりとワッフルに垂らしているワンコ先輩を視姦している。

確かにベタベタになるので零さないでほしい。

おっと、芽龍先輩が追加の焼きたてワッフルを差し入れてくださった。

焼きたてワッフルにアイスクリームの組み合わせとか至高すぎる。

ワンコ先輩は人のお皿に爪を伸ばさず、自分の分を食べてからにするべき。

「蜜柑センパイ。新しい刀が欲しいです〜」

「う〜ん。沙姫ちゃん用のフレイム刀を造ってあげたいんだけど、材料がないの……」

このカリカリにザラメ化した砂糖と、じんわり溶けていくアイスのクリームによるコラボレーション。

摘みたてらしきミントの爽やかさがお洒落。

そういえば朱陽先輩が、寮の秘密鍛錬場の隅に菜園を作っていたような気がする。

後で雪ちゃんからもらった椰子の実でも殖えておいてあげよう。

「私もアイスのワッフル欲しいだー」

「はい。どうぞです」

「チョコソースとバナナものってる！」

「部長が甘やかされてるわ。ちょっと馴染みすぎじゃないかしら？」

「あ。香瑠《かおる》ちゃんオカー」

「お帰り、じゃないでしょう。ここは『黒蜜《ブラックハニー》』の部室じゃないのよ。もう」

制服姿のレディガイさんが呆れたようにため息を吐いている。

長身に長髪、なかなかのマッスルボディをしておられるので立ち姿も絵になっていた。

Aランク倶楽部という看板もあり、寮生の女子たちにチラチラとミーハーな視線を向けられている。

たまにスイーツトラップに迎撃されたワンコ先輩を回収に来たりするので、麻鷺の寮生なら見慣れてしまった方である。

「香瑠さん、いらっしゃい。珈琲、紅茶どっちにします？」

「……じゃあ珈琲をいただこうかしら」

乙葉先輩が乙女らしからぬ適当さで来客用カップに珈琲を注いだ。

女子寮の寮長としてよろしいのだろうか。

逆に香瑠先輩が気を使っている感じ。

ちなみにワンコ先輩には、既にポップなワンコイラスト柄のマイカップが準備されている。

「はぁ、もうごめんなさいね。彩日羅《あすら》ちゃんが入り浸っちゃって」

「気づいたらお菓子食ってるんで、なんかもういても驚かなくなってますね」

「そういえば、レクリエーションルームに仕掛けられてるトラップが、どんどん大規模になってってるのよね……。アレって誰が仕掛けてるんだろ」

寮生もたまに引っ掛かってるのを見かける。

対ワンコ先輩仕様らしいが、作動条件がわからないので地味に怖かったりする。

「どうぞです」

「ありがとう。本当においしそうね」

ある意味で元凶の芽龍先輩が、香瑠先輩の前にオレンジマーマレードソースのアイスワッフルを提供。

ワンコ先輩が爪を伸ばそうとするのを抱っこしてブロック。

人の食べ物に手を出してはいけない。

「もうすっかり兄妹みたいね。彩日羅ちゃんも最近は落ち着きが出てきたし、貴方たちのお陰だわ」

優しいお母さんみたいな目でワンコ先輩を見ておられる。

ちなみに芽龍先輩にお代わりを頼み、パタパタ足と尻尾を振っているワンコ先輩は全然落ち着いてないと思う。

「ところで、部長からの提案は検討してもらえたかしら？」

珈琲片手の問いかけに、ワンコ先輩と一緒に首を傾げる。

「……彩日羅ちゃん。もしかして、何も話してないの？」

「ええっと……あっ！　い、今から話すところだったし」

今、あって言った。

ワンコ先輩の顔を真上から覗き込むと、視線がわっふるわっふる。

「あら、そうだったのね。このまま私から話をさせてもらってもいいかしら？」

「じゃあ香瑠ちゃんに任せるだー」

はー誤魔化せた、みたいな感じで胸を撫で下ろしているワンコ先輩を、みんなが生温かい目で見守っていた。

甘やかしすぎである。

「それで、提案って聞こえたけど、私たちにどんなお話なのかな？」

「お話というよりも、お願いなのだけれどね。実は私たち『黒蜜《ブラックハニー》』に学園から指名依頼《ダイレクトクエスト》が来ているのよ」

指名依頼《ダイレクトクエスト》というなかなかの素敵ワード。

なにやら格好いい。

いわく、さまざまな優遇特権が与えられているAランク以上の倶楽部には、特権に応じた義務も発生するそうだ。

今回の指名依頼《ダイレクトクエスト》もそのひとつで、新しく発見されたレイド領域の調査を依頼されたらしい。

「この手の指名依頼は珍しいことじゃないわ。もちろん、学園からの報酬も支払われるの」

「報酬って授業の単位免除とかも含まれてるんですよね。いいなぁ」

乙葉先輩の呟きに、麻衣がピクッと反応した。

「そのレイドクエストのチャレンジにアデプトオーダーズも共同参加してもらえないかしら、という打診なのよ」

「それは……」

倶楽部の渉外担当である凛子先輩が言葉を詰まらせた。

やはり、レイドクエストに対するトラウマは克服されていないのだろう。

「それは性的な奉仕者という意味でしょうか？」

穏やかな口調だが、はっきりと拒絶の意思を瞳に乗せた静香が問いかける。

「そんなのは私が許さないだー！」

「ええ、もちろんそんな下衆《ゲス》な意味ではないわ。誤解させてしまったようね。純粋に貴方たちの力を貸してほしいの」

「Aランク倶楽部のブラックハニーさんに、Cランクに成り立ての神匠騎士団《うち》が役に立てるとは思えないんすが？」

慎重派の誠一は乗り気ではないか。

死に戻り厳禁という縛りプレイに、脱出不可のレイドクエストは相性が最悪だ。

「戦力的な意味では、申し訳ないのだけれどあまり期待していないわ。こう見えても黒蜜《わたしたち》は学園でも上位の武闘派倶楽部なのだし。貴方たちの力を貸してほしいのは、戦闘以外の分野についてなのよ」

「ご飯がおいしくないと力が出ないのだー」

「という部長の熱い推薦があったの。野戦糧食《コンバットレーション》じゃヤダって駄々を捏ねちゃってね……。絶対参加しないって」

なんというわがままなワンコさんだろう。

たしかにレーションは缶詰やフリーズドライ食品だろうし、保存や携帯の利便性メインで味は二の次になる。

はぁ、とため息を漏らす苦労性の香瑠先輩だ。

「購買部の高級《ハイエンド》レーションもそれなりにおいしいとは思うのだけれど、メニューも少ないし飽きるのは確かなのよ。長丁場になると食べるのも嫌になって、カロリーバーとジャーキーでも齧っていたほうがマシになるわ。そうなっちゃうと彩日羅ちゃんは役に立たなくなっちゃうし、部員の士気も最悪に」

ワンコ部長は所謂《いわゆる》ムードメーカーなのだろう。

俺たちの倶楽部でも、蜜柑先輩が落ち込んでいたら全滅するレベルの士気低下になると思う。

「それで、検討してもらえるかしら？　戦闘については私たちが引き受けるし、報酬も出させていただくわ。性的なモラルは信用してもらうしかないのだけれど、私と部長が保証するわ」

「みんないい子なのだー」

「いい子というよりは変人……じゃなくて少し変わり者の集まりかしらね」

それは部長を見ればよくわかる。

まあ、レイドクエストについては、経験値の実入りが良いのは実証済みだった。

参加メンバー全員に分配されるので、非戦闘クラスの面々にはおいしいイベントになりそうだ。

先輩たちには特別科目の単位が得られるのも大きい。

後方支援としての参加であれば、デスる危険も少ないだろう。

リスクは存在するが、相応のリターンもある。

「えぇっと、それはクルミちゃんたちだけじゃなく、私たちみんなということでいいのかな？」

「うん。みんなで一緒にいこうよ！」

やる気のワンコ先輩が尻尾を振るのでくすぐったい。

「みんなの意見を聞きたいから、一度検討させてもらってもいいかな？」

「ええ。明後日までに返事をちょうだい。いろいろと準備もあるし、クエストの期限は来週中だから」

ワンコ先輩を回収した香瑠先輩が、代わりにクエストの資料を置いて帰っていった。

そのまま居座られると、麻鷺荘の晩ご飯が食べ尽くされてしまうところだった。

「実際、これは私たちにとっておいしい提案かな……。ブラックハニーの評判も知ってるし、あの子が私たちを騙そうとしてるとは思えないかな、と」

「彩日羅ちゃんは善意で誘ってくれてるんだよ。うん。仲良くなって忘れちゃってたけど、A

ランクの部長さんなんだもんね」

「ちょっと各自で一晩考えて、明日にでも意見を取りまとめようか」

「そうですね」

凛子先輩の言葉に、静香や他の先輩たちも頷いていた。

それほど否定的な意見がないのは、ワンコ先輩の人徳も影響していそうだ。

あまり気乗りしていなさそうなのは、誠一と麻衣くらいだろうか。

「……久し振りに都合良すぎて、ちょっち気持ち悪い感じ？」

「……ま、だな」

机の上に残された、軍戦《レイド》クエストの資料を見詰めていた。

課題：
該当レイド領域におけるマッピング八〇％を達成、及び棲息モンスターをリストアップせよ。
名称：
（仮）慟哭鉱山《ハウリングマイン》
様式：
（仮）根源《プリミティブ》［火《フレイム》］
等級：
（仮）上級

ボス及び世界核：
　未確認
マップ踏破率：
　四〇％
付記：
　火《フレイム》のエレメント鉱石を多数確認。
『鑑定人《アプレイザー》』及び『鑑定士《オーセンティケーター》』による世界法則《ワールドルール》の鑑定は失敗。
上級《ハイランク》の根源［火］として開放されていたが、攻略によるレイド領域の減衰が未確認。
クエストランクの再評価のため要調査。
重要度［低］

＊　＊　＊

「ただいまなのだー」

ヌイグルミの爪で器用に扉が開かれる。

そこはノスタルジックな木造建屋が多い学園では珍しく、お洒落なモダン空間となっていた。

学園に数多設立されている倶楽部のトップランク。

Aランク十二の枠のひとつ、『黒蜜《ブラックハニー》』の倶楽部室だった。

「ぶちょー、お帰りー。お土産は？」

「パウンドケーキもらってきた！」

彩日羅が唐草模様のマイ風呂敷をテーブルに広げると、焼きたてバターの甘い香りが広がる。

「彩日羅ちゃんナイス」

「お茶お茶」

のんびりと寛いでいた女子メンバーが目を輝かせ、テーブルにお茶会の準備を始める。

対抗戦を勝ち抜いてAランクに叙せられる武闘派倶楽部でありながら、黒蜜部員の多くは女子生徒であった。

元は彩日羅を中心に集った食いしん坊女子による狩猟集団、それが『黒蜜』だ。

無論、男子生徒のメンバーがいないわけではない。

ポットにお湯を補充するため炊事場の扉を開けると、ひとりの男子が水を張ったタライを見詰めていた。

整ったルックスに怖いほどの真剣味を浮かべている彼は、ある意味で学園の有名人だった。

「……何してるの？　栗暮《くりぼー》くん」

「見るがいい。このひと晩水に濡らして割と説明しにくいブヨブヨの物体となったサロンパスを」

「それで？」

「これを、こう……どうにかしてオナニーに利用、ああっ!?」

ザパーッとタライがひっくり返されて、形容しがたい物体と化していたゲル物質が流し台に散った。

「なんか悲鳴が聞こえてきたけど」

「うん。栗暮くんがまた変なことしてたから台なしにしてきた」

「まあ、栗暮くんだし」

「お茶お茶」

姦《かしま》しくも賑やかな面々がテーブルを囲んだ。

切り分けられたパウンドケーキに彼女たちの手が伸ばされる。

ドライフルーツの甘さと、微かに香るブランデーのほろ苦さ。

焼きたての生地は、まだほんのりと温かい。

「ん～、おいしい。これって学食のスイーツよりもおいしいよ」

「はぁ、幸せ……」

「うまうま」

そんな部員たちに交じった彩日羅も、テーブルに突っ伏すように紅茶の香りを楽しんでいた。

「そいえば香瑠ちゃん。共同攻略の件はどうだったの？」

「どうして私に聞かないし」

「そんなの、お菓子で幸せトリップしたぶちょーが覚えてるわけないじゃん」

不服そうに頬を膨らませた『暴食の猛獣』は、顔を逸らして切り分けられたケーキに爪を伸ばした。

苦笑する香瑠がカップに指を添える。

「お話はしてきたわ。返事は明後日までにお願いしたけれど、受け入れてもらえるといいわね」

「俺はまだ認めてないッスけどね。聞けば二年のクラフターがメインのふざけた倶楽部らしいじゃないッスか」

テーブルに交じった緑一点。

慣れることのない居心地の悪さを感じているメンバーは、ある意味ストレートな『黒蜜《ブラックハニー》』では唯一の男子だった。

「部長に取り入って寄生しようって倶楽部じゃないんスかね」

そんな皮肉な台詞を吐く彼は、本人の熱烈なアピールで『黒蜜』に中途加入したメンバーだ。

ダンジョン内でのトラブルに巻き込まれた際に『黒蜜』に助けられて、以来その恩返しとばかりに熱烈な部長の信奉者になっていた。

入部当初は弄られ役の彼だったが、本人の一本気な性格から努力を重ねて頭角を現して、今では学園でも一目置かれる実力者となっている。

問題があるとすれば、妄信的で熱狂的な彩日羅ファンということだろう。

「はあ？　そんなの幾らでも寄生させてあげるってば」

「だねー。こうしてぶちょーとお茶できるようになったのは、その子たちのお陰なんでしょー？」

「それが信じられないって言ってんスよ」

「それって鉄郎《てつろう》くんの嫉妬かにゃー。男の嫉妬はみっともないにゃー」

「てゆうか、レイド中にまともなご飯が食べられるんなら、それだけで付いてきてもらう価値あり」

「んだんだ」

「もー、喧嘩は駄目なのだー」

姦しくも賑やかに、それが彼等『黒蜜』のモットーだった。

第六十二章　モード：インフィニティ

「い……いやっ」

と言いながら、ギュッとしがみついてくる久留美先輩をロックホールド。

両足の間に腰を割り込ませて、浮かせた尻に股間をドッキング。

仰向けになった久留美先輩の肩を抱きかかえれば、容易には逃げ出せないフィニッシュホールドが完成。

「やぁ、いやぁ」

おみ足をパタパタさせて逃げだそうとする先輩だが、脱出成功してしまうと本人が泣きそうになるので注意が必要だ。

コツは必ず三点支持で捉えておくこと。

瞳を潤ませている久留美先輩の足首を摑むと、自然と股が開いて松葉崩しのような体位になる。

俺の股ぐらで先輩の下半身を挟み込むような感じ。

「こんなの……やだぁ」

最近ようやく覚えてきた久留美語だと、いつもの体位がいい、という翻訳候補。

こう見えて人一倍甘えん坊さんなので、肌を重ね合わせるような密着体位がお好きなのだ。

久留美先輩が泣き出す前に姿勢を変えて、胡坐《あぐら》をかいた上に正面から跨がらせて抱き締める。

ぎゅうぎゅうと密着して抱きついてくる先輩がラブリー。

今夜の先輩ルーム行脚も久留美先輩たちがラストだ。

子どもをあやすように、ゆっくりと可愛がらせていただく。

ただ、フィニッシュと見たのか、ルームメイトの芽龍先輩がベッドに合流してきてしまった。

デレ状態で甘えまくっている久留美先輩がツンに戻りそうだったので、しっかりと押さえ込んでからベッドに寝転んだ。

暴れそうだった久留美先輩も、背中からぴったりと重なった芽龍先輩に気づいて猫のように大人しくなる。

「……今夜は私が抱き枕チンポケースにされるのね」

「そうです」

「ッ……この、変態ぃ」

嬉しそうにぎゅっとしてくる久留美先輩の後ろで、芽龍先輩が指を咥えておられた。

「無論、芽龍先輩もです」

「…はぅ」

いろいろとシャイな先輩方なので、要望は見逃さずに酌み取ってあげるべき。

「し、仕方ないから私たちが犠牲になってあげるわよ。じゃないと他の寮生を襲っちゃうに決まってるんだから」

翻訳結果によると後半は本気で言っている気がするが、まだ精度に誤差があるのだろう。

「ほらっ、腕を貸しなさいよね」

強引に取られた腕を枕にされてしまった。

芽龍先輩も便乗されているが、これは絶対腕が痺れるパターン。

「筋肉でカチカチじゃない……ホント生意気」

下もカチカチなんですー、とかセクハラ攻撃をするとツンモードが強化されるので自重だ。

三人で布団をかぶり、まったりとイチャイチャモード。

先輩たちのお部屋巡りで手抜きはありえないので、最後の順番になると日付も切り替わる時間になっている。

待ち疲れてお眠りになられている先輩方もチラホラ。

その場合は失神したみたいに蕩けたお顔で寝ておられるのが大半なので、お風邪を引かないように身嗜《みだしな》みを整えてあげている。

「ほら、メロンも遠慮しちゃダメ。この馬鹿を独占できるのは、また先になっちゃうんだから」

「はぅ」

人一倍仲間意識の強い久留美先輩が、受け身体質の芽龍先輩と場所を入れ替える。

そのように恥じらってモジモジされていると不本意ながら悪戯せざるを得ない。

布団の中で久留美先輩から見えないように、芽龍先輩の淡い膨らみにタッチ。

芽龍先輩は肩におデコをくっつけるように寄り添ったまま、胸をタッチする手に指を絡めてくる。

いじらしい感じがラブラドールレトリバー。

「久留美先輩と芽龍先輩は、嫌ではありませんか？」

「……ひゃい？」

「嫌って、何がよ？」

芽龍先輩がビクッとして噛んだのはスルーする優しさ。

噛んだのと、お胸のサクランボをそっと抓んだのは、たぶん無関係。

「レイドクエスト共同攻略のお誘いについて、です」

コリコリする手を掴んだ芽龍先輩が、脚を絡めてスリスリしてくる。

「それは……別に嫌じゃないわ。力を貸してほしいって、そういう風に力を認めてくれるのって初めてだし」

一種の承認欲求というやつなのだろう。

おっと、閉じ合わされた芽龍先輩のお股に、ついうっかり手を滑らせしまった。

久留美先輩に先んじてニャンニャンとさせていただいた場所は、指先をスルッと吸い込むくらいに熱く潤んでいた。

片手で俺の手首を摑み、もう片手の指を嚙んだ芽龍先輩は可愛く息を乱している。

「ブラックハニーは女の子が多い倶楽部だし、黒い噂も聞かないから、そんなに心配しなくても大丈夫だから……」

「……」

手首から離れた芽龍先輩の小さな掌が、俺の先っちょを揉み揉みするように握っている。

お菓子の生地を練るような、絶妙な力加減に呻き声が漏れそうになる。

「どうせ、私たちが酷い目に合わないかって考えてたんでしょ。おかげさまで私たちもちょっとは戦えるようになったし、アナタだけが頑張らなくてもいいんだからねっ」

「久留美先輩はお優しいですね」

掌の中でヌルヌルモミモミされるやんちゃ棒が元気いっぱいに。

完全にトロンとしたお顔になった芽龍先輩は、もう片方の手も布団の中へと参戦させる。

竿ではなく、あえて玉袋を狙ってくる不意打ち感。

白旗を掲げたい。

「も、もうっ、なに言ってるのよ。さっさと寝るわよ」

「この状態で寝るのは拷問ではないかと」

「うるさいわね。メロンも寝ちゃってるんだから大人しく寝なさい」

ご本人がとても喧しいと思うし、狸寝入りしている芽龍先輩はこっそりシコシコクニクニし続けておられるのですがそれは。

久留美先輩がお休みになるまで、試練の時間が続きそうだった。

＊　＊　＊

「具合はどうかな？」

「いいっすね。かなり馴染みますよ」

白く艶やかな短刀を構えた誠一が、鍛錬場に設置されている巻き藁を確認した。

藁束の切り口は、抉られるように乱れている。

刀身がノコギリの歯のように逆立った、それが『海部鯨刀』の特徴だ。

「蜜柑ちゃんが何本か歯を研いだけど、作成時に最初から『銘《ネーム》』がついてたのはそれと、沙姫ちゃん用の脇差だけかな。カードのエンチャントも一回目ならまず失敗しないし、ダブルネームドで使うのもいいかも」

丸太のベンチに座った凛子が試作された装備を選別していた。

他のメンバーはレイドクエストに向け、装備作成や物資の準備をしている。

叶馬を筆頭としたダンジョン探索メンバーは、第九階層でのレベリングを行っている。

クラスチェンジによるSP弱体化の解消や、新スキルの習得が目的だ。

レイド領域においては、モンスターの討伐によるEXPを稼ぐことが不可であり、エックスデーに向けて鍛えておく必要があった。

「んで、これが杏ちゃん自信作のマントかな。できれば全員分準備したいところだね」

「真っ白っすね。コレも白鯨素材から？」

「そー。白鯨の脂肪から油を絞った残り滓。それを智絵理ちゃんが加工して造った、コラーゲン繊維ってやつだね」

バサリと誠一が羽織ったのは、厚手の白い生地で作られたマントだ。

動きやすさを最優先されたマントは、機能美のあるスタイリッシュなデザインに仕上がっている。

取り外し可能なフードに、肩口には『神匠騎士団』の紋章《クレスト》が縫いつけられていた。

「えらい格好良すぎて、逆に引くんすが」

「デザインは杏ちゃんが張り切ってたしね。流石に銘はついてないけど耐火性能はお墨付き。普通のハサミじゃ切れないくらい頑丈だし、ちょっとしたマジックアーマー並みの防御力があるかな」

「それは、普段からダンジョンダイブの装備に使いたいっすね。特に後衛の」

「私も同意見。丈の短いポンチョのデザインもあるし、杏ちゃんに頑張ってもらおうかな」

『裁縫士《ドレスメーカー》』のクラスを持つ杏でなければ、生地の裁断や縫い合わせなどの加工も困難な強度がある。

　生地の素材については、叶馬の空間収納《アイテムボックス》で大量に確保されていた。

「根源《プリミティブ》型の［火《フレイム》］レイドクエストにはぴったりの装備かな。私たちにとっては好都合っていうか、いろいろとラッキーだったね」

『王権《ダイアデム》』『付喪《レガリア》』『根源《プリミティブ》』『伝承《レジェンド》』『侵略《バルバロイ》』の五様式が確認されているレイドクエストにおいて、最も難易度が低いとされているのが『根源』型だ。

　その分、得られる報酬に夢がないと人気のないレイド型だが、手堅く稼げるという意味でもある。

『根源』型のレイドクエストは、ダンジョン内の元素精霊《エレメント》バランスの偏りによって発生するレイド領域だ。

　オーバーフローにより濃縮したエレメントの世界は、原因となった単一要素で構成されている。

　故に有利属性の装備があれば、攻略難易度はグッと下がる。

　それが『フレイム』エレメントであれば、クリスタルや火属性のマジックアイテムなどが産出する。

　そうしたエレメントの要素をレイド領域から回収していけば、自然と非活性化して縮小していき消滅、つまりは攻略完了となる。

　高ランクのマジックアイテムは期待できないが、プチレアが多数散らばっている。

　その分難易度も低く、当たり外れのない低ランク向けのレイドクエストとして認識されていた。

「ラッキー……まあ、そっすね」

『海淵の悪魔』を攻略し、有利属性であるアクア装備が充実した自分たちにはおいしい。ましてや、ちょうどダンジョン攻略に詰まって、フレイム属性のマジックアイテムを探していたタイミングだ。

それはまるで敷かれたレールのように、都合のいい展開だ。

それが、ただの妄想だというのは誠一もわかっていた。

幸運も不運も、不思議と続けて訪れるものだ。

だとすれば、あるいは。

これが幸運《ラッキー》ではなく、連綿と続く不運《アンラッキー》のひとつであっても不思議ではない。

「……何か、気になるのかな？」

小物アイテムのテストを済ませた凛子が眼鏡を外す。

クラシカルなデザインの眼鏡は、テンプルが紐になったマジックアイテムの一種だ。

「先輩。レイドの準備なんすけど、上級《ハイランク》用じゃなくて超級《ハイパーランク》用に」

「ん。もちろん、みんな極級《アルティメットランク》のつもりで準備してるよ」

脚を組んだ凛子が、口元に笑みを浮かべていた。

「念のため、じゃなくって最初っから攻略不可能級《アルティメット》のつもりかな」

自分よりも覚悟を完了していた先輩たちに苦笑する。

「そりゃ、頼もしいっすねえ」

「叶馬くんが変に私たちを気づかってたからね。本人も何故だかわかってないみたいだったけど。だからこそ、かな？」

＊＊＊

月曜日はブルーマンデー症候群という言葉があるほど憂鬱になりやすい。

休みの翌日は、やはり気怠いものがある。

学園の調査でも他の曜日に比べて、月曜日のダンジョンダイブ人数が最低であると統計が出ていた。

そんな多少は生徒の少ない羅城門の広場に、Aランク倶楽部『黒蜜《ブラックハニー》』の前線攻略メンバーが集まっていた。

Aランクに開放されている部員枠は三十五名分。

たまに入退部員が出るとはいえ、ブラックハニーの中核部員の多くは結成当初からの古参だった。

部員数は三十名弱であり、今回の指名依頼では戦闘要員の他にも、調査を担当する非戦闘クラスが同行していた。

選抜された二十名のチームには二名の男子が交じっていた。

香瑠と鉄郎、ほとんどが女子メンバーである黒蜜において数少ない男子メンバーは、校内でも名前が知られた実力者でもあった。

完全武装している彼らも、羅城門広場では特に目立ってはいない。

ただ、膨らんだバックパックを背負っている姿で、レイドクエストに挑む一行だとわかる。

学園有数の実力派倶楽部である彼らの場合、それらは重量軽減に容量拡張されているマジックバックだった。

学園が提供した資料によれば、今回の攻略レイドのランクは『上級《ハイランク》』だ。

予想される時空圧差は六〜七倍。

第伍『極界門』に設定するダイブ時間は、最小の二十四時間を予定していた。

内部領域からのエレメント回収が攻略手段となる『根源《プリミティブ》』においては、長時間の連続ログインに意味はない。

七日間の内部経過時間は長すぎるくらいだ。

仮に一度のダイブで調査が終わらずとも、複数回に分けてダイブするほうが効率的だった。

それでも、最低限の着替えや野営の道具、食糧や水の確保はレイドクエストにおいて必須となる。

攻略が長引きそうだと判断されれば、学園がレイド領域内に前線基地を設置する場合もあるが、今回はそれを判断するための指名依頼だ。

快適な生活環境は望むべくもない。

「遅いっすね。俺たちが待たされるなんて、やっぱ舐められてるんじゃないっすか？」

「まだ時間は早いワン。鉄郎くんは本当にヘタレの早漏だワン」

「そっ……別に俺は早漏じゃない、っすよ」

日替わりで猫耳や犬耳などのフードを愛用している女子の台詞に、真っ赤になった鉄郎がモゴモゴと口を濁した。

「あら、来たみたいね？」

「お～いお～い、こっち～だ～！」

軽装スタイルの香瑠の足下で、ぴょんぴょん跳ねている彩日羅が手を振る。

そのぴょんぴょんが止まり、昂奮した様子で足をパタパタ踏み鳴らす。

「うわぁ。なにそれ、なにそれ。格好イイー！」

武装した生徒の姿は珍しくはない。

だが、スタイリッシュなデザインの純白コートで統一された二十名のチームは、人目を惹きつける独特の威圧感を醸している。

「ちょー目立ってるよね。最初は恥ずかしかったけど、だんだん快感になってきたっ」

「……変な趣味に目覚めるのは止めてくれ」

「ま。名前を売ってもいい時期かな、ってね」

「ですね。いつまでも隠れてやり過ごせるわけではありませんから」

凛子の台詞に頷いた静香は、心なし圧倒されているようなブラックハニーに微笑みを浮かべた。

「いいな、いいなっ。格好イイ、私も欲しいっ」

「は、はい。彩日羅ちゃんの分です」

「わぁ！　可愛いポンチョきたー」

丈の短い肩かけのようなマントを杏から受け取った彩日羅は、さっそく装備してクルクルと見せびらかしていた。

「……部長が可愛すぎて、絵本の挿絵みたいになってる件について」

赤頭巾を騙して丸呑みしそうなファンシーウルフの完成だった。

「あーゆーのも素敵かも。メンバーでお揃いだとスッゴク映えるねー」

「購買部で売ってたっけ？　もしかして特注品？」

「流行りそう。ウチらも発注しようよ」

ワイワイと賑やかに合流したふたつの倶楽部が『極界門』の前へと向かう。

「忘れ物はないかしら？　設定は二十四時間にしたけれど、一週間は出てこられないと思うわ」

「準備は万端かな」

そう頷いた凛子だったが、香瑠は改めて少し緊張気味のアデプトオーダーズメンバーを見やった。

各自が背負い込んでいるバックパックは、遠征に使用する大容量タイプだ。

だが、それは購買部で販売している通常品であり、レアアイテムのマジックバックではない。

倶楽部間の依頼では兵糧、つまり食事を含めた兵站を神匠騎士団に任せるという話になっている。

自分たちを含めた四十名、最低でも七日間分の兵糧は膨大な量だ。

主食を米とした場合、カロリー換算ではひとり一日で六合が標準とされ、約一キログラムの重さとなる。

必要な水分量の目安は一・五リットルにもなる。

無論これらの数字は運動量や気温によっても大きく上下する。

確かに大きな荷物を背負っていたが、不測の事態に備えた余裕があるようには見えなかった。

それも已むを得ないのかもしれないと、最初から予想はしていた。

何しろ高ランクのレイドクエストは、実際に経験しなければわからない過酷さがあるものだ。

念のため、ブラックハニーのメンバーたちは必要最低限の兵糧を自分たちで準備していた。

「それじゃあ出発しましょうか。顔合わせやミーティングは中でしましょう。そのほうが時間を有効に使えるし、ね」

「はーい」

第伍『極界門』の起動手順が実行されると、転移陣の中で身体を密着させる。

それはログイン位置がバラバラにならないための当然のスタイルだ。

「おいっ」

だから『黒蜜《ブラックハニー》』の鉄郎が不快そうに警告したのは、必要以上に密着した格好がふしだらに見えたからだった。

神匠騎士団にふたりだけの男子メンバー、その男女比率に最初はシンパシーを感じていた鉄郎だったが、これ見よがしにべったりと抱き合っているペアがいたのだ。

むしろ抱き合うというより一方的に抱きつかれている男子の、それが当然と言わんばかりの能面顔が癇に障った。

「お前らふざけてんじゃねぇーぞ。おい、コラ。遊びにでも行くつもりなのか？」

口は悪いが、陰に籠もった悪意はない。

彼にとっては純粋な忠告であり、警告だ。

「黙れ」

逆に、ギロリと睨み返した静香の目は、どっぷりと陰《いん》に染まりきっている。

子どもが宝物に執着するのとは違う、溺れた人間が命綱にしがみつくような懸命さで叶馬を抱き締めていた。

「黙れ、口を開くな、近づくな、邪魔をするな」

「……あ。はい」

鬼気迫る恫喝に、頷いた鉄郎が顔を逸らす。

基本的にはヘタレな男子だった。

「……香瑠さん。アイツ、なんかヤバイっすよ」

「ちょっとトラウマになっちゃってるみたいね。スルーしてあげて」

「リンク完了～。慟哭鉱山《ハウリングマイン》へのゲートが開くよ～」

羅城門の第伍『極界門』は、他のゲートと比べて特異な形状をしていた。

足下の魔法陣と、オベリクスのような世界座標ナビゲーションシステムが連動していく。

歯車とゼンマイ、そして古今東西さまざまな文字数字が刻まれた盤が、軋み、ズレ、組み変えられていく。

それらは三千世界の座標を指し示す、神刻言語《ヒエロスグリフォ》だ。

カチリカチリと回るオベリクスの歯車が、ガチャリガチャリと填め込まれた。

発光現象に空間が蜃気楼のように揺れ、歪んでいく。

そして、世界の扉が開かれる。


――穿界迷宮『YGGDRASILL』、特異分界『人食鉱山』――

――様式『侵略《バルバロイ》』、※時空圧差『壱：∞』――

※※※Emergency!※※※

――※Option Change『軍戦式《レイドモード》』→『決戦式《インフィニティモード》』Adjustment――

※※※Emergency!※※※

――※Model Change『煉獄《パーガトリー》』→『監獄《コキュートス》』――

※※※Emergency!※※※

――※Confine『二十四時間／∞時間』――

※※※Good Luck!! Good luck!!※※※

第六十三章　パラダイムロスト

「……――あ？」

目を開いた。

チチチ、チチチ、と名前も知らない野鳥のさえずりが聞こえてくる。

カーテンの開かれた窓から射し込む朝日が、彼の寝ているベッドまで届いていた。

見覚えのある天井は、麻鷺荘の寮部屋だった。

「あ。目ぇ覚めた？」

窓際に立ったシルエットが逆光の中で振り返る。

顔の前に手をかざした誠一が目を細める。

「麻衣？」

「うん。どうかしたの？　まだ寝ぼけてる？」

「いや……なんで、俺たちは、ココに」

ベッドサイドまで近づいた麻衣が端に腰かけた。

「何にも覚えてない？」

「えっ」

気づかうように伸ばされた手が、誠一の膝に乗せられる。

「覚えてなくて当然だよね。やっぱり忘れちゃったほうが幸せなんだよ。死んじゃった記憶なんて」

「い、いや……ちょっと、ちょっと待ってくれ」

誠一は自分の声が震えているのに気づいていた。

心臓が大きく脈打って、腹の底が冷えていくのは止められない。

「う、嘘だろ？　俺が、死んだ？　ダンジョンで？」

「そう。私たちはダンジョンで全滅して死に戻ったの」

「あり得ねえだろ。叶馬は？　それに、俺たちの魂魄結晶《ソルデバイス》はっ？」

「落ち着いて。誠一」

微笑みを浮かべた麻衣が手を滑らせる。

「やめろ。……やめてくれ、そんな気分じゃない」

「じゃあ、どんな気分なの？」

両手で顔を覆った誠一が小さく呻いた。

「……嘘だろ。訳がわからねえ……」

「私たちも気がついたら羅城門に戻っていたの。何人かは気を失っていて……。心配したけど、レイドクエストに失敗するとたまにそうなるんだって」

「レイド……そうだ。俺たちは、確か」

うな垂れたままの物が、ぬるりと舐められる。

「死んじゃったのは残念だけど、仕方ないよね。別に本当に死んじゃうわけじゃないし、こうして気持ちイイこともできるし」

「麻衣……」

「終わったことに気を病まないで、これからのことを考えましょう？」

ベッドに身を乗り出している麻衣が顔を沈める。

ちゅばちゅばと卑猥な音が響き、腰を抱くように回された手も添えられた。

「……ほら、ねっ？　今までと何が変わるわけでもないわ。こうしてセックスして、学園に行ってセックスして、帰ってきてセックスして。ずっとふたりきりで気持ちイイ生活を繰り返しましょう？」

誠一が顔から手を離して見下ろせば、いつの間にか全裸になっていた麻衣が婬らに頬笑んで

いた。

自分で両方の乳房を持ち上げるように見せつけ、真っ赤な唇を艶かしい舌先で舐める。

「……やらなきゃならないことが、あるんだ」

「そう？　それは、こんな気持ちいいコトよりも大事？」

乳房の谷間でペニスを挟み込み、挟み込んだ自分の手で上下に扱き立てる。

「——ま。俺もそこまで聖人じゃないんでな。それはソレ、これはコレだ」

「んっ。硬くなったぁ」

「ほれ、もっとシコれ」

股間の上で身体を揺する麻衣の頭を撫でながら、もう片方の手を伸ばして尻を揉む。

「ちゃんと足を開いておねだりして見せろ」

「あんっ。もう、乱暴ね。でも嫌いじゃないわ」

逢魔が時の日差しが、朝焼けにしては禍々しい光彩の影が、ベッドのふたりを照らしている。

甘酸っぱい、発情した女の性臭が濃くなっていた。

ベッドの上で膝立ちになった誠一が、しっとりと潤んでいる女体を抱え込んだ。

「やん……こんな家畜に種つけするみたいな格好で」

「さて、具合はどんなもんかね、っと」

四つん這いになった麻衣の尻を掲げさせ、肉のほつれに宛がったペニスをヌルリと挿入した。

「ん、ぁ……気持ち、イイ。さあ、ケダモノみたいに犯して」

「あ、ああ、コイツはスゲエな」

締めつけるというよりは、絡みついてくる膣襞の粘膜に誠一が背筋を震わせた。

快楽に身を委ねていたのなら、それこそ三擦り半で果てていただろう。

ずるずるとそのまま出し入れが続き、逆に麻衣のほうが目を見開いて振り返った。

「あんっ、せい、いち…？」

「もうしばらく、愉しませろ」

「……あっ…ぅん。あっ、ホントに気持ち、イイ……」

パンパンパンとリズミカルに途切れなく尻をぶたれる麻衣は、シーツにギュッと握ったまま舌を出して蕩けた顔になっていく。

入れた物を軸に身体を反転させて、足を担いでから両腕の手首を握って腰を振り続ける。

前後にブンブンとたわんだ乳房が揺れまくっていた。

「……あと二、三年経つと、こんな感じか」

「あっ、あン、あン、アッ、誠一、気持ちイイ、すごいっ、こんなの初めてっ」

肩に担がれた脚をピンと伸ばした麻衣に、尻に跨がるようにのし掛かった誠一が射精していた。

不自然に吸い取られる感覚に抗い、己の意思で必要なだけの精を放った。

「こりゃあ、スゲエ名器だぜ」

「あ…ハァ…ハァ……どう、して？」

「まあ、いろいろ鍛えてあんだよ。房中術ってやつでな。立川流やらまあいろいろとな。ババア相手にもおっ勃つようにする訓練なんざ、未だに夢でうなされるぜ」

ベッドに仰向けになったまま、オルガズムに達せさせられた麻衣が呆れていた。

「……枯れた高僧にならば拒まれたことはあるけど、交わりの末に調伏されたのは初めて。どうして、気がついたの？」

「今の麻衣はパイズリできるほど巨乳じゃねえ」

「あら？」

ペロリと唇を舐めた麻衣の姿をしている何かが、自分の胸を鷲づかみにして揉んだ。

「こっちのほうが誠一の好みでしょう？」

「黙れ……。で、お前は何者だ？」

「誠一のアニマよ」

仰向けで組み敷かれている女性の姿が切り替わった。

セミロングの黒髪をシーツに広げた姿は一年申組の有利亜《ありあ》だ。

ただし、スレンダーな身体は成熟しており、先ほどの麻衣にも劣らない美乳を晒している。

「誠一くんの記憶にある女にしかなれないけど、気分次第で選んでください……」

身体だけでなく、雰囲気から口調も変わっている。

それどころか、繋がったままのペニスを収めた膣の感触まで変化していた。

「つまり、よりどりみどりってヤツさ。ああ、身体の具合は君がもっとも快楽を得られる状態にしてる。まぁ、ちょっとしたサービスだよ」

癖っ毛を指で梳いた菜々帆《ななほ》が、これ見よがしに巨乳を揺すってみせる。

彼女たちは学園で誠一が関係を結んでいる女性たちだった。

「……やめろ。頭が痛くなってくる」

「はーい。誠一はワガママだね」

麻衣の姿に戻った何かに、ため息を吐いた誠一が身体を起こした。

背中にがっしりと組みつかれた足のせいで、股間はしっかりと密着したままだ。

「しょうがないじゃない。本当の姿なんて忘れちゃったわ。誠一が望む姿になるわよ？　もしかして、まだヤッてない子のほうがイイ？」

「そうじゃなくてだな」

ウエーブの髪を巨乳に垂らしている美女に覚えはなかったが、確かにどこかで逢ったような気がする。

「茶番は終わりだ。ぶっちゃけると、ココは俺の夢か何かか？」

「う～ん。半分正解、かな？　確かに誠一くんのプネウマだけど、夢ってのも間違いじゃないかなぁ」

「訳わかんねえ。つうか、お前、俺の敵じゃねえのかよ。気安くねえ？」

「ひっどーい。私をムリヤリ隷属させておいて知らん顔しないでよね。ま～、写し身になった子のアフェクトゥスもコピーしちゃってるンだけど」

プンプンと頬を膨らませた何かが、あざとく拗ねてみせる。

「はあ？」

「確かにぃ、こんな場末の世界に呼び出されて、シコシコ搾り滓《かす》みたいなアニマを回収してるのも飽きちゃったけどさぁ。あ、そうだ。ね～、聞いてよ、誠一くん。私かわいそうなんだよ。ホント、もうマジサイテー。やってらんないってゆーかさぁ」

「……マジうぜえ」

「あ～、でもぉ、誠一くんとならココでずっと一種にシコシコしててもよかったかも。ねぇねぇ、やっぱり私と一緒にこのままシコシコしよ？　全部私がお世話してあげるから。今度は誠一くんのためにアニマを回収してあげる。そしたら、いずれ……」

「ストップ」

　抱きついてきた何かを押し留めた。

「悪いな。やらなきゃなんねえことがあるんだ」

「……はぁ。しょうがないにゃあ。マスターの御意のままに」

「は？」

　トン、と誠一の肩を押した何かが、ふわりと解けていく寮室の真ん中で舞っていた。

　何もない、あるいは、全てが混じり合って、全てが存在している混沌の中へと堕ちていく。

「気をつけてね、ダーリン。ソコに巣くってるのは、『　　』を失って狂った『　　』だから――……」

＊　＊　＊

目を開いた。

ビュウビュウと渇き、枯れきった風が吹いている。

焼けた鉄のツンとした匂いが鼻を刺す。

「到着だー」

無駄に元気いっぱいのワンコ先輩が尻尾を振っておられる。

赤茶けた岩場しかない周囲に、見上げれば寒気がするほどに澄んだ星空。

それでも白夜のようにうっすらと明るい。

正面にそびえる小高い岩山の根元に、ぽっかりと穴が開いて熱風を吹き出していた。

洞窟から垂れ下がる氷柱石と、下から伸びた石筍が組み合わさり、まるで口を開いた化け物が牙を剥いているように見える。

『人食鉱山《カニバリズムマイン》』の名前にぴったりだ。

――なにやら聞いていた名前とちょっと違うような気もする。

というか、いろいろと異なる感じ。

ログイン時にあれほど情報閲覧《インターフェース》さんが荒ぶっておられたのは初めてだ。

「ひゃー、空気カラカラ。お肌に悪そー」

「あっつーい。これは想定以上かも」

ブラックハニーの先輩方も全員揃っているようだ。

ほとんど女性陣なのでとても姦しい。

俺たちのほうも無事に全員ログインできている。

なので、静香さんはぎゅうぎゅうとベアハッグで落とそうとしなくても大丈夫です。

「さーて、じゃんじゃん斬りますよー」

「沙姫ちゃん、マテ、です」

「よっしゃあ、いよいよ私の本当の力を見せる時が来たわね」

「寮長さん、お座り、です」

「み、みんな頑張っていこうね！」

「まー、蜜柑ちゃんも、ちょっと落ち着いたほうがイイかな」

暴走したり緊張したりしているようだが、いつもどおりに元気な感じ。

挙動不審でキョロキョロしているのは誠一くらいだろうか。

「どしたの？　誠一」

「あ、ああ。麻衣？　だよな」

「うん……っていうか、なに勝手にオッパイ揉んでるんだ、コラー！」

なにやら百烈張手を喰らっていた。

まあ、後で話を聞こう。

「さあ。みんな、野営の準備を済ませてからミーティングしましょう」

パン、と手を叩いた香瑠先輩が音頭を取っていた。

「了解なのだー」

とてもお元気に返事をするワンコさんである。

ワンコ先輩はもうちょっと部長としての自覚を持ったほうがよいのではなかろうか。

『黒蜜《ブラックハニー》』の野営の設置は、あっと言う間に終わっていた。

手慣れているという理由の他にも、やはりAランク倶楽部にもなれば高級なツールを準備できるということだ。

中でもワンタッチテントというひとり用のシェルター型天幕は、名前のとおりに紐を引っ張るだけでテントが完成するという優れ物だった。

支柱をちょちょっと組み合わせてから傘を広げるイメージ。

地面にペグを撃ち込んで固定する手間があるとはいえ、三分くらいで完成していた。

モンスター素材で作られた全天候型のテントは、軽く、丈夫で、耐久性に優れた購買部の最高級品らしい。

後は寝袋《シュラフ》を敷けば寝床の完成だ。

キャンパー感が溢れていて格好いい。

俺たちも一応シュラフは各自で準備してきたが、とりあえずの作業用に持ってきたのは中サイズの軍用天幕《パップテント》のみだ。

「おい、そんなんで大丈夫なのか？　後から俺たちを頼っても助けてやんねぇからな！」

鉄郎先輩がこちらを見下すように腕を組んでいる。

なにアイツ、と麻衣は憤慨していたが、俺たちを心配しているのが丸わかりのツンデレ先輩だと思う。

向こうの女子メンバーからシバかれていたので妙に親近感がある。

早々にベースポイントの構築を終えた黒蜜のメンバーは、そのままダンジョンへと向かってしまった。

俺たちは荷物番のお留守番である。

予定を変更して、ミーティングについてはダンジョンの様子を確認してからになった。

ツンデレ先輩の発言でおかしくなりかけた空気をリセットするつもりなのだろう。

ゆっくり準備してね、というレディガイさんの言葉はありがたかったが、口の利き方が、とか、再教育が必要、などと漏れ聞こえてきた台詞がバイオレンス。

ツンデレ先輩は無事に生還してほしい。

お言葉に甘え、俺たちの拠点構築を始めよう。

今回のレイド攻略は、少々手間取りそうな予感がする。

腰を据えられる拠点は必須だ。

「さてと、それじゃ私たちも始めようかな」

「ふん。クラフターだと思って舐めてくれちゃって、目にもの見せてやるわ」

「でも、私たちだけにしてくれたのはラッキーだったね」

荷物置き場にササッとパップテントを張ると、軽い荷物しか入っていない皆のバックパックをまとめて格納する。

本格的な資材は、俺がまとめて空間収納《アイテムボックス》に預かっているのだ。

部外者にはお見せできない。

だがよく考えたら、ワンコ先輩にはジャンジャンバリバリご飯を出してしまった思い出。

白鯨レイドは極限状態だったので致し方なかったのだ。

「それじゃあ、みんなゴーレム召喚だよ！」

蜜柑先輩のかけ声で、十二体の『強化外装骨格《アームドゴーレム》』が降臨する。

ずんぐりむっくりのゴライアス君を筆頭に、巨人兵団が勢揃いだ。

なかなかのロボットアニメ感。

「んじゃ、整地しようかな。とりあえず一反歩くらいで間に合ったはず」

「水平は私がとります」

「増築分のスペースはこっちに……」

わいわいガショーンガショーンと土木工事が始まった。

ゴツゴツとした岩場をクラフタースキルで均《なら》し、大きな岩の塊はアームドゴーレムでポイ捨てしたり砕いたりと大活躍だ。

沙姫が楽しそうに参加して岩をザクザクと細切れにし始めているが、邪魔にしかなってないと思う。

「――やっぱり、水脈がない、です」

地面に手を当てて目を瞑っていた朱陽先輩が頭を振る。

『植栽士《ガーデナー》』に新しく『生命工学士《プラントマスター》』を得た朱陽先輩だ。

クラスに関連する能力はサバイバルにも応用できる。

俺の情報閲覧《インターフェース》によって任意のクラスを引っ張ってこられるので、みんな普通ではまずチェンジできないレアなクラスを選んでしまった。

ニッチなクラスは大変だと思ったのだが、何故か普通に使いこなしておられる模様。

「ま、予想どおりかな。生活用水も飲料用水も、全部『水《アクア》』クリスタルから融通しちゃおう」

「みんなで使っても一年分くらいにはなると思うよっ。備えあれば憂いなしだね！」

ちっちゃなお胸を張った蜜柑先輩がお威張りになられる。

先輩たちが準備してきたのは『元素結晶《エレメンタルクリスタル》』という、純エネルギー結晶体だ。

ダンジョンから採取してきたモンスタークリスタルを、分離、抽出、再結晶化させた代物らしい。

主に四元素《エレメンタル》の火《フレイム》、水《アクア》、風《エア》、土《アース》の四種類に分離させると、すごく使い勝手のいい触媒になるという話だ。

黒蜜の先輩たちが持っていた水筒にも、水の元素結晶が使われていたはずだ。

確か、水筒の内部を小さな結界で囲み、その中に水の元素結晶を入れておけば、自動で水が充たされる仕組みらしい。

遠征には必須アイテムだと翠《みどり》先生が仰っていたが、とても高価で、中の元素結晶もダンジョンダイブの度に補充しなければならない。

購買部でも各種の元素結晶を売っていたが、やはりぼったくり価格だった。

水の元素結晶で言えば、爪の先ほどの小さなクリスタルで十リットルほどの水になり、値段は十万銭ほどする。

もっとも、その量の水の持ち運びは大変なので、今回のような水場のないレイドクエストでは必須といえるアイテムだろう。

そんな高額アイテムだが、実はこっそりと蜜柑先輩たちが麻鷺荘で量産していたりする。

実際、学園でも公開されている技術ではあるが、実験の授業以外でやろうとする者はいない。

抽出したエレメンタルクリスタルもダンジョン空間でなければ、モンスタークリスタルと同じように還元気化してしまい、そのままでは保存できないからだ。

何故か麻鷺荘の敷地周辺はダンジョンっぽいのでセーフである。

ちなみに俺の空間収納《アイテムボックス》の中もダンジョンっぽいらしい。

しかし、少しばかり問題も発生していた。

ダンジョンから回収してきたモンスタークリスタルは全て蜜柑先輩たちの手元で加工されており、購買部で銭に変えられず稼ぎがないのだ。

静香から飯代を出してもらっている状態なので心が苦しい。

みんなはどうやって銭を稼いでいるのだろうか。

俺の分の稼ぎを、実はこっそり静香が受け取って管理しているとかいうマッチポンプはないだろうし、誠一たちに聞いても曖昧な笑みを浮かべるだけで教えてくれない。

「……さて。そろそろいいかな？　叶馬くん、アレをお願いね」

アンニュイな気分になっていると、いつの間にか広大な範囲の整地が終了していた。

「了解です。先輩たちは下がっていてください」

「は～い」

俺成分の吸収に満足したらしい静香にも離れてもらい、真っ平らになった場所に足を踏み入れる。

ちょっとデカブツなので、事前に雪ちゃんと相談してサポートをお願いしている。

とはいえ、特にトリガーワードも格好いいポーズも必要ないので、そのままいつもどおりにひょい、とソレを取り出した。

特に振動もなく設置に成功。

後で雪ちゃんの要望どおり、お風呂で髪を洗ってあげようと思う。

「……流石にこのサイズだと、出てくるのを見ても自分の目を疑うかな」

「あ、あはは。やっぱり叶馬くんだよね」

「わー……なんか家っていうか、お城が出てきたんですけど」

「つうか、要塞だな……」

初見の誠一たちは茫然という体《てい》で、『轟天《ごうてん》の石榴山《ざくろざん》』で先輩たちが作り上げた迎撃基地を見上げていた。

地上三階建ての塔は全体的に蔦が絡んでいたりして、廃墟っぽい感じがロマンス感ある。

周囲を囲む城壁も、石積みを崩さずに移築できたようだ。

これは構造物としてではなく、３Ｄ範囲指定でカットアンドペーストしてる感じ。

どういう仕組みで空間ごと出し入れしているのかは、雪ちゃんに丸投げしているので不明。

釣瓶《つるべ》井戸だけは上っ面だけで、地面に穴は開いていない。

水脈がないらしいから掘っても水は出ないだろう。

本館は最初から基礎打ちしていない上物だけなので問題なし。

土台の土部分も余裕を持って確保してくれたのか、畑もちゃんと使えるようだ。

雪ちゃんもたまにトマトの収穫に来ていたらしいが……なんかすごい増えてる。

庭一面にモンスター自動迎撃機能搭載のバスケットボールみたいなトマトが増殖している。

アレって、豪腕に設定したピッチングマシーンの勢いでトマトを射出してきたはず。

ちょっと危険な予感がする。

「すごいです！　これなら官軍にも負けません！」

沙姫がキラキラした眼で昂奮しているが、何と戦うつもりなのだろう。

「最初は大掃除だね。ササッといこー」

「うん。やっぱりリフォームが必要だね。増築はブラックハニーメンバー分の宿舎と、大浴場も欲しいかな」

「露天風呂の三面図はこれです」

「夕食の仕込みを始めるわ。メロン、手伝って。叶馬くんは預けた食材を出していきなさい」

「……あの子たちがあんなに立派に」

トマトに感動している朱陽先輩には悪いが、怪我人が出る前に少し間引いてほしい。

「暑いので水冷式の空調を構築しますー」

「確保してた木材が残ってました！　これでブラックハニーさんのベッドを作ります」

わいわいガショーンガショーンと、先輩たちが迎撃基地のバージョンアップに取りかかった。

「探検してきます！」

「私も行くわ。すっごいテンションあがるぅ！」

「付いて行く、です」

「行くです」

沙姫たちが辛抱堪らないという感じで中に行ってしまった。

あまり先輩たちの邪魔にならないようにしてほしい。

「……なんかもう、野営ってレベルじゃないんですけど？」

「問題ない」

「快適に過ごせるんならいいんだけどさぁ。限度ってのがあるでしょ」

ジト目の麻衣がため息を吐いて、軍用天幕《パップテント》の椅子に腰かけた。

最初っから手伝う素振りさえ見せない潔さ。

「だって、こういう作業だと戦闘組のあたしらに出番はないじゃん」

「まあ、そうな。とりあえず周囲の索敵でもしとくか？」

とはいえ、見晴らしのいい岩石地帯である。

ダンジョンの入口っぽい鬼面洞窟以外は、何もない荒野だ。

ざっくりと地面が途切れている断層は、このレイド領域の果てだろう。

思ったよりも狭い、もしくは下に深く広がっているのか。

「んじゃ、まあ。おとなしく荷物番しておくか」

モンスターの襲撃がなくても、他の生徒による略奪の可能性はある。

公認レイドクエスト『慟哭鉱山《ハウリングマイン》』は一時公開停止しているらしいが、入ろうと思えば入ってこられるのだ。

警戒するのに越したことはない。

ダンジョン攻略についての打ち合わせは、ワンコ先輩たちが戻ってからの話だ。

どうやら俺たちは戦力外と認識されているらしい。

だがたぶん、先輩たちだけに任せてもこのレイドはクリアできない気がする。

「それで、誠一よ」

「あん？」

「ココに来る前に、誰かと逢ったか？」

第六十四章　迎撃基地

「うわぁ。なにコレ、なにコレ！　遊園地のお城みたいだー」

テンションが天元突破したらしいワンコ先輩が突っ込んでくる。

ダンジョン帰りだというのに元気なことだ。

「……え。え、えぇ～っと？」

「ふわっ？　何、これしゅごい……」

「ダンジョンから戻ってきたらお城ができていたでござるの巻」

多少くたびれて煤けたようにみえる『黒蜜《ブラックハニー》』のメンバーが、呆然とした顔で迎撃基地を見上げていた。

周囲は割と平場なので、三階建ての塔でも目立っている。

資材運搬を終えたゴーレムくんが二体ほど、歩哨として屋上に待機していた。

後は城壁の四隅にもそれぞれ、四体のゴーレムくんが歩哨として待機済みだ。

アームドゴーレムをスタンドアローン運用する場合、簡単な命令しか実行できないらしいが、敵を発見したら本人へシグナルを伝える程度なら問題ない。

本人が寝ていてもノー問題なのは、石榴山での迎撃生活で実証済みだ。

「お帰りなさい。ダンジョンアタックお疲れ様。お茶の準備ができてるから、一服どうかな？」

「お茶菓子はっ？」

さっそく探検モードになっていたワンコ先輩がクルリと踵《きびす》を返す。

出迎えた凛子先輩も苦笑していた。

「……お茶って、ここダンジョンの中なんですけど」

まだ現状を把握できていない黒蜜メンバーを先導し、本館の門を開いてリビング件ダイニングルームへと案内する。

新しくテーブルや椅子も準備したので、黒蜜と神匠騎士団が全員揃って着席可能だ。

ちょうど教室くらいの広さだろうか。

窓も小さく、外も暗いので、白鯨の油を燃やすランタンが天井に幾つかぶら下げられている。

淡いオレンジ色に染まった室内がオシャレ感。

ちなみにこのランタン、永遠に灯り続けるんじゃないかというチートなマジックアイテムになったらしい。

レイドボスだけあって白鯨素材は地味にチートだ。

「温かいより、冷たい、思いました。フレッシュハーブティー、です」

「あ、うん……」

芽龍先輩がティーポットを机に配っていく。

二十名分並べられているカップとソーサーは、石榴の木から削りだした木工品だ。

そういった生活用品は、石榴山レイドのときに大量生産してある。

「窯の様子を見るためにクッキー焼いたけど、食べる？」

「食べるー！」

籠《かご》に山盛りになったクッキーを手にした久留美先輩に、ワンコ先輩が元気よく飛びついた。

「うまー！　サクサクの熱々でうまー！」

「独り占めしちゃダメよ」

「わかっただー」

「……ぶちょーが食べ物で妥協するなんて」

何やら驚かれている様子。

今までどれだけ食い意地が張っていたのだろう。

「冷たくて、スーッとするいい香りね。ダンジョンは暑かったから、とてもおいしいわ」

「えっ、これ氷が入ってる？　ダンジョンの中でどうやって？」

「おいしいワン。お代わり欲しいワン」

やはり洞窟内部は過酷な環境らしい。

みんなお代わりしてポットが回されると、快適空間っぷりに目を向ける余裕も出てきたようだ。

「なんて言ったらいいかわかんないけど、この建物を作ったのって君たちなの？　学園が設置する前線基地よりずっとすごいんだけど」

「ええ。当方の先輩方によって作られた迎撃基地です」

シャイな先輩方に代わってすごさをアピールしておく。

「それにしたって、半日も経っていないのに……」

移築したのは俺だが、実際に蜜柑先輩たちが作ったのには間違いない。

ちなみに、俺が慣れないホスト役を担当しているのは、凛子先輩たちの安全を確保するためだ。

ワンコ先輩やレディガイ先輩は信用に値すると思うが、他の黒蜜メンバーについては未知数である。

格下を顎で使うような真似は許さない。

「職人クラスって、こんなコトまでできるんだ」

「……正直、見る目が変わっちゃった」

「ぶちょーが君たちと一緒じゃなきゃレイドに行きたくないー、って言ってたのも納得だよー」

お話を聞く限り大丈夫っぽい感じはする。

学園ではついぞ見たことがない、まともな先輩方に見える。

これも部長であるワンコさんの人徳だろうか。

「それじゃあ、汗もかいてるだろうからお風呂でもどうかな？　そろそろお湯も溜まってるだろうし」

凛子先輩の言葉に、ザワッと一気にテンションが上がった模様。

「お、お風呂もあるの？　それって私たちも使ってもいいの？」

「ダンジョンでお風呂……」

「レイドクエストでお風呂に入れるなんて夢みたい」

女性陣が多いからだろうか、切実すぎて少し怖い。

石榴山では井戸で水浴びしていたが、今回のように水が貴重なレイドクエストでは濡らしたタオルで身体を拭く程度になると聞く。

「流石にシャワーは作ってないけど、汗を流すくらいなら充分かなっと」

謙遜してみせる凛子先輩である。

ワンコ先輩がアレでも、黒蜜はAランク倶楽部だ。

それなりのインパクトで最初にカマしておかないと、下に見られて使いっ走りにされる可能性もある。

まあ、この迎撃基地を見た時点で圧倒されていたような気もするが。

「あっと、その前に。ブラックハニーのメンバー用宿舎の準備もできてるけど、先に見てもらったほうがいいかな？　もちろん、気に入らなかったら使わなくてもいいんだけど……」

「ちょっと待てよ。いや、待ってくださいっす。じゃなくて、いろいろおかしいだろ、これ！」

今まで黙っていたツンデレ先輩が立ち上がっていた。

言葉遣いがブレブレなのは、ダンジョンの中で大変な目にあったのだと推測される。

「こんな建物が、こんな短時間で建てられるのは、どう考えてもおかしい！　なんか騙されてるんじゃないっすか、俺ら！」

「こらこら、鉄郎くん。それは失礼じゃないかなー」

「また鉄っくんの妄想が始まった……」

「だからさっき手加減しすぎだっていったのに」

なかなか鋭い洞察力なのだが、身内から容赦のない突っ込み。

ワンコ先輩も訳がわからないといった感じで小首を傾げていた。

「もー、鉄っくんどうしたのだー」

「いやっ、だって部長。こんなのどう考えてもおかしいっすよ。だって、クラフター風情《ふぜい》……が！」

ドムッ！　とあまり人間の身体から聞こえてはいけない音が響いた。

「ごめんなさい。鉄郎くんが言っちゃいけない言葉を言いました、ワン」

妙に可愛らしい犬耳フードをかぶった先輩さんが、ぺこりと頭を下げる。

取ってつけたような語尾はマイブームなのだろうか。

クラスは戦士系の上位。

鉄郎先輩の腹にぶち込んだ裏拳は、岩をも砕けそうな勢いだった。

机に突っ伏してビックビック痙攣しており、一撃で意識を刈り取られてしまった模様。

「ああ、そんなに気にしてないかな。職人クラスやってるとよく言われるしね」

即座に鉄拳制裁したフードさんは、できた人だと思う。

遺恨を残さず失言を手打ちにするには、即決即断がベストなタイミングだ。

「とりあえず、宿舎から案内しようかな」

「はーい」

「ぶちょー、クッキーを風呂敷に包んじゃダメ～」

「鉄郎くんはどうしよ？」

「反省の意味を込めて、外に放置でいいんじゃないかな……」

なんというか、悪い人たちではないようだが、アクが強すぎる。


『轟天の石榴山』もそうだったが、このレイド領域も時間経過で環境が変化しないタイプのようだ。

変わらない白夜に星空、乾いた空気も暑いままだ。

もっともそれが普通で、昼と夜が切り替わったりするのは『海淵の悪魔』のような『伝承《レジェンド》』型のレイド領域くらいらしい。

故に、レイド挑戦者は自分の時計に合わせて、一日のスケジュールを調整するのが推奨されていた。

基本はレイドインした地上時間を維持することになる。

今回は黒蜜メンバーがお風呂に昂奮してキャッキャとはしゃいでいたので、若干遅めの晩ご飯になった。

全員、ではないが大人数でのディナーはなかなか賑やかであった。

久留美先輩の料理と、芽龍先輩のデザートは大好評を頂いていた。

然もありなん。

メニューは焼きたてのバゲットパンに、トマトの上部をカットしてそのまま器にしたチーズグラタン、輪切りにしたトマトとモッツァレラチーズとバジルっぽい謎の香草を挟んだカプレーゼ、トマトたっぷりのミネストローネ、口直しにトマトのジェラートと、トマト尽くしの真っ赤な食卓。

庭のトマトは全然減っている気がしない。

明日以降もトマト尽くしにならないことを祈る。

うちの倶楽部の先輩たちは、基本的に受け身系の内気体質だ。

なので、ありがたいことに黒蜜の女子メンバーが積極的にコミュニケーションを図ってくれていた。

この機会に仲良くなってほしい。

ただ、親睦という名目で、凛子先輩がお手製のシュワシュワ葡萄ジュースを出してしまった。

強固な迎撃基地内とはいえダンジョンの中。

酩酊するなど言語道断、という常識的意見はガンスルーされ、とても盛り上がっていた。

みんなもう少し自重したほうがいいと思う。

お陰で予定していたミーティングは明日に変更、黒蜜のメンバーもさっそく引っ越した宿舎で二次会をするらしい。

「できてるわよ、ミカン。これでいい？」

「うん。クルミちゃん、ありがと」

後片づけも終わった炊事場で、なにやら蜜柑先輩と久留美先輩がお話ししていた。

男性陣の部屋割りについて聞きに来たのだが、こっそり内緒で受け取っている袋が気になるお年頃。

蜜柑先輩に限っては、いかがわしいブツの調達などなさらないだろう。

そうたとえば、キュウリやナスを用いたナイトシーンのサラダバー。

無論、蜜柑先輩のことは尊敬し、敬愛している俺である。

陰からこっそり見守る護衛のミッションインポッシブル。

てふてふと歩く蜜柑先輩の後をコソコソと尾行する。

本館から外へお出かけだ。

途中でたわわに凶器を実らせたバトルトマトを撫でていたように見えるが、もしかしてトマトも寝ているのだろうか。

と油断していたら迎撃された。

砲撃モードのときは、皮を丈夫な水風船のように変化させるらしく、直撃を喰らうとダイレクトな衝撃を味わえる。

腹に喰らったりすると、痛いというより息ができなくなる。

着弾するとパアン、と弾けて汁塗れになるというオマケ付きだ。

「あれ、叶馬くん？」

蜜柑先輩から見つかってしまった。

トマトのやつは蜜柑先輩に反応しない模様。

それどころか、茎と葉っぱをクネクネさせて蜜柑先輩に媚を売っている。

後で抜いてしまおう。

「偶然ですね。お散歩ですか？」

「えっと、うん……」

「外は危ないと思いますが」

蜜柑先輩の向かう先が、城壁の外だったのは間違いないだろう。

地表に湧いているワンダリングモンスターは見かけないが、これでも一応ダンジョンの中なのだ。

モジモジしている蜜柑先輩が手にした紙袋を見せてくる。

「えっとね。外にいる鉄郎くんに、差し入れを持っていってあげようと思って……」

まっこと蜜柑先輩は慈悲深いお方だ。

その女神の如き志、ひっそりお守りしたい。

「あはは、一緒に行ってもいいと思うんだけど」

「いえ、陰から見守っていますのでお気になさらず」

苦笑する蜜柑先輩だったが、うん、と頷いて城門の外へ。

とはいえ、見える先にポツンとテントが設置されていた。

すごくロンリー感がある。

いつ気絶から回復したのかわからないが、ちょうど飯時だったらしい。

携帯用の小さなガスバーナーでお湯を沸かし、パッケージから取り出したレーションをひとり寂しく並べている。

「……なんか用ッスか？」

「えっとね。差し入れを持ってきたから、食べてほしいな、って」

差し出した紙袋をしばし睨んだ鉄郎先輩が、ふいっと顔を逸らした。

「情けをかけたつもりッスか。施しは受け取らねッス」

どうやら意固地になっている模様。

拒絶された蜜柑先輩はといえば、戸惑う様子も悲しむ様子もなく、紙袋を抱えたまま岩にちょこんと腰かけた。

「えっと、改めて。二年丙組、Cランク倶楽部の神匠騎士団に所属してるクラフターの蜜柑です。よろしくお願いします」

「あ、えっと、俺は二年辰組の鉄郎ッス……」

ぺこりと頭を下げた蜜柑先輩に釣られたように、返事が返された。

そして、にっこり笑った蜜柑先輩が紙袋を差し出す。

「はい。どうぞ。うちのクルミちゃんが作ったサンドイッチです。おいしいですよ」

「あ、俺は……」

実際に戦いになったとして、俺は蜜柑先輩に負けるとは思わない。

だが性別とかクラスとか、そういう些細な問題は抜きにして、俺は蜜柑先輩に及ばないだろう。

その心の有り様は、眩しく尊い。

この学園で、先輩たちが先輩たちでいられるように守ってきた、その蜜柑先輩の志《こころざし》はどうしようもなく尊敬に値する。

「クッソ情けねぇ……。俺かっこ悪ィな……」

「え、ええっと？」

「アザッス！　ありがたく頂戴するッス。その前に、馬鹿なこと言っちまって、マジすんませんっしたー！」

ガバッと手をついて頭を下げた鉄郎先輩に、ビックリした蜜柑先輩がひゃーっと可愛いポーズを見せてくださった。

落としかけた紙袋がキャッチされ、中から取りだした長いバゲットパンにトマトやらチーズやらトマトやらベーコンやらトマトが挟んであるソレを、ガブリと頬張ってみせる。

久留美先輩特製のオーロラソースが味の決め手だ。

「スッゲーうまいッスよ」

「あは。うん、うちのクルミちゃんはすっごく料理が上手なの。明日からも期待しててね？」

「……ウッス。お世話になります」

やはり蜜柑先輩は大したお方だ。

ただ、自分の無防備さに自覚がないので困りもの。

膝を抱えるように座っているので、下半身の防御力がゼロになっているのだと思う。

鉄郎先輩が反らしている顔が真っ赤っかである。

ハーレムのような倶楽部に所属している癖に、ずいぶんとウブな先輩だ。

「誰か、そこにいんだろ？」

おっと、つい殺気のような気配が漏れていたらしい。

蜜柑先輩のサービスショットに嫉妬してしまった。

だが今更、ひょこひょこ顔を出すのも気まずいものがある。

ここはさりげなさを装い、星空散歩の途中でたまたま見かけたというナチュラルさを演出。

「いや、ねーよ。無理がありすぎンだろ。つうか、最初から気づいてたよ」

「然様でしたか。一年丙組の叶馬と申します」

「おう。……ダセェとこ見せちまったな。笑っちまってもいいんだぜ？」

なにやら先輩が訳のわからんことを言っている。

気遣いを察し、それを受け入れ、自らを改めることがダセェはずがない。

自分よりも格下からの意見は、耳から聞こえても心で拒否するのが、ありきたりのダセェ人間というものだ。

故にそのスタンスは好意に値する。

「お、おう。……なんつーか、お前らって変なヤツらだよな」

「えー、普通だよー。ねっ？」

「然り」

「ハハ。あの部長が友達だって認めてんだから、悪いヤツらのはずがねぇよな。認めらんねぇ俺が間抜けだった」

胡坐をかいた鉄郎先輩が、膝の上に拳を置いた。

「改めて。ブラックハニーのぶっ込み隊員、『武闘士《ウェポンマスター》』の鉄郎たぁ俺のことだ。よろしく頼むぜ、アデプトオーダーズさんよ！」

＊　＊　＊

「いらっしゃい。おつとめ、ご苦労様かな」

ギイ、と軋む扉を開けて姿を見せたのは、どこか精気の抜けた顔をしている叶馬に、ツヤツヤとご満悦な静香だった。

要塞塔の地上三階は、物資保管庫として使われている。

部員の居住区は二階で、一階はリビングやキッチンなどのパブリックエリアだ。

迎撃基地のコンセプトは、遠距離砲撃魔法や大型モンスターの襲撃を想定している。

極級レイド領域の構成物質から組み上げられた構造物は、八十八ミリ対戦車徹甲弾をも弾き返す強度があった。

いくつかのブロックに仕切られた保管庫の内、空きスペースに椅子と机が用意されていた。

凜子の向かいに座っていた誠一が、腕と足を組んだまま呆れる。

「お前らはダンジョンの中でもブレねえな……」

「すまん。少し遅刻したか」

「いや、ちょうどいい時間なんだが。静香は……」

「お気になさらず。私は叶馬さんのオプション装備なので」

人目を避けた内密の三者会談は最初から破綻してしまった。

「まあ、静香ちゃんなら問題ないかな」

「そりゃまあ、そうっすけどね」

「はい。無問題です」

頷いた静香は、しれっとした顔で叶馬の隣に座った。

「時間も時間だし、さっそく秘密の会議を始めようかな。一応、今からの話は他言無用。少なくともハッキリしたことがわかるまでは、ね」

机の上にあるランタンが、ジリ、と微かな音を響かせる。

「さて、事前資料として黒蜜から提供された、このレイドクエストの資料なんだけど」

課題：
　該当レイド領域におけるマッピング八〇％を達成、及び棲息モンスターをリストアップせよ。
名称：
　（仮）慟哭鉱山《ハウリングマイン》
様式：
　（仮）根源《プリミティブ》［火《フレイム》］
等級：
　（仮）上級《ハイランク》
ボス及び世界核：
　未確認
マップ踏破率：
　四〇％

「学園ネットのレイドスレも確認してたんだが、ごく普通の根源型レイドって評判だったな。発見されたのは半月前。今は第七階層にゲートがあるらしい。中級以上のプリミティブ型は珍しいらしいんだが、元々プリミティブレイドは人気がねえし放置気味だったみてえだ」

「まー、『王権』型とは違って、放置してれば勝手に減衰して消滅するからね。ローリスクローリターンの根源型は初心者向けっていわれてるんだけど、変に上級だから逆にニーズがなくて放置されてたのかな」

「なるほど」

重々しく頷いた叶馬だが、バトルトマトの絶滅方法などを考えていたりする。

そんな叶馬の代わりに静香が話を繋いだ。

「今回のクエストは、領域内製図《マッピング》とモンスター調査ですよね？」

コピーされた資料には平面図と断面図の二種類が添付されている。

地下拡張型のダンジョン構造になっており、階層ごとに平面図が、そしてレイド領域の全図が断面として描かれていた。

ダンジョンの外側、つまりセーフティエリアから地形探査を行えば、そのレイド領域の全体図が把握できる。

その全体図を元にして、マップの踏破率が計算されていた。

静香の指摘に曖昧な微笑みを浮かべた凛子が、資料の下に重ねられていた用紙を捲る。

「まあ学園の依頼からすればそうなんだけどね。そのマッピングだけでも一筋縄じゃいきそうにないかな」

『慟哭鉱山《ハウリングマイン》』と仮称がつけられている断面図は、円柱形のビルのような形状をしていた。

セーフティエリアとして今いる場所は、ビルの屋上部分になっている。

十階建てのビルが描かれた断面図、その隣に更に深く伸びた手書きの断面図が並べられる。

「こっちが夏海ちゃんの『地図帳《アトラス》』で視てもらったワールドマップの図面かな。内部階層は透視を弾かれたみたい。私の『解析《アナライズ》』でも、ろくに領域の構成要素が視られないんだよ。これだけ解析不能《アンノウン》だったのは『石榴山』や『鬼ヶ島』以来かなっと」

「ソレ、どっちも極級《アルティメットランク》のレイドクエストっすよね……」

「等級《ランク》は抜きにしても、本来ならあり得ないのよ。根源型のレイド領域が拡大している、なんてのは」

コツコツ、と地図絵を指先で叩いた凛子が叶馬へ向き直る。

「『侵略《バルバロイ》』。叶馬くんが見たっていうメッセージが本当かわからないけど、根源型じゃない可能性は高いかな」

「なるほど」

机についた手を組んで口元を隠した叶馬は、明日の朝ご飯について考えていたりした。

そんな置物の役にしか立たない叶馬のオプションとして静香が参加している。

「そういった調査を含めたクエストではないかと……」

「まあね。だけど、特殊なんだ。『侵略《バルバロイ》』だけは。他のレイドクエストが試練だとすれば『侵略』は戦争、になるのかな」

「学園が提示してきたクエストと、ダンジョンのレイド領域をクリアする条件は別……ってことか」

通気孔から遠く響いてくるのは、鬼面洞窟から絶えることなく轟く鳴き声だ。

怨《おん》ゞ《おん》と、暗《くら》い賜《たま》え、のた打ち廻れと呪詛を吐き出し続けている。

「学園はわかってて依頼出してると思います？」

「じゃないかな。Aランク倶楽部に上級レイド如きの調査を依頼するのは、ちょっと不自然かなって」

「……そっすよね。レイドスレに変なレスもあったんだよな。ロストマンが出てるって」

「なるほど」

「未帰還者、ですか。アレに関係あるのでしょうか」

「ちなみに、そっちに出たのは『誰』だったんだ？」

なるほど空気男になっている叶馬をスルーした誠一が静香に問いかけた。

「もちろん、『私』でした。私が一緒にいることに向こうも驚いていたようですが」

「べったりくっついてログインしたからか？　まあ、全員無事にログインできてるし、俺と叶馬だけに出てきた理由がわからんな」

「私たちのほうには出てこなかったから何とも言えないけど、それの誘いに乗ってたらどうなってたのかな……」

暇を持て余し始めた叶馬は、入口のほうからこっそりひょこひょこ歩いてきたボロい人形を捕獲する。

膝に乗せると、じっと見詰め、なるほどと適当に頷く。

「そういえば、どうやってその強制イベントから脱出できたのかな？」

「……俺はノーコメントで」

「私たちの場合は、特に何もしなかったですね。叶馬さんに迷惑はかけられないと、勝手に自害してしまいました」

「……何を言ってるのかわからないかな」

「叶馬さんに害意を持った存在が『私』をコピーしたのなら、当然そうなります。ええ、何の問題もありません」

むしろ誇らしげに自分の胸へ手を当てた静香に、誠一と凜子が曖昧な笑みを浮かべた。

「ま、まあ、それはさておき、だ。実際にはダンジョンの攻略を進めるしかないわけだが、バルバロイタイプの攻略方法ってどんなもんなんすかね？」

「レイド領域内のモンスターを鏖殺《おうさつ》しなきゃいけないかな。それが『侵略《バルバロイ》』型レイドクエストのルール。それに、羅城門もちょっと特殊なモードで起動するはずだから、クエストをクリアするまで私たちはココから出られない、かも？」

「俺ら完全に捨て駒じゃないっすかね。なんつうか、まあクソッタレな話だぜ」

「まだ仮定の話ですし。黒蜜さんだけに任せず、私たちも動いて調査したほうがよさそうですね」

「なるほど」

腕を組んで頷く叶馬の膝の上で、ボロい人形も腕を組んで頷いていた。

第六十五章　花魁童子《ハレムオウガ》

「よおっ、おはようさん！　今日は絶好のダンジョン日和だな。ハハッ」

暑苦しくも爽やかな挨拶をかましてきたのは、上半身が裸になっている鉄郎先輩だ。

なかなかいい筋肉っぷり。

間違いなく鍛えている。

俺も脱がねばなるまい。

「おう、叶馬もヤルか？　もうちょい待っててくれや」

「ッシィ！　ハッアアッ！」

右手で握ったロングソードを無雑作に振り、稲妻のような速さで撃ち込まれている斬撃を払っている。

相対している水虎王刀を両手で構えた沙姫は、目を爛々と輝かせて演武していた。

空気を切り裂くような撃ち込みはモンスター相手と同じ、全力全速だ。

それを、鉄郎先輩は無造作にも見える体捌きとロングソードで、あしらうように受け止めている。

「スゴイ……沙姫ちゃんが子ども扱いされてる」

銛を手にした乙葉先輩が、唖然としたような、それでいて楽しそうに目を輝かせて演武を見守っている。

　気持ちはすごくわかる。

「脳筋族がいっぱいだメ〜」

「……」

　迎撃基地の城壁内にある食糧仮保管場は、捌ききれない牛鬼などのラージサイズモンスターを積んでいた場所だ。

　程よい広さの足場が闘技場として再利用されていた。

　丸太を削っただけのベンチには、黒蜜のメンバーも観客になっている。

　今日は巻き角つきのモコモコのフードをかぶった女子さんと、日本人形のようなパッツン髪の女子さんが並んでいた。

　パッツンさんが膝に乗せている、不細工な人形が手を振ってきたので振り返しておく。

「――参りました。すごいですっ」

「ああ、お前もなかなかヤルな。ただ技が素直すぎんだよ。モンスター相手ならともかく、対人じゃあ虚実を身につけなきゃフェイントも生きねーぜ？」

「はい！　もう一本お願いします！」

「沙姫ちゃん、ちょっと待って。次、私の番だからっ」

「あはは。みんなすっかり仲良しさんだね」

「うーん。流石、黒蜜の『鉄剣公子《アイアンデューク》』」

いつの間にかやってきていた蜜柑先輩と凛子先輩が、ギンギンと真剣でやり合っている演武に感心していた。

そして何やら厨臭いパワーワードが聞こえた。

「いわゆる『二つ名』というやつだメ〜。トーナメントとかで有名になった生徒につけられる渾名《ニックネーム》だメ〜」

「……ダサぁ……」

表情を変えずにポツリと呟くパッツンさんに、そこはかとないシンパシー。

膝の上にいるブサ人形さんが、手を左右に広げてヤレヤレといった感じのパフォーマンスを披露していた。

だがちょっと待ってほしい。

『二つ名』という厨二要素にはロマンティックが止まらない。

女の子にはわからないだろうが、男の子にとっては少しばかり浪漫を掻き立てられるキーワード。

「……『花魁童子《ハレムオウガ》』……」

チラリとこちらを見たパッツンさんが、ぽつりと呟いた。

「……ダサぁ……」

「お尋ね者《ワイルドバンチ》の女呑童子《ニトリオウガ》を食ったメ〜？　二つ名も一緒に引き継いじゃったパターンだメ〜」

誰だろう、そのお値段以上なやつは。

そんなNTRなやつには覚えがないので、俺とは無関係に違いない。

本館のほうからカァンカァンと、フライパンをオタマで引っぱたく音が聞こえてきた。

朝食ができたのでさっさと集まれ、という久留美先輩の合図。

「ぺぷぅ」

べしゃりと潰された乙葉先輩が変な声で鳴いていた。

「あー、お前はクラスの力に振り回されてんなぁ。もっと身体に『クラス』を馴染ませろ。格好つけんのは、まだまだ早ェぜ」


ブレックファーストは炊きたてご飯の和食だった。

味噌汁にトマトオムレツ、謎の葉っぱのお浸しに、シラスと大根おろし、焼き鮭の切り身という鉄版メニュー。

四十名分の料理をお任せしている久留美先輩には頭が上がらない。

やはりものすごい分量だ。

うまうま言いつつ十人分くらい食べるワンコ先輩は少し自重してほしい。

お米に関しては雪ちゃん印の新米が大好評だった。

二十俵くらいもらったので、しばらく保つだろう。

「……あっ。すごくいい香りね」

テーブルに着いている香瑠先輩が、目を閉じて鼻から息を吸い込んでいる。

顔を伏せて視線を合わせないようにしている鬼灯先輩が、トレイにのせた人数分のコーヒーを持ってきてくれた。

久留美先輩や芽龍先輩から、少しずつ対人恐怖症を慣らしていくように気遣われているのだ。

麻鷺荘でも大好評のブレンドティーやコーヒーの焙煎は、すべて鬼灯先輩のハンドメイド品なのである。

『調香士《パフューマー》』に『調整士《コーディネーター》』という、これまた謎のクラスを得た鬼灯先輩が淹れたアロマがみんなを魅了していた。

だが、無事みんなの前にカップを配膳し終えた鬼灯先輩は、顔を真っ赤にして逃げ出してしまった。

少しずつ慣れていけばいいと思う。

「さて。それじゃあ、延び延びになっていたけれど、合同ミーティングを始めましょうか」

朝食の片づけを終えたテーブルのひとつに、ブラックハニーとアデプトオーダーズの代表メンバーが向かい合っていた。

黒蜜からは部長のワンコ先輩、副部長のフード先輩とパッツン先輩、アドバイザーとして香瑠先輩が出ている。

神匠騎士団からは副部長の蜜柑先輩（の本体として凛子先輩）と静香、オマケとして誠一が席に着いていた。

女性率が高い感じ。

半分くらいは会議に向かない人選に見えるのは気のせいだろうか。

ワンコ先輩などは芽龍先輩からオヤツとしてもらっていた芋ケンピをモリモリと食べ始めている。

部長として会議を仕切ろうなどという心意気はない模様。

まったく困った部長さんである。

そんなワンコ部長を膝に乗せている俺は蚤取りを開始。

こんなコトもあろうかと、準備していたペット用ブラシが大活躍。

子鵺《こぬえ》にも大好評の逸品だ。

「アレは放って置くメ〜」

「そっすね……。なんかシンパシー感じるんすが」

ため息を吐いている誠一は幸せが逃げそう。

「まあまあ。とりあえず昨日アタックしてみた感じ、普通に火属性モンスターの特化ダンジョンだったわ。マッピング済みの浅い階層だけだったけれど、火蜥蜴《サラマンデル》や黒　犬《ブラックドック》に溶岩粘体《ラーヴァブロブ》と、特に変わったモンスターも見かけなかったわ」

「第四階層まではマッピング済み、だったかな？」

根源型のレイドクエスト攻略は、要するに宝探しゲームのような感じらしい。

レイド領域内に点在するプリミティブ要素の濃縮物、つまりマジックアイテムを見つけ出して回収していく。

攻略パーティーに『文官《オフィサー》』がひとりいれば、ついでに『自動記述《オートマティスム》』でマッピングもできる。

それがレイド領域であろうと、新マップは学園で買取してくれるのでオフィサーの小遣い稼ぎになっていると聞く。

モンスターを倒してもＥＸＰやクリスタルにはならないので、障害を排除する意味でしか戦わず、死骸も放置するそうだ。

レイド領域ではそういう死骸を捕食するために、粘体生物《ブロブ》と呼ばれるモンスターが湧いていることが多いらしい。

ＲＰＧゲームで見かけるスライムというやつだろう。

石榴山では見かけなかったが、あれはあれで変な生態系ができていた気がする。

「うちらはセオリーどおりに階門までのルートを掃除して、深層への橋頭堡《きょうとうほ》を作っていく予定だメ～。今日中に第四階層までのルートを確保して、明日から第五階層の攻略を始めるメ～」

「わ、すごい手慣れてるね。流石Ａランク倶楽部だよ～」

「……場数……」

「そうねぇ。貴方たちも幾つかレイドクエストを攻略すれば慣れるわ」

香瑠先輩による翻訳がイイ感じ。

机に座っているキモ人形くんがヤレヤレポーズをしているが、ムッとしたパッツン先輩から首を絞められている。

雑なパッチワークの継ぎ接ぎ人形くんなので、簡単に首が千切れてしまいそう。

「あとは一日一階層ずつ攻略していけば、今回のダイブで指名依頼《ダイレクトクエスト》はクリアできる予定、だメ～」

「なるほど」

今日は二日目になるので、残り四日としても五層から八層までの調査が終わることになる。

事前資料では予想階層深度十層になっていたので、課題である『該当レイド領域におけるマッピング八〇％』は達成できる。

階層深度が十階層だった場合は、だが。

まあ、実際には更に深く領域が広がっているらしいが、よく考えれば学園のほうも提示した予定領域の八割を調査すればクエスト終了を受諾せざるを得まい。

無駄な苦労を背負い込む必要はない。

このまま無事に終了すれば、それに越したことはないのだ。

そうした倶楽部の折衝については凛子先輩にお任せである。

「了解かな。それで私たちの立ち回りなんだけど。一日三食のご飯を準備するだけでいいのかな？」

「全然それだけじゃないメ～。快適な休息場所も作ってくれたし、お風呂とかもすごいメ～」

「そのとおりよ。過酷な環境下でのレイドアタックはメンタルが削られるの。温かい帰る場所を用意してくれたというだけで、本当に助かっているのよ」

「おいしいご飯は元気の源なのだー」

「お昼はお弁当を準備してるから、アタック前に持っていってね？」

蜜柑先輩の言葉に目をキラキラさせているワンコ先輩は、絶対早弁してしまうタイプ。

「では、それ以外の行動については私たちの自由ということでよいのでしょうか？」

「拠点の防衛が大丈夫なら、うちらは構わないメ～」

「……ダンジョン、アタック……？」

「折角のレイドダンジョンだからね。素材の回収もしておきたいかなって」

首の少し曲がった人形くんが、がんばれ音頭を踊っていた。


さて、俺たち神匠騎士団も早速ダンジョンアタックだ。

ダンジョンの中でダンジョンに潜るというのも変な感じはする。

戦闘クラスのみんなは全員出動するとして、蜜柑先輩と凜子先輩にも同行をお願いしていた。

残りの先輩たちは拠点の防衛戦力としてお留守番だ。

何かあっても先輩たちには連絡手段があるそうなので、その場合は即時帰還の即時殲滅《せんめつ》だ。

「『地図帳《アトラス》』、です」

鬼面洞窟に入った時点で、夏海が新しく取得したスキルを使用していた。

これは未踏破エリアでも地形情報を取得できるという便利スキルだ。

基本的には、空間が繋がっている広範囲のエリアを把握できる、らしい。

扉や壁などで区切られていない限り、一気に周囲のマップを探索できる。

今回のようなマッピングされていないレイド領域では、とても重宝されるスキルである。

レイドアタックをしているようなハイランク倶楽部にとって、夏海が得ている『案内人《パスフェンダー》』や『測量士《サーベイヤー》』のクラス持ちは引っ張りだこらしい。

ブラックハニーのメンバーにもいなかったので、それなりにレアなクラスなのだろう。

その話を聞いて怖がってしまった夏海の強い希望もあり、海春のクラスと同じように部外秘情報扱いだ。

「……既知マップにないエリアができてるかな」

「彩日羅ちゃんたちはまっすぐ階門に向かったみたい？」

「でしょうね。黒蜜パーティーにも当然上位のオフィサーはいるでしょうけれど、気づかなかったのか、調べるまでもないと思ったのか」

「それってマジックアイテムが残ってる可能性もあるってこと？　行ってみるしかないじゃん！」

「今度こそ、この『白髭切』の出番ですよー」

「身体を慣らすには、やっぱり実戦よね！」

ロジック組と脳筋組の温度差がある。

まあ、どちらもテンションがハイってやつだ。

俺と誠一を除いて、だが。

「……なあ、叶馬」

「ああ」

心なし青ざめた誠一が足下を見詰めていた。

「……クッソヤバイ気配がすんだけど、俺の気のせいか？」

「いいや」

遠く深く、閑《しず》かに鎮《しず》んでいる気配は、今すぐどうこうなるモノでもないだろう。

ただ、明確な、敵がいる。

言葉にしづらいが、絶対に許容できない、迎合できない、『敵』としか言いようがないナニカが『底』にいる。

「こういう訳わかんねえのはお前の担当だろ。勘弁してくれよ」

「知らんがな」


岩壁に張りついた火蜥蜴《サラマンデル》が、がぱりと顎を開いた。

赤い岩のような鱗に覆われた火蜥蜴は、顎の先から尻尾の先まで一メートルほどの個体が多い。

チロチロと身体が燃えている以外は、大きな蜥蜴そのものだ。

赤い火線がブレスとなって吐き出され、固まっている後衛に襲いかかる。

「『聖域《アジール》』、です」

ようやく新スキルにも慣れてきた海春が、両手を組み合わせて不可視の障壁を構築する。

護衛として足下にいた雪狼《スノーウルフ》が、お返しとばかりに吹雪のブレスを放っていた。

直接的なダメージというよりも、燃えていた火を消されて動きが鈍った火蜥蜴が床に落ちる。

「『凍えろ』」

白いダイヤモンドダストを纏った海部鯨刀が、火蜥蜴の頭上から喉まで突き立てられる。

パキリ、と刀身が刺さった周囲を凍結させて絶命した火蜥蜴から刀が抜かれる。

「パーフェクト。完璧な状態かな」

「んじゃ、コイツは捌かなくていいんすね……」

幾分、げんなりした誠一が刀を収めた。

「凍りつかせて倒すと燃えちゃわないみたい。お腹の中にあった火を噴く器官が、死んじゃった後に身体を燃やしちゃってたんだと思う」

口元に手を当てた蜜柑が、キリッとした顔で推測していた。

「四元素《エレメンタル》のシンボル的なモンスターだからね。これは片っ端から確保する価値があるかな」

「……おふたりとも、一応戦闘中なので」

突っ込みを入れた静香だったが、モンスターの駆除はオーバーキル気味だ。

自然にできた鍾乳洞のような回廊で、白いサーコートを閃かせた沙姫が壁を駆け上っていく。

腰から提げた二振りの刀。

その短く真新しい小太刀の鯉口を、キン、と切った。

「ッシ……ハァ！」

壁に張りついていた火蜥蜴、そして天井に潜んでいた火蜥蜴に向かって跳躍した沙姫が右手を振るう。

頭部から尻尾まで、綺麗な開きにされた二匹の火蜥蜴が落ちてくる。

微かに、場違いな潮の香りが漂っていた。

「一刀両断。兜断ち、です！」

火蜥蜴の掃討が終わっても、ガーディアンのように立ち塞がる巨体が残っていた。

赤黒く焦げた岩石の巨人。

幾つものパーツを無理矢理繋ぎ合わせたような、歪な人型の『岩石巨人《ロックゴーレム》』だ。

強いフレイムの構成要素《コンポーネント》が混じり合っており、パーツの隙間や関節部分は赤く灼熱していた。

より上位の『溶岩巨人《ラーヴァゴーレム》』に近いモンスターだ。

唸りを上げて振るわれる破壊槌のような豪腕を、ラージシールドを構えた乙葉が受け止める。

「ぐう…ッ！」

シールドギミックの地面に突き刺さったパイルごと、乙葉の身体が吹き飛ばされそうになる。

「舐める、なアァ！」

気合いの声をトリガーワードにして、『盾　撃《シールドバッシュ》』の進化スキルのひとつ、『反抗盾《カウンターシールド》』を発動させる。

腕を弾き返されて重心の崩れたゴーレムがたたらを踏む。

その足下を払うように、六尺棍棒が足首を砕いた。

「ガアアアアアア！」

振り抜いた六尺棒を担ぐようにぐるりと回し、倒れるゴーレムが地に着くまで逆の足と、腕の関節を打ち貫いて砕く。

地響きを立てて倒れた三メートル級の巨体へ飛び乗った叶馬が、心臓の位置にあるコアへと六尺棒を突き刺していた。

「オツ～。っていうか、コイツ妙に強くなかった？　中ボスとか？」

杖でコンコンとゴーレムを突っついた麻衣が首を傾げる。

「知らぬ。……が、レベルは１００を超えていた」

「えっ、ちょっと待って。それってダンジョン十層以降のゲートキーパー並みってこと？」

「ど、道理で……。よく弾き返せたわね。私」

「乙葉先輩、エクセレントでした」

頬を引き攣らせた乙葉が、叶馬の褒め言葉に口元を弛ませていた。

「乙葉先輩。格好良かった、です」

「えへへ。まあね、私もやるときはやるのよ」

夏海の言葉に更にご機嫌になった乙葉がやらかしてしまいそうなのは、もはや誰の目にもあきらかだった。

「レベル１００オーバーの雑魚が出てきちゃうか……。やっぱり超級並みの難易度になってそうかな」

彼らが順調にモンスターを討伐できているのは、有利属性であるアクア装備の充実によるところが大きい。

「到着、です」

「うわっ。大っきな池……じゃなくて地底湖だね」

マップ上に表示されていた新領域は水没している巨大な空間だった。

天井から生えた何本もの氷柱石が水面に没し、石の森を思わせる幻想的な景色を作っている。

「残念。お宝じゃなかったかぁ」

「ま、そんなもんだろ。これがホントに根源型のレイドダンジョンなら、一度回収したマジックアイテムも領域が枯れない限り再POPするらしいけどな」

「……これ、本当にただの水かな？　これだけ『フレイム』のエレメンタルが強いダンジョンで地底湖とか、ちょっと不自然すぎるかな」

「持ち帰って智絵理ちゃんに調べてもらお」

小さな瓶を取り出した蜜柑が岸辺にしゃがみ込む。

まるで、そのタイミングを待っていたように目の前の水面が盛り上がり、ノコギリのような牙を生やした顎が蜜柑へと襲いかかる。

「ひゃ……」

「シャア！」

電光石火の居合抜きが、水面から飛び上がった怪魚の顎を上下に分断する。

同じタイミングでベルトを引っ張った叶馬の胸の中で、硬直した蜜柑が目を見開いていた。

「成敗です！」

チャキン、と鞘に刀を収めた沙姫の足下で、分割された怪魚がビチビチと跳ねていた。

「……ハァ、びっくりした。蜜柑ちゃん、大丈夫かな？」

「あ、う、うん。叶馬くん、沙姫ちゃん、ありがと」

サムズアップする沙姫とは違い、抱っこした蜜柑を抱えた叶馬が、そのまま蜜柑を隅っこへ拉致していく。

「え、あ、あの、叶馬くん……」

「はい。ケダモノモード入りました～。っていうか、誠一もスル？」

「もうちょっとムードが欲しい俺は贅沢なのか……？」

「ちょうどいいタイミングですので、少し休憩にしましょう」

叶馬第一主義の静香が休憩を宣言した。

「んじゃ、あたしらも一発ヤッておこっかぁ」

「オープンすぎるだろ」

顔に手を当てた誠一の背中を押して、パタパタと暴れる蜜柑を抱っこしている叶馬の隣へ向かっていった。

「蜜柑先輩が真っ赤になって抵抗していますが」

「あーうん、ちょーっとビックリして弛んじゃったみたいかな。着替えもあるし、気にしないであげて」

「私も参加します〜」

「沙姫ちゃん、ちょっと待つです」

新たな乱入者により、事態は新しい展開を迎えようとしていた。

「くっ、出遅れたわ」

「乙葉先輩は少し自重していてください。……周囲の警戒をお願いします」

真面目な顔をしている静香に、きょとんと首を傾げた乙葉が凛子に視線を向ける。

「叶馬くんたちがピリピリしてたからね、息抜きは必要かなって。思ってたよりもずっと事態がよくなさそうかな？」

「恐らく」

「そういえば、ファックアンドバトルの雰囲気じゃなかったわね」

「鉱石もいろいろ採取できたし、今回は早めに帰還しよっ……かな」

腕を組んでいた凛子が、自分の身体を抱き締めてふるりと震えた。

「どしたの？　凛子」

「ん。なんでも、ないかな」

どこか艶やかに頬笑んだ凛子に、ため息を吐いた静香が頭を振っていた。

第六十六章　youはshock!

神匠騎士団の職人組が作った露天風呂は、全自動かけ流し式だった。

給湯方式はシンプルな仕組みだ。

水源にしているのは水の元素結晶《エレメンタルクリスタル》で、水温の調整には火の元素結晶を利用している。

元素の純エネルギー結晶である『元素結晶《エレメンタルクリスタル》』は、対応する同位体要素《アイソトープコンポーネント》の中にあれば存在を安定させるという性質がある。

つまり、水の元素結晶であれば水の中に、風の元素結晶であれば風の当たる場所で野ざらしに、火の元素結晶であれば燃えている火の中に、土の元素結晶であれば地面に埋めておくのが正しい保管方法だ。

たとえば、水の元素結晶が空気に触れている場合。

結晶はゆっくりと崩壊を始め、代わりに水を発生させていく。

また結晶に圧力を加えれば崩壊の速度が上がり、より多くの水を生み出させることが可能だ。

全自動かけ流しのシステムは、湯船の越流位置ギリギリに水の元素結晶を設置し、その生み出される水量に連動させた火の元素結晶により湯を沸かす原始的な仕組みになっていた。

一応、湯冷まし用には小さな水風呂も用意されている。

「いっちばん風呂ー…って、静香ちゃんたちがいた！」

「ええっと……どなたでしょうか？」

元気よく脱衣所に通じる暖簾《のれん》を抜けてきた美少女に、湯船に浸かっていた静香が言葉に詰まっていた。

手やタオルで隠すことなく、そのスレンダーではかなげな身体をフルオープンに晒している。

「ぶちょ～、かけ湯しないで入っちゃダメ～」

「抜け毛が入るペン。ツルペタなのに抜け毛とか笑っちゃうペン」

「抜け毛も出ないし、ツルペタでもないのだー！」

続けて暖簾を潜ってきたのは、ダンジョンから帰還したばかりのブラックハニー第一陣だ。

同時に入っても十人くらいは余裕で足を伸ばせるサイズの湯船だが、全員同時は流石に手狭だ。

利用はローテーションで順番を決めていた。

「えっと、もしかして……彩日羅ちゃん？」

縁に腰かけて足湯スタイルになっていた蜜柑の問いに、腰に手を当てた美少女が仁王立ちでナイチチを張る。

腰まで伸びた艶やかな銀髪が、湯面を撫でる風になびいてた。

「彩日羅ちゃん参上なのだー」

「私たちもお邪魔します～」

「お風呂お風呂」

風呂場に入ってくる全裸の娘たち。

中には変なペンギン型シャワーハットを装着している者もいた。

「お疲れ様かな。ずいぶんと早かったね？」

湯船から上がった凜子が、蜜柑の隣に腰かけた。

神匠騎士団ダンジョンアタックメンバーの中で風呂に残っていたのは、静香、蜜柑、凜子だけだ。

元気があり余っているメンバーは烏の行水とばかりにさっさとあがっている。

「ちょっと予定が変更になりそうなんだペン」

「ざぱー」

肩からお湯をかぶった彩日羅が、どぽんっと湯船に浸かった。

「はぁ～……気持ちイイのだー」

「ぶちょー、髪の毛結おー」

「レイドクエストでお風呂とか、マジ新機軸だよー」

「ぬくぬく」

長時間のダイブになるレイドクエストにおいては、通常のダンジョンダイブでは発生しないトラブル要因が幾つかあった。

主に、レイド領域内の時間経過による状態維持、つまり生理現象によるものが多い。

カロリー摂取の必要性や排泄行為、肉体の新陳代謝による老廃物も生じる。

直接的な生死に関わる要因ばかりではないが、それらもモチベーションを維持する上では重要な問題となる。

「なにか、トラブルでも？」

「ゲートキーパーが復活してたんだペン」

とぷりと深く湯に浸かったペンギンが首を振る。

通常ダンジョンの階層間を繋ぐ界門《ゲート》は、異なる世界を繋ぎ合わせる転移装置だ。

レイド領域内で発見されている階門《ゲート》は、同一世界内の空間を繋ぎ合わせる装置だと考えられていた。

より瘴気圧が濃い領域へと接続されている階門には、同じような階門守護者《ゲートキーパー》も発生する。

「油断してたから、久し振りに死に戻りしちゃったよー」

「黒蜜が死に戻りする相手ですか……」

「火竜《ファイヤードレイク》だったペン。倒せない相手じゃないけど、いきなり襲いかかってきてパーティーが決壊してしまったペン」

「竜系はブレスがあるから嫌い～」

ドラゴン系モンスターが強敵とされているのは、対多数に有効な『ドラゴンブレス』と呼ばれる遠距離範囲攻撃がある故だ。

低レベルの軍戦《レイド》ゾンビアタックでは削り倒すことが難しく、少人数でも高レベルのアタッカーが必要になる。

「ぶちょーがお腹減ってシオシオになってなきゃ倒せたー」

「……早弁ダメ……」

「し、仕方ないのだー。オニギリの中身が全部違う具だったから、確かめずにはいられなかったのだー」

そっぽを向いてすっとぼける彩日羅の後ろでは、湯を張った風呂桶に浸かっていた不細工な人形が勝手に動いて出てきていた。

そのままグルグルと身体をネジのように捩って自力脱水し、脱衣所のほうへと去っていく。

「っていうか、ブレスを浴びてた彩日羅ちゃんが焦げずにピンピンしていた件について」

「そーいえば。ぶちょー、また変な進化でもしたの？」

「杏ちゃんからもらったポンチョのおかげなのだー。ダンジョンの中でも涼しくて快適なのだー」

「……もしかして、アレってマジックアイテムなのペン？」

マジックアイテムはダンジョンの宝箱、もしくはモンスターのドロップアイテムをそのまま使用するのが一般的な認識だ。

素材からハンドメイドしたアイテムが、マジックアイテムとして使い物になるとは思われていない。

「そりゃあ、ウチの子たちの腕は確かだしね」

「杏ちゃんの自信作だもん」

「それは私たちが注文したら作ってくれるペン？」

ふにゃりとしたクッションの下に腕組みしていた凛子が顎に指を当てる。

「う～ん。確か、材料はまだあったかな。簡単なデザインのマントなら用意できるかも」

「お風呂から上がったら、ちょっと相談するペン」

何か言いたげな蜜柑は、背後から静香に抱っこされて口を封じられていた。


ショッキングなシーンを目撃してしまった。

自分でもかなり衝撃を受けたと思う。

ありのまま、目にしたことを言葉にするのならば。

『ワンコ先輩が物干し台で干されていた』

自分でも何を言っているのかわからない。

カラフルな下着やらタオルなどに交じって、ワンコ先輩が物干し竿に吊られてブラブラと風に揺れていた。

女子グループは男子とは違い、かなり陰惨なイジメなどがあると聞く。

ワンコ先輩は倶楽部の中でイジメを受けているのだろうか。

見知らぬ子がワンコ先輩を回収していったが、まるで物のような取り扱いだった。

俺に何ができるわけでもないが、後でワンコ先輩にこっそり聞いてみるべき。

だが夕食の席の本人は、いつもと変わらずうまうまとカレーをお代わりしていた。

もしや見間違いだったのだろうか。

「あぅ……」

むずがるような声を漏らす杏先輩が尻を震わせる。

安産型の臀部はとても撫で応えがあった。

本館の三階倉庫に設置された作業台で、何やら作業をされていた杏先輩を背後から悪戯中。

というか、何やら裁縫や型取りのお仕事を邪魔してしまった感じ。

いや、物干し台は塔の頂辺にあるので、もしかしたらまたワンコ先輩が干されているのではないかと見に行こうとしたのだ。

その途中で作業台に身を乗り出し、お尻をフリフリしながら頑張っておられた杏先輩に発情したケダモノな俺。

「ぁ……あぅ」

床に立って作業台に手を乗せている杏先輩の後ろから、スカートの中に潜り込ませた左手を蠢かす。

痴漢感が高まってきた。

両足の付け根に中指を滑らせ、前の部分をショーツの上からくすぐるように撫で回す。

少し硬い痼《しこ》りを中心に撫でていると、手首を挟んでいる杏先輩の太腿が細かく痙攣した。

ブラウス越しに乳房を撫でている右手にも、ブラの上からはっきりわかる痼りが感じられる。

「杏先輩」

「はぁ……ぅん」

抵抗する素振りも見せない杏先輩は、ぽわっと火照ったお顔で振り向く。

股の間から抜いた左手でスカートを捲ると、両手を腰に当てた杏先輩が自分でショーツを膝までずり下ろした。

スカートを捲ったまま、お尻の谷間に右掌を当てて滑らせる。

底に空いた穴へヌルリと滑り込んだ指先に、内股になった膝が震えた。

とうに自己主張していた憤りを開放して、ヌルヌルした穴を指でほぐしていく。

柔らかい尻肉に掌を押しつけ、曲げた中指で中を弄っていると、もどかしそうに尻を押しつけてくる杏先輩の仕草が可愛らしい。

伸ばされてくる片手を押さえて反り返った物に誘導すると、形を確かめるようにいじらしく扱き始めた。

しばし、そうして互いの性器を弄り合ってた。

指先にネトリとしたものが絡み始めると、杏先輩の指が止まってぎゅっと陰茎を握るだけになってしまう。

どちらかといえば甘えん坊タイプの杏先輩なのだが、自分からおねだりするのは苦手なのだ。

そんな杏先輩を慮った俺は、もうちょっと苛めることにする。

尻の谷間を指先で押し広げて、杏先輩の大事な部分をこれでもかと優しく弄り回した。

杏先輩はただ必死に俺の陰茎を握り締めたまま、尻を愛らしく震わせ続けている。

「ぁ…ぁ…あっ…ぅ」

ふわっと腰が浮いた杏先輩を崩れないように支えて、作業台に上半身をうつ伏せにさせた。

突き出された腰の真後ろに立った俺は、両手で桃尻を揉みながら杏先輩のお手々から開放された物を中心に押しつける。

中からはみ出した白く粘つく杏油を先端に絡め、小さなオルガズムが落ち着くまで先っちょで外襞を抉っていた。

杏先輩が合図とばかりに小さく尻を反らせると、遠慮なく奥までモノを突き込んでいった。

優しくねっとりと締めつける肉壺は、既に熱く潤みきっていた。

「あっ、あぅ…あっ」

やっとご奉仕できたとばかりに尻を差し出している杏先輩の膣をじっくり味わっていく。

まるで甘えるように襞が密着してくる杏先輩の中はとても心地良かった。

片足を抱え上げて作業台に乗せて、より深い位置まで抉り込んでいく。

作業台の高さがちょうど腰の位置とフィッティングし、そのまま二回戦へと延長してしまった。

「あっ、あうっ、あっ、あうっ」

仰向けになった杏先輩が両足をピンと伸ばし、俺の顔を挟むように肩に乗せている。

濡れた舌先を見せながら、蕩けたお顔をしている杏先輩の尻をパンパンと鳴らし続ける。

はだけたブラウスにズラされたブラジャー、顔を覗かせている乳房が尻に伝わる振動で上下に揺れているのが艶かしい。

自分の女だという強い征服感を覚えながら、深く結合したまま精を吐き出していた。


外界時間で三日目の朝。

目を開くと、視界は肌色一色だった。

迎撃基地本館の二階は居住エリアだ。

形状は円形の塔型なので、銀杏型に区切られた三部屋構成になっている。

基本は俺と誠一が一部屋、静香たち（＋乙葉先輩）が一部屋、蜜柑先輩たちが一部屋だ。

まあ、現状は一室が誠一と麻衣のカップル部屋になって、俺が流浪のジプシーの如く残りの二部屋を日替わりで行き来するローテーション。

麻鷺荘の生活がそのまま適応されている感じ。

かなり気温が高いので、みんな裸のままあられもない寝姿になっている。

一番甘えん坊の鬼灯先輩とか、腕に抱きついておられるので寝汗でベトベトだ。

下半身に抱きついている桃花先輩など、豊かなお胸が朝立ちしているマイディィックにぴったりパフパフ。

「ふぁ……おはよ。早速、朝から元気いっぱいかな。叶馬くんは」

「これは誤解かと」

「おはよ。エッチな叶馬くん」

トランポリンハンモックベッドで胡坐をかいている凛子先輩に、朝風呂を浴びてきたらしい蜜柑先輩が連撃。

見回すと、何名かの先輩方は既に起き出していた模様。

久留美先輩や芽龍先輩は既に朝食の準備、朱陽先輩は畑の水やり、杏先輩は昨夜の作業の続きだろうか。

まだベッドに残っているのは、朝に弱いお寝坊さんのグループだ。

「じゃあ、私もお風呂にいってこようかな。叶馬くんは、ほどほどにね？　みんなお仕事始めてるんだから」

「いえ、俺もそろそろ」

寝惚け眼で身体を起こした鬼灯先輩から、お早うのディープキス攻撃。

コンビネーションアタックで桃花先輩の巨乳によるパイズリフェラがインターセプト。

市湖先輩が俺の手をロックしてふにゃりと柔らかい質量爆撃を敢行。

みんな目が覚めてしまったらしい。

「もー。折角お風呂入ってきたのにー」

「まーまー、そのまま軽く抜いてあげたほうがいいかなっと」

ブラックハニーのメンバーは、朝一でダンジョンアタックに向かってしまった。

ワンコ先輩の倶楽部とは思えない勤勉さ。

……やはりワンコ先輩はハブられているのだろうか。

今夜あたり、凜子先輩のシュワシュワジュースを持って愚痴を聞きにいってあげようと思う。

「えっとね。昨日取ってきた素材を、ちょっと調べてみたいの」

「だね。何かわかるかもしれないかな」

というわけで、蜜柑先輩たちは全員お留守番である。

俺たちはどう動くべきか。

「ダンジョンに行きましょー！」

「そうよね。実戦あるのみだわ」

「今日は第二階層でお宝を探すわよっ」

相変わらずゴーイングマイウェイな面子である。

まあ、先輩たちとは違い、基本戦うことしかできない俺たちにすることはない。

それにダンジョン内のモンスターはなかなかの手応え。

ついでに宝探しと素材回収を兼ねて、ダンジョンアタックするのに異論はない。

俺、静香、沙姫、海春、夏海、乙葉先輩に誠一と麻衣。

久留美先輩からお弁当をもらった俺たちは、鬼面洞窟へと潜っていった。

思えば、この時までが平穏なレイドクエストだったのだろう。

ダンジョンの二階層へと足を向けた俺たちは、そのまま順調に攻略を続けた。

黒蜜倶楽部が掃除したという階門までの最短ルートは、床に変な御札が貼ってあったのでわかりやすかった。

乙葉先輩がドヤ顔で説明してくれたが、瘴気を散らすというか濃度を薄くする効果があるらしく、結果的にモンスターが近寄りがたい雰囲気を作る道具だそうだ。

購買部で売っている消耗品で、効果は階層の瘴気圧にもよるが三日くらいしか保たないらしい。

モンスター避けの効果も絶対ではないようだが、幸い余計な戦いをせずに階門まで辿り着いていた。

夏海の地図帳《アトラス》スキルで第二階層のマップを確認したところ、やはり既知マップとは異なる新エリアができていた。

エンカウントするモンスターは第一階層と大した違いはなく、順調に蹂躙しつつ未知のエリアを探索した。

「……えーっと、なに、ここ？」

鍾乳洞のような回廊の先に待っていたのは、何というか、原っぱだった。

ダンジョン内を照らす薄ボンヤリとした瘴気の反応光とは違い、まるで昼間の草原にいるかのような光源が謎だ。

「また外れかぁ」

「いや。上の地底湖もそうだったが、ちょっと不自然だろ」

「そう、ですね。これは何らかの意味があると考えたほうが良さそうです」

昨日は蜜柑先輩に謎の怪魚が襲いかかってきたが、今回も案の定、謎の怪鳥が襲いかかってきた。

「竜爪《ドラゴンクロー》！」

切っ先を跳ね上げるように半円を描いた乙葉先輩の銛が、甲高い金属音を響かせて鉤爪を弾き返す。

百雷鳥ほどではないが、サッカーゴールくらいはありそうなサイズだ。

情報閲覧《インターフェース》の表示では、『畏怖の光輝』という名前だった。

意味深感にあふれた鳥さんだ。

レベルが見えない。

というか、分類がモンスターじゃなくて『アイテム：鎧』になってる。

もしかして、昨日の魚くんさんにも名前があったのだろうか。

「ふふん。あたしに対して空中戦を挑もうなんて、百年早いのよ！」

「なにを言っているんだ、お前は」

杖を掲げた麻衣に、冷静な突っ込みを入れている誠一がこめかみを押さえていた。

「あー、麻衣ちゃんズルイ！」

「飛んでるのはズルイです～」

「へっへー、コイツはあたしの獲物よ。グレープショットぉ！」

大砲から射ち出された葡萄弾のように、杖先に収束していた魔法球が分裂して発射された。

翼を羽ばたかせて大きく回避した怪鳥だったが、ホーミングレーザーの如き軌道を描いた魔法を避けきることはできなかった。

甲高い悲鳴を上げて墜落してくる怪鳥に、槍投げ選手のように杖を振りかぶった麻衣がニヤリと笑う。

「行くわよ、新必殺技……お団子弾道ミサイル！」

三つの魔法球が、串に突き刺すように生成されていた。

そのまま投擲《とうてき》された杖は、ボッと空気を突き抜けるような凄《すさ》まじい加速で怪鳥を貫き、花火のように爆発する。

「たまやー、です」

「かぎやー、です」

「先っちょが貫通弾、真ん中が爆裂弾、お尻の玉がロケットエンジン。これがあたしの必殺技、トリプル起動魔法弾よ！」

確かに必殺技っぽい。

主に、二発目を撃てなさそうなところが。

腹に穴の開いた怪鳥が落ちてきたが、麻衣の杖も一緒に粉々になった模様。

「必殺技とは……麻衣ちゃん、やるわね」

「か、格好イイです！」

「いつの間にこんな技を練習してたんだ……」

とりあえず、唐揚げになりそうな怪鳥を回収しようとしたら、空気に溶け込むように消滅してしまった。

通常ダンジョンでは見慣れたプロセスだが、クリスタルも何も残さず消えていた。

なんというか、モヤモヤする。

「叶馬さん、どうかされましたか？」

「いや……」

答えの出ないものを悩んでいても仕方ないだろう。

「しっかしさー。全然お宝見つからないじゃん。これなら普通のダンジョンのほうが良くない？」

「仕方ないだろ？　第四階層までは攻略済みなんだからな。お宝が残ってるとすりゃあ第伍階層からだろうな」

「それってズルくない？」

「元々、依頼を受けたのはブラックハニーで、俺らはオマケだっつうの」

口をアヒルのようにした麻衣を誠一が宥める。

「ですが、『黒蜜《ブラックハニー》』が取ってきたアイテムは、幾つかこっちに融通してもらえることになっていますので」

いつの間にそんな話になったのだろう。

なんでも黒蜜倶楽部からの要望であるらしい。

ダンジョンで取得したアイテムと引き替えに、今も俺たちが装備している格好良いマントが欲しいという取り引きだそうだ。

「あーうん。コレ、耐火性能すごいもんね。火蜥蜴のブレスとか、目に見えて減衰しちゃうし」

バサァ、とマントをはためかせる乙葉先輩は、元の甲冑装備とマッチしてナイト感にあふれてる。

杏先輩が夜なべして作っていたのはコレだったらしい。

蜜柑先輩は、じゃあ作ってあげるね、みたいな感じだったようだが、凛子先輩と静香が交渉してまとめたそうだ。

「でもやっぱさぁ。お宝は自分でゲットしてナンボよね」

「わからんでもないがな。もうそろそろ昼の時間だが、どうする？　探索続けるか？」

「お弁当を食べて下の階層に行きましょー」

「賛成。まだちょっと物足りないのよね」

階層自体の広さはそれほどでもない。

モンスターとの戦いがなければ、一時間ほどで全てのフロアを探索できるほどだ。

「叶馬さん、どうなさいますか？」

俺たちのパーティーで多数決を取る場合、静香と海春と夏海が俺の意見に同意するスタンスなので、そのまま決まってしまうことが多い。

「第三階層へ行こう。だが、その前に」

ちょうどいい原っぱなので、久留美先輩が作ってくれたお弁当をいただこう。

トマト尽くしでないことを祈る。

第六十七章　ロスト

まあ、案の定トマト尽くしだった。

とてもリコピンな気分。

軽く燻製してある火蜥蜴《サラマンデル》ハムとトマトが挟んであるサンドイッチはおいしかった。

トマトオムレツにトマトサラダもおいしかったです。

第三階層の攻略も特に問題はなかった。

階層移動によるモンスターレベルの増加は、気にするほどでもなかった感じ。

そして案の定、新しくできていた新エリアへ向かうと、また変な空間で変な敵が出てきた。

名称が『驚愕の光輝』の『アイテム：鎧』な怪蛇さんだった。

まるで森のように密集した木々の間から飛び出してきた怪蛇は、夏海たちのモフモフ軍団に
あっさりと噛み砕かれていた。

驚く暇もなかったです。

だが、探索の途中で『宝石亀《ジュエルタートル》』というモンスターに遭遇し、主に女性陣のテンションがハ

イになっていた。

甲羅がいろいろな鉱石、紫水晶《アメシスト》や瑠璃《ラピスラズリ》や孔雀石《マラカイト》や瑪瑙《アゲート》で構成された、なかなか派手な大亀だった。

甲羅を傷つけないように倒せ、という緊急ミッションには苦労した。

亀は食べ応えのある食材なので、二重の意味でおいしい獲物だった。

たとえば昔、縁日の屋台などで大量に売っていたミドリガメ。

五百円玉サイズの可愛い亀だが、立派な侵略的外来種である。

無駄に生命力があるので、捨てられた先の川や池でガンガン繁殖していた。

大きさも優に三十センチは超える。

甲羅を割るのが多少面倒だが、泥抜きさえしてやれば普通に食えるタンパク質だった。

どうでもいいが、血抜きのために頭を落とした後も小一時間くらいは暴れる。

カミツキガメもたまに見かけたが、コイツのほうがおいしい。

そして、こっちは首を落として血抜きしてからも半日くらいは暴れる。

こんな生命力の強いやつらを、日本の自然に放流してはいけないと思う。

一度だけワニも見たが、肉質は鶏のササミだった。

首を落としたらあっさりと動かなくなったのでホッとした記憶がある。

まあ、そんな感じで獲物を確保して、迎撃基地に戻った俺たちを待っていたのは、思いもよらない凶報だった。

「ええっ、ブラックハニーの攻略部隊のひとつが全滅!?」

その台詞を言ったのは誰だったのか、ダンジョンから戻った俺たちはみんなが動揺していたと思う。

『黒蜜《ブラックハニー》』の倶楽部メンバーで実際に戦っているところを見たのは、ワンコ先輩や香瑠先輩、そして朝練の鉄郎先輩くらいだ。

だが、そのダンジョンバトルで鍛えられた戦闘能力は、学園のトップランクであることに間違いはない。

とりあえず装備を解除して、本館のリビングエリアに腰を据えた俺たちは一服することにした。

「まあ、落ち着いて。たとえAやSランクの倶楽部でも、ダンジョンで全滅するのは珍しくないかな」

「……言われてみれば、そうよね。私も最近ちょっと感覚がおかしくなってたけど」

「レイドクエストでは特に、かな。初見殺しのデストラップとか、バランスブレイカーのモンスターも出るしね」

モンスターでは極めて致死性の高い攻撃手段を有した、毒蛇之王《バジリスク》や毒妃鶏《コカトリス》などがいると授業で聞いている。

まだ遭遇したことはないが、吊り天井や落とし穴、強制転移トラップなどもあるそうだ。

それら致死性の高い、つまり殺しにかかってくるようなデスイベントは、不思議と通常ダンジョンでは出てこないという。

「でもね。死に戻りしてきた黒蜜メンバーの何人かが、目を覚まさないの……」

心配そうな顔をした蜜柑先輩が黒蜜宿舎を振り返った。

「俺らはよくわかんねんすが、そういうのは珍しくないんすかね？」

「……それは」

「当たり前かな。ダンジョンは安全安心、学園が責任を持って生徒の安全を保証します。そんな訳がない」

誠一の問いに苦しげな顔をした乙葉先輩を遮るように、きっぱりと凛子先輩が断言した。

「叶馬くんたちの感覚がおかしいんじゃないよ、乙葉。おかしくて普通じゃないのは、この学園に染まっちゃった私たちのほうかな」

凛子先輩の言葉にあったのは、学園のパンフレットにある謳い文句だ。

安全で安心、それは誰に向けての言葉だったのだろう。

「はぁ、ぶっちゃけたわね。凛子」

「あんまり楽観視できる状況じゃないからね。第伍門の死《リスポーン》に戻りで意識が戻らないって、『ロスト』の前兆なんじゃないのかな」

「凛子！」

「リンゴちゃん……」

思わずという感じで腰を浮かした乙葉先輩と、泣きそうな顔をした蜜柑先輩に比べ、俺たちのほうは話についていけない状態。

「えーっと、ロストって何なの？」

テーブルの上で腕を組んだ麻衣が首を傾げた。

椅子に座り直した乙葉先輩が、頭をかきながら渋い顔を見せる。

「麻衣ちゃん……みんなもだけど、学園の中でその言葉を使っちゃダメだからね」

「タブー、みたいなものだよね」

「叶馬くんたちの学級には、まだ出てないのかな。『失踪者《ロストマン》』は」

なんだろう、あまりいい感じのしない言葉だ。

「一年もすると、学級名簿からひとりやふたりは消えちゃってるかな」

「退学になっちゃうとか？」

「そんな理由ならマシなんでしょうけどね……。ま、いろいろと噂はあるのよ。鬱になって学園から逃げ出したとか、地上に湧いたモンスターに食べられたとか、ダンジョンから帰ってこられなかった、とかね。要するに、理由をあきらかにできない行方不明者のことよ」

指を組み合わせた乙葉先輩が、真面目な顔で俺たちに忠告する。

「学園が一度『失踪者《ロストマン》』に認定したら、その行方を探ることは許されないわ。たとえどんなに仲が良かった友達だったとしても、ね」

「それって……」

「言論統制と情報操作ってやつだな。安全安心のダンジョンが、実は危険がいっぱいでした。とは言えねえってこった」

そういう事情についてはわからなくもない。

だが、どうしてそうまでして、俺たちをダンジョンへと挑ませるのかがわからない。

「実際にどうなのかはわからないけど、思ってた以上に危険なレイドだってのは確かかな。叶馬くんたちは、もうダンジョンに向かわないほうがいいね」


「ごちそうさまなのだ……」

ナイフとフォークを置いたワンコ先輩が、沈んだ声でごちそうさまの挨拶をした。

テーブルの上に並べられているご馳走は、少しでも黒蜜メンバーを元気づけようと久留美先輩たちが腕を振るったものだ。

ワンコ先輩用の木製プレート皿に積み上げられていた、分厚い十枚の火蜥蜴《サラマンデル》フィレステーキが、一枚の半分だけ残されていた。

いつもならあればあるだけ、出された皿は全て平らげてしまうワンコ先輩だ。

どれだけ気落ちしているのかがわかる。

ワンコ先輩だけではなく、他の黒蜜メンバーも見るからに落ち込んでいた。

それだけ部員同士の結束が高いのだろう。

当初二十名いたメンバーの内、三名の姿が見えない。

肉体的には何の異常もなく、ただ昏睡状態から目を覚まさずに宿舎のベッドで眠っているらしい。

落ち込むのは仕方ないかもしれないが、きちんとご飯を食べないと力が出ない。

それは栄養補給という意味でももちろん、副次的効果も含めてだ。

実は今回のレイドで気づいたのだが、久留美先輩や芽龍先輩の作る料理には、いわゆる『一時的強化《バフ》』効果がついているらしい。

名称、『久留美風火蜥蜴《サラマンデル》フィレステーキ』
効果
・摂取した者の火元素精霊《フレイムエレメンタル》に対する親和性を高める。
・一定時間、火に対する耐性が上昇（中）
・一定時間、水に対する耐性が減少（中）
・一定時間、筋力が上昇（小）
・一定時間、精力が上昇（大）
「火蜥蜴の肉を焼いた料理。※ニンニク特盛り」


このようにたまたま情報閲覧《インターフェース》で料理を見たら謎の効果がついているのを発見した、のだが何か俺のステーキだけ他の人と表記が違うような気もする。

重い空気が改善されることなく晩餐が終わってしまった。

ムードメーカーであるワンコ先輩の影響が大きい模様。

ウチの倶楽部でいえば蜜柑先輩のような感じなのだろう。

これは計画どおり、ワンコ先輩の気晴らしに愚痴を聞いてあげるべき。

凛子先輩からシュワシュワジュースを分けてもらい、静香たちに一断りしてから黒蜜の宿舎へと足を向ける。

黒蜜倶楽部用に新しく建築された宿舎は、本館から少し離れた場所にあった。

L型の洋風建屋は、外装などを後からコツコツ追加装飾しているらしく、リゾートホテルのような見た目になっている。

蜜柑先輩たちは、なんというか凝り性なのだ。

どうやってワンコ先輩にコンタクトを取ろうかと思っていたら、外のベンチに座っているフード先輩とパッツン先輩と遭遇してしまった。

「アデプトの部長だリン。うちらに何か用かリン？」

黄色に黒の斑点があるフードはキリンのようだが、鳴き声がガバガバ過ぎると思う。

広げられている資料を見るに、どうやら真面目な話をしているのを邪魔してしまったようだ。

「ワンコ部長はおられますか？」

「……夜這い？……」

「うちのツルペタ部長にご執心とはイイ趣味だリン。流石は『花魁童子《ハレムオウガ》』だリン」

どうやら誤解があるようだ。

俺はただワンコ先輩を酔わせて慰めてあげようと……、まあよく考えたらシチュエーション的によくないかもしれない。

あと、その二つ名は要らないです。

これは出直したほうが良さそう。

「ちょっと待つリン」

「……ここに座る……」

なんだろう、俺の弾劾裁判でも始まるのだろうか。

「そういえば、正式に名乗った覚えがないリン。私はブラックハニーの副部長を務める寧々音《ねねね》だリン」

「……同じく、簪《かんざし》……」

「アデプトオーダーズの部長。叶馬と申します」

ネネネさんにカンザシさん、なるほど。

名前を覚えるのが苦手なので、フード先輩とパッツン先輩で通そうと思う。

「うちのブチョー、彩日羅ちゃんがお世話になったリン。改めてお礼を言わせてもらうリン」

不気味な人形を抱いているパッツン先輩も、ぺこりと頭を下げてくれた。

だが、いまいち覚えがなかったりする。

ワンコ先輩をお菓子で餌づけしていたのは、俺ではなく芽龍先輩たちなのだが。

「彩日羅ちゃんを引き戻してくれたのは、キミなんだリン？」

「はて、何のことやら」

「それならそれでいいリン。でも、彩日羅ちゃんは私たちの大事な部長なんだリン。だから、ありがとう…リン」

もしかして、無断でステータスをちょっと弄ってしまったことだろうか。

「……お礼……」

といって不気味な人形くんを差し出してくるパッツン先輩だが、要らないです。

ガーンとショックジェスチャーをする人形くんは、もっとドレスアップしたほうがいい。

だが、まあワンコ部長はしっかりと部員から愛されているようだ。

ワンコさんイジメは俺の勘違いだったらしい。

「キミたちもダンジョンアタックしてるって聞いたリン」

「はい」

「……今回はもう、ダンジョンアタックはしないほうがいいリン」

フードの奥の、眠たそうな目が真面目《マジ》だった。

「どうも学園から一杯食わされたみたいだリン。これは『根源《プリミティブ》』型じゃなくて、最悪のパターンかもしれないリン」

「それほど、ヤバイ相手でしたか？」

「ブラックハニーはAランクの武闘派倶楽部だリン。準備が万全なら倒せないモンスターはいないリン。絶対に倒さなきゃ、いけないリン」

もしも、それが自分の力量を超える敵であったのなら、一度撤退するのも兵法だと思う。

「……それはできない、の……」

「……目が覚めない子たちは、なにかの呪詛系をかけられた可能性が高いリン。死《リスポーン》に戻りでも戻らないのなら、それはダンジョンから出ても戻らない、ということリン」

呪詛というのはわからないが、確かに沙姫や乙葉先輩のようにダンジョンの外まで影響してくる例は知っている。

「できれば繋がりが残っている今回のダイブ中に、呪いの元になっているアイツを倒すのが一番だリン」

タイムリミットがあるということは、先輩たちは人質を取られているようなものだ。

何か俺たちも手伝えないだろうか。

「……大丈夫……」

「そうだリン。こう見えても私たちは強いリン。まあ、だけど、もし私たちに何かあったら……彩日羅ちゃんを頼むリン」

外界時間で四日目の朝を迎えた。

「おかわりー！」

モリモリの丼飯を手にしたワンコ先輩が、元気よく手を上げる。

「腹が減っては戦ができぬのだー」

無事復活したようでなによりだ。

やはりワンコ先輩はこうでなくては調子が狂う。

お代わりを持ってくる久留美先輩も、文句を言いつつ嬉しそうだった。

「これでいいリス。ブチョーが落ち込んでたら、倒せる相手も倒せないリス」

鳴き声設定ガバガバなフード先輩も一安心という感じだ。

「……頑張ろ……」

「当然だよー。借りは倍返しだよー」

「んだんだ」

みんな意気軒昂だ。

「でも無理はしちゃ駄目よ？」

「おお、今日こそは絶対にぶち殺してやるぜ。……あ、俺もお代わりっす」

山盛りのお弁当。

そして、杏先輩が突貫で仕上げた黒蜜仕様のマントが人数分手渡された。

今日のダンジョンアタックは調査目的ではなく、最初から討伐仕様のガチモードらしい。

分散していた調査パーティーではなく、総戦力での軍戦《レイド》パーティーだ。

そして、準備万全といった感じでダンジョンへと向かっていった。

俺も付いて行きたいのだが、ぽっと出の一年ルーキーが交じっても邪魔になるだけだろう。

「じゃあ、私たちも征きましょうー」

「そうね。燃えてきたわ！」

「……そこの普通に出撃しようとしているふたりは話を聞いてたのかな」

張り切っている脳筋コンビに、凛子先輩がこめかみを押さえていた。

「では、私たちはどうしましょうか？」

「なんかヤバイボスがいるんでしょ？　留守番してるしかないじゃん」

「俺らの出る幕はねえな」

まあ、誠一たちの言葉が正しい。

正しいのだろう。

「……叶馬くん？」

蜜柑先輩が少し不安そうなお顔で俺の上着を握っていた。

もしかして、俺がひとりでダンジョン攻略に向かうと心配しておられるのだろうか。

俺もそこまで無謀ではない。

ただ、これは焦躁というのだろうか。

何かに急き立てられるような気がする。

備えろ、と。

準備し覚悟せよ、と。

ソレに気づいたのは、城壁哨戒の『強化外装骨格《アームドゴーレム》』に同期している朱陽先輩だった。

待機状態の俺たちは、城壁内の仮闘技場で摸擬戦をしていた。

そのすぐ側の菜園で水やりをしていた朱陽先輩から、あっという小さな悲鳴が聞こえた。

「朱陽先輩？」

「……外に、死に戻りしてきた人が」

顔を見合わせた俺たちは、訓練を中止して門の外へと足を向ける。

死に戻り地点《リスポーンポイント》は、俺たちがこのレイド領域へとログインしてきた場所だった。

恐らくは膝から崩れて仰向けに倒れていた女子は、ブラックハニーのメンバーに間違いない。

ピクリとも動かず、完全に意識がない状態だ。

装備している胸鎧は黒ずみ、制服ごと腹部が抉れるように破損していた。

それは肉体も腹部を抉られたか、ふたつに千切られたかというレベルのダメージを受けているはずだったが、装備の破損部位から覗く身体に傷跡はない。

レイドのリスポーンはログイン時点の肉体に完全復帰する。

実際に目にしたのは初めてだ。

「……身体にダメージはない、です」

跪いて手をかざしていた海春が振り返った。

『司教《ビショップ》』となった海春の回復スキルは、割とスプラッターな状態からでも蘇生できるデタラメな回復力がある。

「とりあえず、中に運んでおくか」

「でもさ……。死《リスポーン》に戻りって、こういうのが普通なの？」

戸惑ったような麻衣の言葉は、俺たちに共通する疑問だろう。

俺たちは死に戻りの経験がほぼなく、それがどういう状態なのか、何が普通で何がおかしいのかわからないのだ。

「レイドの死に戻りだと、肉体はログインした時の状態に戻るの。装備は壊れたままだけど……」

怯えている朱陽先輩が無意識に手を握ってきた。

「死んじゃう寸前の記憶もあるから、そのショックで気を失うコトはある、かも」

つまり様子を見なければ、他の意識喪失状態の子たちと同じかわからないと。

「動かしても大丈夫ってことだよな。俺が担いでいこう」

そう言った誠一が膝をついた時だった。

チカチカ、と瞬くような淡い光が、周囲に柱状のエフェクトを生じさせる。

反射的に身構えた俺たちだったが、ソレが何なのかを知っていた朱陽先輩は口に手を当ててよろめいていた。

「そんな……こんなに、一度に」

四つの光柱は、チリチリと舞う不思議なパターンを螺旋状に描いた。

その渦の中心から、すぅ、と濃さを増していく人影が浮かび上がる。

地に足を着けてそのまま、くしゃり、と糸の切れた操り人形のように倒れたのは、同じく黒蜜のメンバー四人だった。

何があったのか答えを聞こうにも、誰もが目を閉じたままピクリとも動かない。

「……担架がいるな。俺が見てるから人手を回してもらってくれ」

「う、うん。でも、これって、もしかして……決壊したんじゃ」

まるで麻衣の言葉を裏づけるように、再びチカチカと帰還のサインが瞬いていた。

第六十八章　欠落せしもの

「もう、ダンジョンには行かないのだ……」

尻尾がへにゃりとしている彩日羅が膝を抱えていた。

リビングエリアに集まっているのは神匠騎士団と、黒蜜の生存メンバーが八名だけだった。

前日の三名にくわえ、先ほどダンジョンで死に戻りした九名が、意識喪失状態のまま宿舎に寝かせられている。

それらは同じボスモンスターから殺害されたメンバーであり、その個体から何らかの悪影響を受けているのはあきらかだった。

「でも、ぶちょー。アイツを倒さないとみんなが……」

「ぜったい、ダメなのだー！」

ぴょんっと椅子から飛び降りた彩日羅が、耳を塞いで逃げ出してしまう。

テーブルの上には甘い紅茶と、焼きたてのマフィンが残されていた。

カタリ、と席を立った叶馬に、ひとりだけになってしまった副部長が頭を下げる。

「……彩日羅ちゃんをお願い……」

無言で頷いた叶馬が彩日羅の後を追った後も、空気は重いまま誰も口を開こうとはしなかった。

「……もう、これ以上、誰にも倒れてほしくないのよ。彩日羅ちゃんは」

「でも、香瑠ちゃん。このままじゃあ」

「寧々音ちゃんも倒れた今、私たちの戦力は半減してしまったわ。……一度帰還して、戦力を整えるという選択も間違ってないと思うの」

Aランク倶楽部の黒蜜には、今回のレイドクエストに未参加のメンバーも控えている。

ましてや、今回の調査を報告して上級を越えたランクのレイドクエストだと判断されれば、他の上位ランカー倶楽部にも緊急クエストが発行される可能性もあった。

だが、それがいつになるかはわからない。

レイドカテゴリーの如何によっては、封印指定にされる恐れもあった。

「……それじゃ手遅れになる、かもしれない……」

「なんとも、言えないわ」

誰にも答えはわからない。

それでも、その可能性が高いのはわかっていた。

「ごめんなさい。レイドクエストにはあんまり詳しくないの。けど、倒れちゃったみんなを助けるには、そのボスモンスターを何とかしなきゃいけないの？」

「蜜柑ちゃん、それは」

蜜柑の思い詰めた横顔に、凛子の伸ばしかけた手が止まった。

「……わからない。けれど、可能性は高い……」

「私たちにできることがあるなら」

膝に人形を抱いた簪は、無言で首を振った。

「……以前、私たちは同じような相手と戦ったことがある……」

「カンちゃん、それって」

「……うん。『昆虫王獄《ファーブルヘブン》』……非公認の『侵略《バルバロイ》』レイド……」

それは複数の上位ランカー倶楽部に対しての指名依頼《ダイレクトクエスト》で、倶楽部間の共同演習訓練という名目だった。

その対象となったレイドクエストが『昆虫王獄《ファーブルヘブン》』。

難易度は中級《ミドルランク》だったが、いくつかの倶楽部メンバーからロストマンが発生したことは公にされていない。

幸い、当時の黒蜜メンバーは全員無事だったが、当事者として現地で発生したパニックは忘れられない。

彼らの当たり前である『死に戻り』は、戦術の前提にすらなっている。

『死に戻り』が機能せず、まるで中身が食われたかのように抜け殻となってしまう恐怖。

それは鉄郎が黒蜜に加入するきっかけになった事件でもあった。

「……コレがバルバロイレイドなら、ココも安全じゃない……」

「それは、セーフティエリアにまでモンスターが襲ってくるってことかな？」

「……そう。明確な『悪意』……それがある敵、だから……」


枯れて乾いた風が吹いていた。

既に乾いて取り込まれるのを忘れられた洗濯物がはためいている。

本館塔の屋上の周囲は、大砲や弩弓が据えつけられそうな鋸壁《のこかべ》になっていた。

チェスのルークの駒にあるように、凸凹になった城壁だ。

その出っ張りのひとつに座っているワンコ先輩は、先ほどと同じように膝を抱えて小さく丸くなっていた。

元気のない尻尾が傷々しい。

「……ゴメンなさいなのだ」

何と声をかけたらいいのか迷っていたら、背中を向けたままのワンコ先輩から小さな謝罪が聞こえた。

ひゅう、と白夜の星空の下で風が吹く。

「巻き込んじゃってゴメンなさい」

「ワンコ先輩」

その背中があまりにも小さく見えた。

声が泣いているように聞こえた。

「こんなはずじゃなかったのだ……。ただ、みんなで一緒に」

その傍らまで近づいても背中を向けたままだ。

そんなワンコ先輩に、俺はなんと答えたらいいのか迷っていた。

厄介なレイドクエストに巻き込まれたというのなら、それは確かにそうかもしれない。

本来、俺たちのような木っ葉倶楽部には無関係のクエストなのだろう。

だが一緒に行こうと誘ってくれた黒蜜倶楽部に、ワンコ先輩に悪意があろうはずがない。

恨む気持ちがあろうはずがない。

何故なら、ああ、そうだ。

ワンコ先輩は、もう俺の、俺たちの友達だからだ。

この厚かましくて、騒がしくて、素直で、元気いっぱいの食いしん坊さんは、俺たちの友達なのだ。

友達が困っているときに側にいられるのならば、それはきっと幸いなことなのだ。

「先輩。俺にできることはありますか？」

だが、振り返ったワンコ先輩は、少し泣きそうな顔で頭を振っただけだった。

「クッソ！　俺はこんな時のために鍛えてきたはずなのに！」

ガツッ、と迎撃基地を囲う城壁を、素手で殴った鉄郎が歯を噛み締める。

「落ち着きなさい、鉄郎くん。自分を責めても仕方ないわ」

「でもっ、香瑠さん。あン時助けてもらった俺が、今こそ恩を返さなきゃならないってのに……ッ」

ギリッと歯を噛み締める音が響いた。

「……アレは私たちの手に負える存在ではないわ。完全に超越《オーバールール》個体だった」

「ならっ、このままみんなを見捨てろってコトッスか!?」

レベル差があるという問題ではなく、存在のレベルが異なっている。

延長上にいるのではなく、常識のルールを越えた存在。

それと戦えるのは人ではなく、同じく人のルールを逸脱した存在でなければならない。

「要するに、部長のことッスか……」

「ええ。非情に聞こえるかもしれないけれど、彩日羅ちゃんの判断は正しい。仮にまた挑めば、必ず犠牲は出るでしょう」

「俺らは、俺は足手まといってことッスか。ッ……情けねぇ。俺は、何のためにっ」

ガツ、ガツッ、と鈍い音が城壁に打ちつけられた。

「……──済んません。アタマ冷やしてきます」

乱れた足音が遠ざかると、額に手を当てた香瑠が城壁に寄りかかった。

「……そう。彩日羅ちゃんは正しい。部長として正しい選択を、した」

まるで自分に言い訳するような、言い聞かせるような言葉だった。

集団のリーダーとして、これ以上の被害を出さないように損切り《ロスカット》したのだ。

それは非情だが、間違ってはいない選択だ。

だが、間違ってさえいなければ、ソレは正しいのだろうか。

「ヒデエ顔してますよ。先輩」

「漢女《オトメ》に向かって失礼ね。誠一くん」

声が聞こえるのは城壁の上だった。

姿を見せないまま、向かい合うことはない。

「……確認しときたかったんすけど。今の状況、最初から含みのヤラセっすか？」

「違う、わ。仲間を売るほど外道に堕ちたつもりはないし、切り捨てられるほど裏切り者とも思われていない、はず」

「要するに偶然だと？」

ため息を吐いた香瑠が、城壁に寄りかかったまま腕を組む。

「疑いたくなる気持ちもわかる……。私も正直、クソッタレという気分よ。確信はなかったかもしれない、けれど私たちを捨て駒扱いの調査部隊に使ったのは間違いないでしょうね」

「どんだけヤバイモンスターなんすかね」

「名前も鑑定できなかったわ。その時点で嫌な予感はしていたのよ。タイプは人型の巨人、特殊なスキルは使ってこなかったけれど、怪力だけでも充分に怪物よ。そして攻撃がまったく通じていなかった」

『文官《オフィサー》』もしくは『職人《クラフター》』には、対象を解析するスキルがある。

対象が格上であるほど解析の精度は下がるが、名称すら不明というのは余程のレベル差があるか、存在のステージが断絶しているかだ。

「俺ら、つうか叶馬《アイツ》が合力しても無理っすかね？」

「あなたたちが出しゃばる必要はないわ。それは私たちの役目よ。彩日羅ちゃんも、それを望んでる」

「いや、これが『侵略《バルバロイ》』型のレイドだっつうんなら、出られないいんじゃないかって聞いたんすよ」

「……たぶん、そうはならないわ」

指を噛んだ香瑠が顔をしかめた。

「たとえ私たちが捨て駒だとしても、学園の目的は情報の収集のはず。だとすれば私たちを回収する必要があるわ。事前資料にあった上級ランクの期限どおり、ログインから六日後に合わせて強制帰還させる。最初からそういうプランなのだと思うわ」

「んで、後は知らんぷりっすか。あり得そうな話ですけど……本当に、それでいいんですか？」

「あなたも、私も、今更こんなところで降りるわけにはいかない。それだけの理由があって私たちは、今ここにいる。そうでしょう？」

吐き出すように紡がれた言葉は、誰に対してでもない、自分に言い聞かせているようだった。

「情に流されて優先順位を間違っちゃ駄目なのよ……」


外界時間で五日目の朝が来た。

迎撃基地内の空気は、控えめに言っても最悪だと思う。

荒れたり自棄になったりするのとは違い、何かを諦めたどんよりとした雰囲気だ。

膝の上で寝ている静香と蜜柑先輩の頭を撫でる。

みんな不安だったのだろう。

静香たちも先輩たちも、一緒に身を寄せ合うようにして夜を過ごした。

割と珍しい、というか初めてのシチュエーションだ。

ちなみに、みんな服は着ておられる。

不思議とエロチックな展開にはならなかった。

いや、理由ならわかっている。

心と身体が、ずっと戦闘モードを維持しているからだ。

備えろ、敵がいる、と。

窓から見える空の色は変わらずとも、時計を見れば一日の始まりを告げている。

子猫のように身を寄せ合っているみんなも、何人かは目を擦ったり、くぁっと可愛く欠伸をして目が覚めかけていた。

静香さんの太腿を撫でてくる手つきが微妙にエッチ。

タンタンタンタン、と階段を駆け上ってくる足音が聞こえた。

バタン、と扉を押し開いた久留美先輩に、寝惚けていたみんなもビクッとする。

ハァハァ、と息を切らした久留美先輩の顔が青ざめていた。

「なくなってるの……。ハムとかチーズとか、ラスクにしようと思って焼いてたパンとか、全部！」

ずいぶんと食いしん坊の泥棒さんが出たようだ。

というか、犯人がわかりやすすぎる。

「ワンコ先輩は、どこに？」

「いないの！　今、『黒蜜《ブラックハニー》』のみんなにも捜してもらってるけど……。もしかして」

誰かが、きっと何かを間違えてしまった、気がした。

＊　＊　＊

てってってっ、と小さな人影がネイチャータイプのダンジョン回廊を駆けていく。

背中に背負った唐草模様の風呂敷からは、パンやサラミソーセージがはみ出していた。

むしゃむしゃと塊のハムを食べ続ける彩日羅の足は止まらない。

第三階層を抜けて第四階層へ、第四階層を抜けて第五階層へ。

今の彩日羅は別に空腹を感じてはいない。

それでも食べる。

貪る。

それは宿業《カルマ》を起動させるためにくべる燃料だ。

いつから忘れてしまったのか。

きっかけはダンジョンの中で『底無し穴の番犬《オーバーグラトニーギア》』を手にしたときだろうか？

強大な力を得た代償に、彩日羅は『充たされる』という幸福を喪失した。

餓え続ける渇望。

抱え続ける空腹。

それは、この世に生まれ落ちてから幾度となく彷徨った、餓死寸前の臨死体験で培われた、
彩日羅という人間の根源的構成要素だ。

即ち『宿業《カルマ》』。

膨れ続ける『力』と『飢餓』は、やがて彩日羅という存在自体をも喰らい始める。

根源之鍵《オリジンギア》と呼ばれるパラダイムツールと同期したのは、やはりきっかけでしかない。

元より、最初から、彩日羅は『充たされる』という幸福を知らなかったのだ。

故に『底無し穴の番犬《オーバーグラトニーギア》』と巡り会った。

それも『宿業《カルマ》』といえる。

在るべき物が、在るべき形に。

それは世界の法則であり、『運命《フェイト》』だ。

たとえ『底無し穴の番犬《オーバーグラトニーギア》』を得ることがなくても、彩日羅という存在はやがて『暴食《グラトニー》』という衝動に呑まれて宿業《カルマ》に殉じただろう。

だが、そんな『在るべき物が、在るべき形に』なる『正しい世界の法則』が、無造作に、なんの敬意も払われずに、ただスイッチを捻るように改変された。

その運命を蹂躙する行いに、善や悪という概念はない。

それを意図して行うモノがいるとするならば、もはや『世界』の枠から逸脱した『在らざるべき物が、在らざるべき形』になった、『名状しがたいナニか』だろう。

そんな本人の与《あずか》り知らぬ所で『宿業《カルマ》』から開放された彩日羅は、我知らず『充たされる幸福を知らなかった自分』を忘れていったのだ。

それは余りにも自然に、居心地がよく、彩日羅に優しかったから。

それを失いかけてようやく思い出した。

底無し穴のように飢え果てた『渇望』を。

己の『宿業《カルマ》』を。

失いかけている、その小さな掌の中の『幸福』を。

「見つけた……」

ダンジョンの奥深く。

第六階層の最深部、階門を背にして巨体がたたずんでいた。

玄室を圧するような巨体で座り込んでいるモンスターが、くちゃくちゃと口元を動かしていた。

醜悪な容貌の化け物は、ギョロリと光る赤い目で彩日羅を見下ろす。

雄牛のような青い宝石《ウクヌー》の角が脈動するように光る。

その深い皺だらけの、しかめっ面をした獅子のような顔が、あきらかに嗤っていた。

ベロリ、と牙の生えた口を開いて突き出した舌の上には、まるで飴玉のような色とりどりの珠がのっていた。

見せびらかすように再びくちゃくちゃと、しゃぶるように咀嚼し始めた。

「返せ……」

それが何なのか、彩日羅にはわからずとも、それらが何か大事な、奪われたモノであると直感できた。

「それを！　みんなを返せええええええ！」

それは遠吠え、怒りの雄叫びだ。

ミシリと彩日羅の肉体が軋み、着ぐるみの目が光る。

真正面から突進した彩日羅が、不可視の障壁に阻まれた。

黒蜜メンバーの攻撃を全て無効化した神器《ディバインギア》、『賛嘆の光輝《ディンギルメラム》』だ。

「あああアアああアァアーッ!!」

空中で停止させられている彩日羅が両腕を振り上げると、両手の爪がナイフのように突き出す。

ぞぶ、と見えない障壁に突き立てられた爪先が、食らいつくように抵抗を切り裂いていた。

無造作に、ばあ、と振り下ろされた巨大な拳が、ビルの破壊鉄球のような勢いで彩日羅の身体を弾き飛ばしていた。

ボキリとひしゃげた毛玉が弾丸のように壁に叩きつけられて岩が崩れる。

ぼお、と鳴いた巨体が立ち上がるのと同時に、石片を吹き飛ばしながら身を翻した彩日羅が襲いかかっていった。

雄叫びをあげる口元の血飛沫は、全身骨折に内臓破裂の名残だ。

常軌を逸した『底無し穴の番犬《オーバーグラトニーギア》』の再生力と、相手の力をも喰らい吸収する『暴食《グラトニー》』能力のコンボは、恐るべき継戦能力を発揮する。

だが、『暴食《グラトニー》』の力を暴走《オーバーロード》させればそれだけ、彩日羅という少女の存在自体も喰われていく。

牙を剥き、爪を突き立て巨体を引き裂く。

雄叫びを上げて食らいつき、もぎ取り、貪る、暴食の猛獣と化していた。

地を抉る拳の乱打を潜り抜けた狼が、その顎で首元に食らいつく。

喉の肉をごっそりと食い千切られた巨人は、痛みを感じていないかのように彩日羅狼を両手で握り締める。

頸骨らしき骨まで削られている巨人から、青い血潮が吹き出す。

だが、その通常ならば致命傷のダメージと引き替えに、捉えられてしまった彩日羅が地面に叩きつけられる。

ズドン、ズドン、ズドンッという地響きとともに踏みつけられる彩日羅を中心に、地面がクレーター状に陥没していく。

赤黒く汚れた染みに、組み合わせた拳を大きく振りかぶった巨人が振り下ろした。

「纏絲勁《てんしけい》！」

一陣の風となって現われた人影は、バサリと功夫道着をはためかせる。

地を砕く破壊の鉄槌を、彩日羅の前に立ち塞がったまま、掲げ構えた両腕で受け、流した。

それは力を受け流す防御体術スキルのひとつ。

螺旋の導きであらゆる力を弾き流す、功夫スキルの奥義とも言われる四両抜千斤《しりょうはっせんきん》の体現だ。

とはいえ、それは完璧に極めればという理想に過ぎない。

たとえ左手が爆ぜ飛び、右腕の肩が抜けたとしても、破滅の一撃を受け流せただけで瞠目に値する。

「オ、オ、オオ、オオオラアッッ！」

一足遅れて玄室へと飛び込んできたのは、巨大なグレートソードを担いだ『武闘士《ウェポンマスター》』だ。

否、両手にそれぞれ握ったグレートソードは、引き絞られた弓だ。

ゴゥ、と発射された斬撃は、彩日羅から食い荒らされた障壁の残骸を薙ぎ払う。

重なるように振り抜かれていた二発目の斬撃が、拳を受け流されて体勢の崩れていた巨人の首を切断した。

彩日羅に食い千切られていた喉元。

牙に抉られていた頸骨。

その隙間を寸分違わず打ち貫いたのは恐るべき技量といえる。

剣においては学園無双、故に『鉄剣公子《アイアンデューク》』の渾名だった。

皮一枚、グリンと回転した巨人の頭部が地に落ちる。

「ぶちょー！」

「彩日羅ちゃん、無事っ？」

「か、香瑠ちゃんの手が！」

続けて回廊から玄室に姿を現したのはブラックハニーのメンバーだった。

階層自体を震わせていた戦いの響きにも、みんなが躊躇することなく駆けつけていた。

「っ……おいしいところを、持っていかれちゃったわね」

「なに言ってんスか！　香瑠さんが先にぶちかましてくれたから届いたんスよ！」

剣を地に突き立てた鉄郎が香瑠に駆け寄る。

「私はいいから、彩日羅ちゃん、を」

「ひ、ヒドイ傷……。でも、もうポーションないよぅ」

通常ダンジョンにおいては、いわゆる宝箱の外れ枠として多く産出されるポーションには、保存が効かないという欠点がある。

故にほとんどは購買部で売り払うことになる。

購買部ではダンジョン空間をエミュレートした特殊な保管箱が用意されており、効能が劣化したポーションをぼったくり額で購入することも可能だ。

もっとも死に戻りの肉体ダメージリセットがある以上、需要は少ない。

対ボス戦闘などでエース級戦力の離脱防止、そうしたお守りとして扱われている。

だが、ロストの可能性がある今は、死に戻りという選択は選べなかった。

「……だ、大丈夫、です」

「……私たちが、癒やします」

白い外套を羽織った、小さな同じ顔をしたふたりが前に出る。

震える手を繋ぎ、顔を青ざめさせたふたりが彩日羅と香瑠の元に跪く。

「止めなくて、いいのかよ？」

「無粋」

誠一の問いかけを、叶馬が切り捨てる。

既に心を決めているのなら、覚悟が決まっているのなら、余計な言葉は粋ではない。

黒蜜と仲間たちが見守る中で、目を閉じたふたりが同時に手をかざした。

「「崇き聖霊の御名において」」

「「御慈悲よあれ《キリエエレイソン》」」

スキル発動に用いるトリガーワードに、正しい言葉は存在しない。

そうあれかし、と世界に宣誓する意思こそが必要だった。

淡い光とともに現実が変革される。

世界を変革する力。

それが人間という生物と、可能性《スキル》の本質だ。

「わ、わ……ふたりとも、『癒やし手《ヒーラー》』だったの？」

「あ、彩日羅ちゃん、香瑠ちゃんもっ」

SR《スーパーレア》なクラスである『癒やし手』は、とても珍しい存在だった。

通常のダンジョンでは出番がほぼなく、ＥＸＰを自力で稼ぐことも難しい。

強敵、ボス級モンスターとの戦いでこそ、その真価を発揮するクラスといえる。

レイドやダンジョン深層で戦う上位ランカー倶楽部が欲しがる由縁だ。

「……ぉ……お腹、空いた……」

「彩日羅ちゃん！」

クレーターの底で染みとなりかけていた彩日羅を、駆け寄った香瑠が両手で抱き上げる。

「もうっ、もう！　アナタって子は、本当に心配ばかりさせてっ」

「あぅ～……香瑠ちゃん、ごめんなのだ……」

薄汚れた着ぐるみに、ぽたりぽたりと雨が降る。

「海春ちゃん、夏海ちゃん、ありがと～」

「ちょー助かった。ちょー恩人」

囲まれたふたりは困ったような感じで身を竦めていたが、それでもどこか誇らしそうだった。

「やったぜ、クソッタレめ！　やっぱブラックハニーは最強なんだよ！」

拳を握り締めて吠える鉄郎に、他のメンバーは呆れたため息を吐いている。

だが、彼らの表情にも笑みが浮かんでいた。

「……まあ、今回は金星……」

「うんうん。あの怪物にダメージを通したとか、見直したよー」

「ホント、よくあのシールドを破壊できたね～」

「部長が先に、あの光る壁をボロボロにしてくれたお陰ッスよ。一枚しか残ってなかったみたいッスしね」

彼らが最初に遭遇した時には、幾重もの複合障壁がモンスターを護っていた。

最終的には七つの神器に護られた、守護神として起動するべく準備されていたモンスターだ。

それぞれ『川』『森』『草原』『湿地』『獅子』『神殿』『主』に宿る、七つの陣地要素《ランドコンポーネント》から力を下賜与えられた無敵のモンスターになるはずだった。

彼らのレイドアタックがほんの少し遅ければ、それは完成体としてダンジョンの外へと侵攻を開始していたはずだ。

「これで昏睡していた方たちも、元に戻るのでしょうか？」

「よくわかんないけど、そうじゃないの」

「焦って準備してきたわりには、あっさり終わっちゃったわねぇ」

「私も戦ってみたかったですー」

銘を『HUWAWA《フワワ》』、神が作りし『神造守護神《ディバインガーディアン》』。

「誠一……」

「どうしたよ？　まあ、お前も戦えなくて不満だとは思うが」

誰もが喜びの余韻に浸る玄室に、コツ、と小さな音が聞こえた。

じっと一点を見据えた叶馬の顎に、つぅ、と冷たい汗が流れた。

「叶馬、お前……」

「構えろ、誠一。敵が来る」

コツ、コツ、と。

階門《ゲート》の奥から聞こえる足音。

空間を繋ぎ合わせるゲート装置の中を『歩く』という理不尽。

それは理を、世界法則《ワールドルール》を越えた存在の足音だ。

故に、超越《オーバールール》。

世界の理を、己に隷属させるもの。

名称、『　　　《イシュタル》』

種族、※ロスト

属性、神《シュメール》
階位、※※※
能力、『神権《ディバイン》』『淫婦《ヒエロスガモス》』『簒奪《ユーサーパー》』『闘争《コンフリクト》※ロスト』『豊穣《ハーベスト》※ロスト』『星辰《ホロスコープ》※ロスト』
存在強度、★★★☆☆☆
「バビロンの大淫婦」「凶暴なる乙女」「戦闘と戦役の女君」「不要なる破壊と創造主」「天の女主人」「欠落せしもの」
▼展開中
神器《ディバインギア》、『驚愕の光輝《ディンギルメラム》』
神器《ディバインギア》、『畏怖の光輝《ディンギルメラム》』
神器《ディバインギア》、『羨望の光輝《ディンギルメラム》』
神器《ディバインギア》、『歓喜の光輝《ディンギルメラム》』
神器《ディバインギア》、『喪失の光輝《ディンギルメラム》』
神器《ディバインギア》、『慈愛の光輝《ディンギルメラム》』
▼修復中
神器《ディバインギア》、『賛嘆の光輝《ディンギルメラム》』

カツリ、と階門の中から踏み出した人影に視線が集まる。

「あれは……人間、か？」

そうではない、と頭の一部では悟っていたのに、誠一の口から出た言葉はみんなが思った疑問だった。

スラリとした四肢に、衣装の上からでもわかる豊満な女体。

波打つ金糸の髪は艶かしく。

瞳を閉じた容貌は神々しく。

とても美しい、人に見えた。

黒蜜メンバーのひとりが、さりげなく彩日羅と香瑠を庇うように歩み出る。

「……あの～、もしかして先客さん、だったり？」

その可能性はあり得なくはなかった。

羅城門の第伍『極界門』には、レイドダイブ設定時間の限界値が設定されていない。

意図的であれ事故であれ、設定次第では一年でも十年でもレイドダイブ時間を延長できる。

レイド領域内でＥＸＰを稼ぐことはできないが、戦闘経験を得ることは可能だ。

過去にはそうしたレイド領域内の長期ダイブで修行を積み、底辺から一気に成り上がりをやり遂げた生徒もいる。

その、整ってはいるが能面のような顔が、ニィ、と下衆な笑みを形作った。

「――――ｺﾞﾒ」

赤い赤い赤い瞳が開いて睥睨《へいげい》すると、手を伸ばしていた黒蜜のメンバーが白一色に染まって砕け散った。

たからだ。
残りの黒蜜メンバーも固まったように硬直していたのは、驚きではなく威圧《プレッシャー》に圧倒されてい
抵抗《レジスト》に失敗した黒蜜のメンバーが、立て続けに塩の柱と化して崩れ落ちる。

身体だけでなく、呼吸も心臓すらも止まりそうな畏れ。

そびえ立つ山々を、海の広さを、空の星々を、大いなる存在を前にした人間の原始的な本能。

それは、畏怖だ。

他のメンバーが抵抗《レジスト》できた理由は、程度の差はあれど上位畏怖存在に対する慣れだろうか。

塩の柱から、フワワの首から、キラキラと輝く何かが引き寄せられていた。

赤く婬らな唇が開き、舌先から転がるように捕食されていた。

「それ、は……みんなの……」

香瑠に抱えられたまま動かない身体で手を伸ばす彩日羅を、名前を失った女神がニィイ、と嘲った。

バギン！　と、まるで分厚いガラスを叩き割ったような音に、全員の金縛りが解けていた。

一瞬遅れて玄室内を吹き荒れたのは、ソニックブームの残滓だった。

ビリビリとギシギシと拮抗しているのは、女神の手前に幾重にも重なる光の壁と、叶馬の拳だ。

神聖なる光輝《ディンギルメラム》、それは千変万化に形を変える鎧の神器だ。

女神と叶馬の間にある空間が負荷に耐えかねて、ビシビシとたわんでいた。

突き出した左の拳が圧に押し返され、笑みを消していた女神の口元が再び歪んでいた。

「があぁあああああああああ！」

振りかぶった右手で空間という鞘から抜刀するように、ゴゥ、と振り下ろされた餓鬼王棍棒《オーバーグリードギア》が神聖なる光輝《ディンギルメラム》を叩き割る。

鼓膜の奥に甲高い音を響かせて、砕けた破片が宙を舞った。

砕け散った一枚の光輝《メラム》と、残り五枚の曼荼羅陣《ディンギルメラム》が万華鏡のように色濃く展開している。

▼展開中
神器《ディバインギア》、『畏怖の光輝《ディンギルメラム》』
神器《ディバインギア》、『羨望の光輝《ディンギルメラム》』
神器《ディバインギア》、『歓喜の光輝《ディンギルメラム》』
神器《ディバインギア》、『喪失の光輝《ディンギルメラム》』
神器《ディバインギア》、『慈愛の光輝《ディンギルメラム》』
▼修復中
神器《ディバインギア》、『驚愕の光輝《ディンギルメラム》』
▼修復完了
再起動開始　＞神器《ディバインギア》、『賛嘆の光輝《ディンギルメラム》』
再起動開始　＞神器《ディバインギア》、『驚愕の光輝《ディンギルメラム》』

目まぐるしく入れ替わる情報閲覧《インターフェース》メッセージに、中ほどでへし折れ、砕け散った六尺棍棒を手にした叶馬が叫んだ。

「総員撤退せよ！」

時間にして僅か数秒の攻防だった。

真っ先に飛び出した沙姫が、左右の手に海春と夏海を抱きかかえて回廊へと疾走する。

誠一も麻衣をお姫様抱っこして踵を返した。

目を白黒させていた乙葉の尻を叩いた静香が背中を押すが、すぐに乙葉が抱えるようにして撤退を始めた。

「アッ、ア…アレ、は何なんだよ……なんだってんだよ！」

「アレがこのレイドの本ボスかしらね……」

黒蜜メンバーの中で抵抗《レジスト》に成功したのは、彩日羅、香瑠、鉄郎の三名だけになっていた。

「撤退しましょう。今の私たちが抗《あらが》える相手じゃないみたい」

「えっ？　か、香瑠さん」

「かおる…ちゃ…ダメ……」

動けない彩日羅を鉄郎に押しつけた香瑠が、ふたりを突き飛ばすようにして回廊の入口へと押しやった。

「ゴメンなさいねぇ。足が痺れちゃって動けないのよ」

「香瑠さ……ッ！」

歯を食い縛った鉄郎が、たたらを踏んだ足を止めずにそのまま駆け出していく。

香瑠は差し伸ばされている小さな爪先に頬笑んだ。

「があぁあッあああああアアアアッ！」

香瑠の目を以《もっ》てしても霞むような速度で叩き込まれる拳と棍棒の乱舞が、光輝《メラム》をダイヤモンドダストのように打ち砕き続けていた。

▼修復中
神器《ディバインギア》、『羨望の光輝《ディンギルメラム》』
▼修復完了
再起動開始 ＼／ 神器《ディバインギア》、『羨望の光輝《ディンギルメラム》』
▼修復中
神器《ディバインギア》、『歓喜の光輝《ディンギルメラム》』
▼修復完了
再起動開始 ＼／ 神器《ディバインギア》、『歓喜の光輝《ディンギルメラム》』
▼修復中
神器《ディバインギア》、『喪失の光輝《ディンギルメラム》』
▼修復完了
再起動開始 ＼／ 神器《ディバインギア》、『喪失の光輝《ディンギルメラム》』

砕け散っては瞬時に再生する幻光の乱舞を、純粋に美しい、と香瑠は刹那に見惚れた。

妖しく、赤く、赫灼《かくしゃく》に燃え盛る瞳を楽しそうに歪ませる女神は、イキのいい鼠を嬲《なぶ》る猫のような顔をしていた。

それは叶馬に興味をひかれているという事だろう。

結界の一枚にすら手も足も出ない自分たちは、興味すら持たれない路傍の石だ。

それだけ相手にされていないのならば、それだけ舐められているのならば、付け入る隙はある。

水を差し、叶馬を逃がすチャンスを生み出せる。

「ッ破ア！」

拳を構えて腰を落とした香瑠が、足場を踏み砕く全力の『縮　地《ラピッドドライブ》』を発動させる。

その場から消え去る勢いで飛んだ香瑠は、玄室の天井を駆け抜け、吹き荒れる暴力空間へと跳躍した。

「地　砕《アースブレイカー》！」

叶馬の真後ろに着地した香瑠の踵を起点に地面が砕ける。

クレーター状に粉砕された足場を失い、よろめいた叶馬へと渾身の回し蹴りが叩き込まれた。

「後輩ばかり目立たせるのは私の趣味じゃないの、よオォ！」

ボボボボッ、と繰り出される掌底の連打は、決して叶馬の乱打に劣る回転ではなかった。

だが、岩をも砕く『襲闘士《ストライカー》』の『詠春衝《チェーンブロウ》』は、神聖なる光輝《ディンギルメラム》の表面に水滴のような波紋すら刻めていない。

それに興が削がれたとばかりに目を細めた名もなき女神が、細く赤く染まった爪先を伸ばした。

「――――」

人ならざる声に乗せられた言霊は、現実の抵抗《レジスト》をねじ伏せて上書《リライト》きする。

ビシリ、と響いた音に、前へと足を踏み出しかけていた叶馬の動きが止まる。

ソレは、己の両手と、一瞬にして手足の先端から石と化していく香瑠の身体から聞こえる音だった。

女神の視線を遮るように振り返った香瑠の口は、言葉を紡ぐ前に固まっていた。

だが、最後まで抗っていたその眼差しが、叶馬の足を石化よりも強く押し留めた。

ズゴ、と彼らを隔てるように、一際巨大な氷柱石が地面に突き刺さる。

次々と雨のように霰のように降り注ぐ氷柱石は、天井を『震　脚《ランブルノッカー》』で踏み砕いていた香瑠の置き土産だ。

名もなき女神が崩落する天蓋へ、表情が抜け落ちた顔を向ける。

ピタリと崩れ落ちる破片のひとつまでがその場で停止し、子どもが台なしにしてしまったパズルを組み戻すように元の位置へと復元されていく。

瞬きするほどの間に全てが元に戻った玄室の中には、石と化して立ち塞がった香瑠だけが残されていた。

第六十九章　祈りを

「……もう一度」

「……です」

右手を海春が、左手を夏海が握ったまま、再び深く没入《トランス》しようとする。

「いや、もう大丈夫だ」

ふたりが納得するまで任せるつもりだったが、既にＳＰが枯渇して顔色も真っ青だ。

なにやら石と化してしまった両手は、指先から肘の手前くらいまでカッチコチだ。

物が持てないのは不便だが、痛みはなく痺れているような感じ。

素手で釘とか打てそう。

拠点で無事に合流した時には、俺よりも静香たちがパニックを起こして大変だった。

石化解除のため、一度ＳＰ枯渇で失神するまで試みてくれた海春と夏海だが、二度目は倒れる前に止めさせることにした。

「ですが、叶馬さん……」

泣きそうな静香を撫でようにも、手が石になっているのは困ったものだ。

静香も巫女スキルで治療を試みてくれたが、『祈願《ウィッシュ》』ではどうにもならない模様。

阿呆のようにレアリティが高い、いろいろと突っ込みどころがあった『神』とかいう存在の置き土産だ。

それなりの強度がある『呪詛』なのだろう。

というか、静香は俺よりも沙姫を見ていてほしい。

完全に据わった目をしている沙姫は、じっと窓から鬼面洞窟のほうを睨んだままだ。

ずっと刀を握り締めており、今にも進撃してしまいそう。

「沙姫」

「旦那様……私に、あの化け物を切り捨ててこい、と命令してください」

完全にジェノサイドモードが発動中。

ブッダに会ったらブッダを殺せ、物理的に、な感じ。

沙姫だけでなく、静香たちも同じように思い詰めた表情になっている。

目を離したら勝手に吶喊《とっかん》してしまいそう。

「沙姫」

「はい。旦那様、今すぐ……」

「脱げ」

何を言われたか理解できないみたいな感じでフリーズ。

可愛く揃って覚悟を決めました、みたいになっていた海春と夏海も両腕に抱えてトランポリンベッドにご招待。

俺の頭上を見た静香さんが、沙姫の手を引っ張ってダイビングザベッド。

割と全力全開放でバトってしまったので、GPが空《から》っ穴《けつ》なのである。

英気を養う意味でも、いろいろと準備が必要だ。


「叶馬くんが言うには、なんかの神様っぽいらしいけど。正直、ビビっちゃって身体が動かなかったわ……」

「またスゴイのが出てきたかな」

座り込んで頭を抱えた乙葉に、ノコギリを手にした凛子が苦笑した。

「笑い事じゃないわよ。あんなのもう、どうしようもないじゃない」

「ま、どうしようもないを、どうにかするのが私たち《クラフター》の役目かなっと」

迎撃基地の本館塔、半地下のゼロ階に設けられているのは『工房《ファクトリー》』だ。

大きくスペースが取られた作業台で解体されているのは、首を失っている巨大な神造守護神《ディバインガーディアン》『HUWAWA《フワワ》』だった。

「現にコレもこうして倒せたのなら、やっぱり無敵の存在なんていないんじゃないかな」

活動を停止してからも恐ろしいほどの強度を保っているフワワの骸が、職人スキルとマジックアイテム、高レベルモンスター素材から作った器具で解体されていく。

手の空いているクラフターメンバー総出で、モンスターの解体・解析を行っていた。

解析不能の神器、神聖なる光輝《ディンギルメラム》シリーズの鎧を失ったフワワは、そのスペックを詳らかにされていく。

「歯車にシリンダー、生体組織と融合してますね……」

「これで本当に稼働するんでしょうか？」

「胸筋と背筋は金属繊維筋肉《バイオメタルマッスル》だと思います」

「骨格はたぶん、未知の金属です」

「このアクチュエーターシステムは私たちの『強化外装骨格《アームドゴーレム》』に近い……というかたぶんそのものなんじゃ」

「生物に機械を埋め込んだんじゃなくて、機械を無理矢理に受肉させた感じ、かなぁ」

総じてマニア気質のある職人メンバーは、各々で得意とするジャンルが異なっている。

だからこそ深く、多面的な視点からの解析が進んでいく。

「まさか、まだ戦うつもりなの？　相手は神様なんですけど」

「そういう冗談みたいな子ならコッチにもいるかなっと。今更、他の神なんてお呼びじゃないし、私たちには要らないってコト」

目を閉じてげっそりと痩せ細った彩日羅が、ベッドの上で口をモゴモゴさせていた。

鉄郎に担がれて迎撃基地に帰還した時から、ずっと意識を失ったままだ。

『暴食《グラトニー》』の暴走《オーバーロード》による自食作用《オートファジー》で、その身体はガス欠を起こした車のように衰弱していた。

ずらりと並んだベッドには、死に戻りから目覚めない黒蜜のメンバーが寝かせられている。

そこはまるで病院のようだった。

小さく微かな鼓動と呼吸は、仮死状態となった彼女たちの生命兆候《バイタルサイン》が極限まで低下していることを示している。

彩日羅を含めてベッドに寝かせられているメンバーの数は十八名。

残りひとりは歯を食い縛って立ち尽くし、残りひとりはダンジョンから帰還せぬままだ。

背中にクッションを重ねて上体を起こしている彩日羅の口元に、匙ですくった粥が運ばれる。

滋養たっぷりに仕上げられた塩粥の甘い匂いに、鼻をすんとさせた彩日羅が小さく口を開いた。

意識は戻らずとも、本能的に失ったエネルギーを回復させようとする彩日羅の身体は、介護されるままに口を動かして呑み込んでいた。

ベッドに腰かけて粥を与えている久留美は、ときおり綿に染みこませたスポーツドリンクも吸わせながら世話を続けている。

それは点滴などより、よほど彩日羅には正しい処置だった。

『食べる』という行いこそが、今の彩日羅には必要だ。

「その……マジで助かるッス。俺はこういうの、全然わかんなくて役に立たなくて」

「そういう自虐は要らないから。できる人がやるべき事をやるってだけでしょ」

久留美は匙に息を吹きかけて冷まし、あーっと雛鳥のように口を開けている彩日羅に食べさせる。

「私は腕っぷしも弱いし魔法も使えないけど、今はもう、自分が役立たずだなんて思わない。役に立てない場面があっても、それは自分の出番じゃないってだけで、きっといつだって自分がやらなきゃいけないことはあるんだよ」

ただ立ち尽くしているだけの鉄郎を振り返った久留美が、フンと鼻を鳴らした。

「だから、そこにボケッと立ってられても邪魔なの。ここは私たちに任せておきなさい。身体を休めるのだって大事でしょ？」

「オッス……」

追い出されるように宿舎から出た鉄郎が額に手を当てた。

「みんな格好イイじゃん。クッソ……俺よっか全然ツエエ」

鉄郎は腰に差した剣を摑み、朝練で使っている闘技場へと足を向けた。

足取りは重く、身体も重い。

自分は器用でもなければ頭も良くはない。

自分の出番は、自分の役目は、ただ剣を振って敵をぶった切る、それしかない。

ならば今やるべきことは、この力を失い、代わりに新しく得た小さな『力』を研ぎ澄ませるのみ。

『レベルは下がり、確実に弱体化しますが……』

頭を下げて導きを乞うた。

何を言っているのかわからなかったが、詳しく説明されても自分には理解できないに違いない。

今までの自分では通用しなかった。

ならば今までの自分を捨ててでも、彼らの領域へと続く小さな足がかりが作れるのなら、それでいい。

元より、ただ馬鹿のひとつ覚え、剣を振るしか能はない。

『見習い』、上等だ。


地上時間で深夜を過ぎても、工房で響く音は続いていた。

そのさらに奥。

そこは新しく、蜜柑のために作られたエリアだ。

金床《アンビル》に万力《バイス》、やっとこやハンマーなどが所狭しと並べられている。

そして小さくとも赤々と、炎が純化された色で『炉《ファーネス》』が燃えていた。

ダンジョンから採取したばかりの耐火石で組まれた炉は、火の《フレイム》元素結晶《エレメンタルクリスタル》を燃料にしている。

原始的な施設でありながら、鉄を融解させる高炉と同等に二〇〇〇℃を超える熱量を確保可能だ。

閉じていた目を開いた蜜柑が、作業台の上を見据える。

それはまっぷたつに折れ、ベコベコに曲がりひしゃげた金棒の残骸だ。

『餓鬼王棍棒《オーバーグリードギア》』

蜜柑は叶馬に託されたそれに、そっと手を触れる。

「お願い……あの人の力になりたいの」

かつてこれを預かった時には、いくら熱しても、いくら叩いても、毛ほどの傷も残すことができなかった。

素材としてはただの鉄［Fe］。

ほぼ炭素すら含まれていない純鉄に近い柔らかさで、他のマジックアイテムのように謎の物質が混じっている訳でもない。

言うなれば、それは鋼鉄ですらない、ただの鉄の棒だ。

『固有武装《オリジンギア》』を『根源之鍵《オリジンギア》』たらしめているのは、もっと別の何かだ。

故に、どれほど形が変わろうと、へし折れ、砕け散っていようと、問題はない。

より強く。

より硬く。

全てを貫けるほど鋭く。

そして何よりも。

「すっごい格好良くしてあげるからね！」

腕まくりをした蜜柑がふいごを踏むと、白い火の粉が舞ってパチリと弾けた。

——穿界迷宮『YGGDRASILL』、特異分界『人食鉱山』——

——様式『侵略』、※時空圧差『壱：∞』——

※※※外部干渉確認※※※

——※Option Change『決戦式《インフィニティモード》』→『軍戦式《レイドモード》』Adjustment——

——※Model Change『監獄《コキュートス》』→『煉獄』——

——※Confine『∞時間／強制帰還開始』——

——※countdown：00：01：59：59——


六日目の朝が訪れる。

ある者はベッドで、ある者は作業台に突っ伏したまま、ある者は既に仕事をしながらメッセージを耳にした。

レイダーならば聞き慣れた強制帰還《ターミネーション》カウントダウンだ。

第伍『極界門』に設定したログアウト時間が近づくと、警告メッセージが参加メンバーへと通知される。

それは帰り支度を始めろ、という合図だ。

レイドクエストのチャレンジは、長時間ログインのためにさまざまなアイテムを持ち込んでいる。

設定時間内のレイド攻略に失敗した場合は、持ち込んだ器材の回収も重要だ。

「……予定どおり、ってやつか」

ふたりで使うには広すぎる部屋のベッドで、天井を見上げた誠一がポツリと呟いた。

座り込んだ誠一の背中に、背中を預けて寄りかかった麻衣が問いかける。

「あたしたちはどうすればいいの？」

「どうも、しねえさ。ブラックハニーは全滅に近いが、俺らは運良く生き延びた。クエストは失敗……って訳でもねえか。ヤベエボスがいたってだけでも、調査結果としては充分だ」

学園で早急に検討され、大規模な緊急討伐クエストが実施されるか、封印指定されて様子を見ることになるか。

おそらく後者の確率が高いだろうとは思ったが、口にはしなかった。

触らぬ神に祟りなし、だ。

「……それでいいのかな？」

「良いも悪いもねえだろ。今更、俺らにできることはねえよ。義理は果たした。誰にも責められる筋合いはねえ」

今も目覚めず回復の徴しもない黒蜜メンバーや、帰還すらしていない彼に対しても責任はない、はずだ。

言ってしまえば、自分たちは巻き込まれただけの被害者なのだ。

余計な情に流され、優先順位を間違ってはならない。

そう、誰かが言っていた。

「……話が違うじゃねえかよ。先輩」


――※ｃｏｕｎｔｄｏｗｎ：００：０１：２９：５９――


「辛気臭い顔をしてないで、ちゃんと食べなさいよね！」

エプロン姿の久留美先輩が、オタマを手に仁王立ちしていた。

すごく肝っ玉お母さん感ある。

テーブルに並べられているご馳走は、朝食とは思えないほどのボリュームだ。

ミネストローネに手作りソーセージ、スクランブルエッグにトマトサラダ。

相変わらずリコピンな赤さが鮮やか。

ちなみに卵の元は、通常ダンジョンの第十階層で捕まえた、鶏と蜥蜴を一緒にしたようなヌルモブさんである。

雪ちゃんが繁殖に成功していたらしく、迎撃基地の庭でもコッコッシャーシャーと歩き回っている。

「叶馬さん。あ〜ん」

スプーンを手にした静香は、付きっきりで俺の世話をしてくれている。

なにしろ両手が動かないので着替えにも不自由するありさま。

トイレも当然という感じでサポートしてくださるのですが、流石の俺にも羞恥心というのがあったのでございました。

テーブルを改めて見回すと、クラフターの先輩方は徹夜の影響で目の周りをくすませていた。

その顔にやりきったという満足の表情はない。

俺たちにとっては初めての強制帰還《ターミネーション》だが、ゲームでいえばリセットボタンを押されたような感じだ。

またやり直せと、遊戯盤をひっくり返された気分。

納得などできるはずもない。

それに、情報閲覧《インターフェース》さんが変なメッセージを告げていたような気もするが、何だったのだろう。

キィ、と小さな音がして、扉からワンコ先輩がぽてぽてと入ってきた。

久留美先輩の看病で持ち直したものの、一晩明けても元気のない萎んだ風船みたいだ。

俯いたワンコ先輩は小さく、誰とも目を合わせようとしない。

というか、俺の隣に山盛りのステーキが積んである専用席があるのだが、座ろうとせず、俺とも視線を合わせようとしない。

「えっと、ご飯いらない……」

なにやらあり得ない言葉を聞いてしまった。

「なに言ってるのよ。お腹空いてるんでしょ？」

「お腹空いてない……」

久留美先輩の言葉に首を振るワンコ先輩は、お腹が小さくクゥ……と鳴っていた。

お腹の虫も元気がないとは、もうどうしようもないくらいに落ち込んでいるようだ。

いや、それも当然だろう。

倶楽部の仲間が、次々と倒れて目を覚まさないのだ。

そして、この俺のストーンハンドもそうだが、ログアウトしてからも元に戻る保証はない。

仮に俺が同じ立場だったとして、静香たちが倒れ、蜜柑先輩たちが倒れて目覚めなかったとすれば、きっと正気ではいられないだろう。

無様に泣き崩れて、周囲の全てに当たり散らしているに違いない。

だからそんな時に、差し伸べる手があるのなら、たとえ石でも充分だ。

「ワンコ先輩」

椅子から下りて、立ったまま俯いているワンコ先輩の元に片膝をついた。

蜜柑先輩よりも小さなワンコ先輩だ。

それでも視線を合わせるには足りなかったが、着ぐるみの狼ヘッドを深くかぶったワンコ先輩は顔を隠してしまった。

手を伸ばそうとしたら、まるで殴られたようにビクッと小さく震えた。

「ゴメンなのだ……」

もしかして、俺の手が石化したことを気にしているのだろうか。

こんなものは、別に何ほどのものでもない。

「ワンコ先輩。俺にできることはありますか？」

「もう、充分なのだ。もう充分に助けてもらったし、後はこのまま帰るだけなのだ……。きっと戻ったらみんなも目を覚ますし、香瑠ちゃんだって、きっとまた仕方ないわね、彩日羅ちゃんは、って、きっと」

ぎゅっと目を瞑って肩を震わせるワンコ先輩から、ポタポタと滴が零れ落ちた。

ああ、だから聞かせてほしい。

どうか、俺に教えてほしい。

俺に、願ってほしい。

その、祈りを。

「だから……、だから、助けてほしい、のだ」


どこかでガチン、と音がした。

どこかでガチリ、と嚙み合った。

それは、覚悟が決まった音だ。

それは、祈りに応える在らざるべきものの託宣だ。

かくあるべし、と。


「叶馬さんっ!?」

ぽたりぽたりと、赤い雫がこぼれ落ちる。

ガチンと、ギリリと、動かないはずの石の指が折れ曲がっている。

それはひび割れ、破片を散らす、力強く握り締められた石の拳だ。

割れた関節から滲み湧き出るように赤い雫が流れていた。

「充分だ」

充分で十全。

吊り上がった口角が、まるで悪鬼《オウガ》のように歪んでいる。

「何の問題もありはしない。男の手は、拳が握れればそれで充分だ」

べそをかいた彩日羅の顔が、きょとんと叶馬を見上げていた。

「――まあ、そういうと思ってたかな。いろいろ準備はできてるよ。無駄にならなくて良かったかな」

「あは。うん、そうだねっ」

ティーカップを口に寄せた凛子の隣で、蜜柑が力強く頷いていた。

「はぁ……ったく。このままじっとしてりゃ、何事もなく帰れるんだぜ？　マジわかってんのか？」

「って言いながらホッとした顔してるとか、セーイチマジツンデレ」

駆け寄ってきた海春と夏海に両手を預けた叶馬が、呆然としている彩日羅に首を傾げる。

「ワンコ先輩。腹が減っては戦ができぬ、です」

「……あっ」

「お代わりですー！　あと、オムレツも食べたいですー」

ガブリとソーセージにかぶりついた沙姫がお代わりを要求していた。

それは獣が食い溜めるような、戦いに向けてのエネルギー補給だ。

「はーい。せめてちょっとは味わってよね。んで、どうするの？　それだけで足りる？」

「あっ、えっと」

久留美の挑発的な言葉に、ぐしっと目元を拭った彩日羅が頭を振った。

「……全然足りないのだ」

「仕方ないわねぇ。みんなもお代わりが欲しいなら大っきな声で言ってよね」

沙姫に触発されたように、職人のみんなも無理矢理口に押し込むようにして食べ始めていた。

徹夜明けだろうが、まだ休むわけにはいかないのだ。

まだ戦いは終わっていないのだから。

もはやマナーも恥じらいもなく、テーブルの上のご馳走がかっ込まれていく。

「ステーキお代わりなのだ！」

「はいはい。ちゃんと噛んで食べなさい」

「……この子たちの糖度をパワーアップさせたのですが」

「うん。それでどうして爆発するようになったのかな？」

「さっそく駆動系の強化エミュレーションを」

「同時に骨格の強化を併用して……」

バンッ！　と乱暴に勢いよく開かれた扉から、彩日羅と入れ替わりで黒蜜宿舎にいた鉄郎が飛び込んでくる。

その顔色が蒼白だった。

「ハァ、ハァ、ダンジョンから、ヤベェプレッシャーが立ち昇ってきてるぜ！　このままじゃ……」

その警告を証明するように、微かな地鳴りとモンスターの雄叫びが響いてくる。

摑んだパンを口に押し込んだ誠一が、ゴクリと飲み込んだ。

「ハッ。アッチも俺らを逃がすつもりはないって訳だ」

「舐められちゃってるわね～」

「望むところです！　皆殺しです！」

「いいわね。血が熱く滾ってきたわっ」

お通夜のような空気が一転、意気軒昂となっている一同に鉄郎が唖然とする。

拠点に籠もって強制帰還《ターミネーション》まで時間を稼ぐ。

そんな敗北主義者はひとりもいない。

「ぶちょー……」

「鉄っくんも一緒に行くのだ！　みんなを取り返しにっ」

「おっ…お、お……おおオッ！　もちろんっすよ！」

身震いした鉄郎が頷く。

「凛子先輩。クラフターのみんなで拠点の防衛をお願いします」

「うん。任せておくかな。城壁の中には一匹も通さないから」

「蜜柑先輩」

「できてるよ！　スッゴイ格好イイんだから」

片目を瞑ってサムズアップする蜜柑に頷き、既に立ち上がっている仲間を見回した。

「誠一、麻衣」

「まあ、付き合ってやるさ」

「雑魚は任せてよ」

「沙姫、海春、夏海、乙葉先輩」

「いつでも征けます！」

「はい」

「です」

「任せなさい！」

銘々が気合いを奮い立たせ、叶馬は静香へと向き直る。

「……はい。あなたのお望みのままに」

問うまでもなく、頷いた叶馬が拳を掲げた。

「これより逆襲を開始する！」

第七十章　欠落のジグラート

——※countdown：00：00：59：59——


鬼面洞窟へと突入した俺たちは、モンスターを薙ぎ払いつつ回廊を突き進む。

もはやモンスター避けの札などお構いなしに溢れ出てくるヤツラは、出口へと暴走《スタンピード》していく。

その集団暴走にはあきらかな指向性が感じられる。

考えるまでもなく、ダンジョンボスからの指令だろう。

タイムリミットがあるとはいえ、少しでもモンスターを削らなければ、拠点を護る先輩たちの負担が増えてしまう。

「そんなタラタラしてたら、間に合うものも間に合わなくなっちゃうんじゃないの？」

ダンジョンの第一階層を抜けた先にある玄室は、階門《ゲート》から溢れ出すモンスターで渋滞していた。

目的地へのルートは、モンスターが集まるルートを逆走しているようなものだ。

雑魚とはいえ数の多さに足留めされてしまう。

「だからさぁ。ここはあたしに任せて先に行って。こういう雑魚を潰すのは、あたしの魔法が一番でしょ？」

「んじゃ俺も」

「誠一はさ。やることあるじゃん。だから、行かなきゃダメじゃん」

ニッと笑った麻衣が新調したマジックロッドを構えた。

「って言っても、後衛ひとりじゃ無理でしょ。私も残るわよ」

「え〜、乙ちゃん先輩とか逆に不安」

「麻衣ちゃぁん？」

心配そうな誠一が過保護なのは、麻衣も感じていたのだろう。

自分がどこまでやれるのか、試し鍛える機会は必要だ。

ドジっ子の芸風が身についてきた乙葉先輩も、やらかさなければ実力は確かだ。

「ゲートまでの道を作るからねっ……必殺技、第二弾のお目見えよ！」

右手を掲げた麻衣の中指で、ルビーのリングがギラリと光った。

――※ｃｏｕｎｔｄｏｗｎ：00：00：49：59――


「……西門からサラマンダーPOP2、です」

「し、正面から大型モンスター1、来ました」

「城壁に張りついたモンスターの排除完了です」

スピードと機動力という欠点のある『強化外装骨格《アームドゴーレム》』だが、拠点の迎撃戦においては無類の力を発揮する。

性能以外の面でも、スタンドアローン運用ができるという点が大きい。

弱点である本体。

つまりクラフターが安全地帯からアームドゴーレムを操縦できる。

無論、距離が離れればリンケージも切れるが、塔の屋上から城壁の周囲までの距離ならば充分だった。

まれに動きが速く、防衛ラインを抜けて城壁に辿り着くモンスターもいる。

そうした軽量級モンスターの多くは、城壁の内側から投擲される謎の赤い爆発物に吹き飛ばされていた。

「機動力を潰すのがメインだからね。無理に倒す必要はないかな」

『組合《ギルド》』による情報の共有は、戦いに不慣れな彼女たちを以てして、軍隊のような有機的連携を可能にしていた。

屋上で円陣を組んでいる彼女たちは目を瞑り、己の感覚をアームドゴーレムに同期させていた。

ひとり目を開いて戦場を俯瞰《ふかん》しているのは、指令役《コマンダー》の凛子だ。

「モモちゃんも正面に回って、杏ちゃんは西門へのサポートに」

「は、はい。二十秒で到達します」

「了解です」

城壁の外ではモンスターの唸り声と悲鳴、そして力強いアームドゴーレムの駆動音が唸りを上げていた。

――※countdown：00：00：34：59――

「コイツら、あきらかに俺たちを待ち伏せてやがった！」

鉄郎先輩が双剣を振り回し、溶岩巨人《ラーヴァゴーレム》の手足を打ち砕いていた。

ほぼクラスの力を失った状態でソレをやれるのは、沙姫が言っていた『剣の理』を体現しているからだろうか。

沙姫が朝練の時に昂奮して称えていた言葉が、今ならわかるような気がする。

スピードとかパワーとか、そういうドーピングの外側にある『強さ』だ。

「修行の相手にちょうどいいです」

触発されたのだろうか。

ペロリと唇を舐めた沙姫が、第四階層の階門《ゲート》に群れているラーヴァゴーレム軍団の前に出る。

ラーヴァゴーレムの外殻は岩よりも硬く、体内に循環する溶岩は鋼を焼く。

刀という武器との相性は、最悪といっていい。

メイスやハンマーなどの鈍器をもって砕くべきモンスターだ。

「私たちも」

「残ります」

きゅっと眉根を寄せた海春と夏海が進み出た。

だが、ふたりとも戦闘クラスではない。

その能力はサポートに特化したものだ。

「叶馬さん、あの子たちを信じてあげてください」

静香に言われて気づいた。

俺も誠一を笑えないということだろう。

右手に水虎王刀、左手に白髭切を構えた沙姫が前へと踏み出した。

「薙ぎ払います！」

「召喚、です」

「結晶城塞《クリスタルフォートレス》、です」


――※countdown：00：00：14：59――


「あ、アイツは……っ！」

ワンコ先輩が毛を逆立てて唸り声を上げる。

ダンジョンの到達最深部。

第六階層の底には、破壊の痕跡は微塵もなく、香瑠先輩の石と化した姿もなかった。

代わりに、階門《ゲート》を背にした巨体が居座り、嗤っていた。

「んだよ、あれは……。ツギハギのフランケンシュタインかっつうの」

うんざりしたように吐き捨てる誠一の声には、嫌悪が混じっていた。

神造守護神《ディバインガーディアン》『HUWAWA《フワワ》』

その醜悪な表情を浮かべた首から下は、あり合わせの材料を捻り合わせたように、ダンジョン内のモンスターの継ぎ接ぎのパーツで構成されていた。

情報閲覧《インターフェース》で見る限り、五体どころか身体中のパーツにSPが設定されている。

もはや合成獣《キメラ》というよりも、趣味の悪い模造品《マニファクチャー》だ。

だが、展開されている神器《ディバインギア》、『賛嘆の光輝《ディンギルメラム》』を抜いて全部を殺しきるのは時間がかかりそうだ。

「しつこいバケモンだぜ。今度はパッチワークできなくなるまでぶった切ってやらぁ！」

不敵に笑った鉄郎先輩が、両手の剣をギリリと握り締める。

「鉄っくん！」

「部長は先に行っててくださいよ。俺もすぐに後を追っかけます。まー、それに」

ばああ、と叫んだフワワが鉄郎先輩へと拳を振り上げる。

「コイツ、生意気に俺をご指名みたいなんで……なぁ、化け物野郎！　首ぶった切ってやったの覚えてんのか？」

破壊鎚の如き拳を剣で斬り落とす。

まるで撫でるようにゆっくりと見える剣先は、唸りを上げて振るわれる暴力をいなしていく。

俺にはどうやっているのか想像もつかないが、ただ『柔よく剛を制する』という言葉が思い浮かんだ。

それはクラスという付け焼き刃の力とは違う、人間本来の可能性《スキル》だ。

名称、『但馬《たじま》　鉄郎』
種族、人間
属性、無（＋ＮｏｗＣｏｐｙｉｎｇ）

階位、10＋0＋0＋0＋1e（＋NowCopying）
能力、『人間《ヒューマン》』『戦士《ファイター》※ロスト』『闘士《ウォーリア》※ロスト』『武闘士《ウェポンマスター》※ロスト』『神殺し見習い《ジューダスサン》』
存在強度、☆★
「豊葦原学園弐年辰組男子生徒」

現状、鉄郎先輩のポテンシャルは入学したばかりの生徒と変わりない。

だが不思議と先輩が負けるとは思えなかった。

それに、▼バーに展開されつつある『鏡像源泉《ドッペルパフ》』という謎のスキルが発動していた。

「さあ！　かかってこいやあ！」


――※countdown：00：00：09：59――


「ひ、東門抜けられましたぁ」

「西門、モンスター数増大で処理しきれませんっ」

「ダンジョン入口からファイヤードレイク2、いえ、3……もっと出てきますっ」

眼下に見渡す荒涼とした大地は、数え切れないほどのモンスターで埋め尽くされつつあった。

ダンジョンの出入り口である鬼面洞窟から出てくるモンスターの他にも、直接地上にPOPするモンスターが左右背面から押し寄せてくる。

遊びの時間は終わりだと、そういわんばかりの攻勢に、凛子が拳を握り締める。

掌の中のぬるりとした感触の他にも、冷たい汗が顔と背中に流れていた。

「あくっ……」

どさり、と突っ伏すように倒れた柿音に、誰も手を貸す余裕はない。

既に杏、市湖、芽龍が気を失っている。

大破したアームドゴーレムに、最後の瞬間まで意識をシンクロさせていた故の精神衝撃《マインドショック》だ。

そうなるとわかっていながら、最後まで逃げ出さずに戦線を支え続けたのだ。

それが凛子には誇らしく、悔しい。

組合《ギルド》のフィードバックダメージコントロールをしている凛子にも負担がない訳はない。

だが、その苦しさよりも悔しさが込み上がる。

今まさに、迎撃の最終防衛ラインが突破されようとしていた。

城壁の中へと侵入されて宿舎が破壊される。

昏睡している黒蜜メンバーは本館塔へと移送済みだが、ここに取りつかれてしまうのも時間の問題だ。

ダンジョンの正面から群れをなして進軍してくるレイド級モンスター、ファイヤードレイクを防ぐことはできないだろう。

それでも、最初から迎撃基地の正面で戦い続けているゴライアスが、ボロボロになってもハンマーを握り締めて仁王立ちしていた。

「絶対、負けないよ」

「蜜柑ちゃん……」

ゴライアスの食い千切られた左腕から伝わるフィードバックに、左肩を押さえた蜜柑が顔を上げた。

「だって約束したもん。それに……ここは私たちのお家だから！」

フワリと、その乱れた髪がなびいた。

小さな手で、そっと頭を撫でられた気がした。

まるで幼子を褒めるように。

「ふぇ…？」

反射的に振り返った視界の端に、白い何かが見えた気がする。

そしてどこからか、イヨウで奇妙な声がした。

「えっ？」

異変に気づいた凛子が空を見上げる。

悠久不変の白夜の星空。

だが、いつの間にか空には黒い雲が立ちこめていた。

迎撃基地の上空に、渦巻くように重厚に、十重二十重に塗り重ねられていく。

見上げれば、どこか見覚えのある虎模様の獣が、雲を足場に空を駆けていた。

その背には、誰かがちょこんと座っている。

「――ィヒョオオオォ！　オォ！　オォ！！」

歌うように獣が雄叫びを轟《とどろ》かせ、百雷の閃光と轟音が周囲を真っ白に染め上げていた。


――※countdown：00：00：09：59――


第七階層。

それが終着地点だった。

外殻領域のマッピングによる予測階層は十層を超えていたはずだ。

だがまあ、それもこの無駄に巨大な神殿を見れば納得もできる。

敵の侵入を防ぐための要塞。

そんな意図はまったく考慮されていない。

華美にして過美、不合理にして不条理、陰がない陽《ナッシング》だけの神殿。

機能美の一切を排除した、ただ美しいだけで無意味な建築物は、ただただひたすらに気持ちが悪い。

ＳＡＮ値がゴリゴリと削られていくようだ。

「これが、イシュタルの聖塔《ジグラート》……」

顔を青ざめさせた静香が呟く。

物知り静香さんの話では、イシュタルという名前はシュメール神話に出てくる女神の一柱なのだそうだ。

多面的で数多くの神性を司っているそうで、ユダヤやキリスト教が生まれる以前には多くの信仰を集めていたらしい。

毛を逆立てたままのワンコ先輩、表情を固くしている誠一とともに神殿へと足を踏み入れる。

元より件《くだん》の女神と相対するのは、この四人に鉄郎先輩を加えたメンバーだろうと思っていた。

基準はＧＰの有無だ。

あの訳のわからん魔法らしき攻撃の際に、抵抗《レジスト》カウンターになったのはＧＰ《コレ》だと思う。

体感による勘に過ぎないが、現にＧＰを使い切った後に石化を喰らっている。

「行くのだ」

真正面から延々と続く上り階段を、まっすぐに上っていく。

神殿というよりも人工的に築いた小高い山、ピラミッドの頂辺をカットしたような形状だ。

罠や障害もなく、ただまっすぐに頂上へと続いていた。

「モンスターの一匹も出てきやしねえな……」

「聖域《アジール》ということなのだと思います。ただ、自分を讃えさせるためだけにある神域ではないかと」

早々にバテてしまったのでお姫様抱っこしている静香がキリッとしたお顔。

五百段以上はありそうだが数えるのは止めてしまった。

カウントダウンに背中を押され、階段を駆け上がっていく。

頂上に近づくにつれ、いくつものリズムを奏でる音が聞こえてきた。

上りきった俺たちの前には、さらに無意味で豪華な神殿が広がっていた。

階段から続く石畳の左右に、楽器の奏者が並んでいる。

堅琴のような弦楽器、オカリナのような笛、太鼓や水の入ったカップを叩いている奏者もいた。

お世辞にも上手いとはいえない。

素人を無理矢理に楽団としたような、狂った音楽を奏でさせられているのは無数の石像だ。

いくつもの石柱がそびえる神殿の中心に、祭壇らしき台座が見えた。

その上で蠢く何か。

まるで天に祈りを捧げるように膝をついている人影は、名前のすり減った女神だった。

静香を降ろし、代わりに蜜柑先輩より授かった、無骨で巨大な手装重甲《シールドガントレット》を右腕に装備する。

前腕部分へと装着する、固定式になっている盾だ。

分厚く重く、形状は長さ一・八メートルほどの細長い柩《ひつぎ》に似ていた。

全身鎧である重圧の甲冑《ストレッサーアーマー》にも増設できるよう、接続用パーツも搭載されている。

以前より蜜柑先輩に作成をお願いしていた、盾役《タンク》用装備ともいえる。

ぶっちゃけると、とても重い。

抱っこしていた静香よりもヘビーウェイト。

蜜柑先輩にどれくらいの重量なのか聞いたら、叶馬くんなら大丈夫だよねっ、と仰られたので全然大丈夫と言わざるを得ない。

「あれは……」

言いかけた静香が口元を歪める。

祭壇の上の女神は俺たちを顧みることなく、ただ一心不乱に舞っていた。

薄いレースのように透けたトーガがなびき、背中を波打たせて金の髪がうねっている。

背を向けたままで弾ませている尻は、台座に横臥している誰かの股間を跨いでいた。

情熱的で下品な腰振りは、まさに貪るという表現が相応しい。

グラマラスなデカ尻と相まって洋モノっぽい感じ。

このままソーッと近づいて後頭部をフルスイングしたら、空気が読めないと怒られるだろうか。

どんな生物でもセックスの時には無防備になるものだ。

試しにちょっと殴ってみようかと足を踏み出すと、ぐりんと首を捻って振り向いた女神の目が赤い閃光を放った。

「くっ……」

殺せ、とか言い出しそうな誠一の呻き声が聞こえた。

かくいう俺も、唐突に腰の奥底から込み上がる、激しい性衝動を感じていた。

ワンコ先輩と静香は身構えるも平気な感じ。

男性限定の状態異常、恐らくは『淫婦《ヒエロスガモス》』のスキルだろう。

強烈に喚起されるリビドーが、目の前の女を犯せと叫んでいた。

痛いほどに勃起してしまったペニスが、ズボンにテントを張って身動きができなくなる。

なんという恐ろしいバインド攻撃。

まあ、だがジッパーを下ろしてしまえば回避できる状態異常ではなかろうか。

ジィイ、とオープンザ失敬した俺の股間に、露出狂女神の視線が釘づけになってしまった。

ワンコ先輩には少し刺激が強すぎるかもしれない。

「さあ、名伏されたイシュタルよ。報いを受ける時だ」

改めて構えた拳を露出狂女神へと向ける。

「……」

「……」

「……」

女神、誠一、静香の沈黙が痛い。

なんだろう、ボス戦なのだから、もう少し空気を読んで気合いを入れろと申したい。

その点、ワンコ先輩は流石だ。

じっと祭壇のほうを睨んでいる。

赤い唇をベロリと舐めた露出狂女神が、組み敷いたモノへの興味を失くしたように身体を起こした。

その尻と抜け出た肉棒に、ドロリと粘った糸が繋がっている。

緩慢な仕草で祭壇から降り立った女神が髪を梳き上げた。

スケスケのエロ衣装に包まれた身体から、匂い立つようなエロスを発散させていた。

その背後の祭壇で、肉棒役を務めていた男優が起き上がる。

一糸纏わぬ均整の取れた筋肉美。

オウイエスシーハーな女神はさておき、嫉妬してしまいそうなマッスルガイだ。

「……香瑠、ちゃん？」

おっと、身体に気を取られて気づかなかったが、マッシブマッスルな裸族さんはレディガイ先輩だった。

ワイルドに乱れたロン毛、俯いた顔の中で赤く染まった瞳が赫灼と輝いていた。

またずいぶんと思い切ったイメチェンだ。

種族が『眷属《エグリゴリ》』に、能力に『聖獣《セリオン》』というのが新しく生えていた。

なるほど、いい趣味だ……反吐が出る。

「香瑠ちゃん。助けに来たのだ」

ワンコ先輩の言葉に、顔を上げた香瑠先輩が口を開いた。

「あ、す……が」

ビクッと仰け反った香瑠先輩が、金色の体毛で覆われていく。

ミシミシと骨格と筋肉が軋んで膨張し、見上げんばかりの巨大な獣へと変身を遂げていく。

「ガ！　ア！　ァア、アァオォォーッッ！」

ビリビリと空気を震わせる雄叫びを上げたのは、雄々しい鬣《たてがみ》を逆立たせた獅子《ライオン》だった。

「かおる、ちゃん……」

「あーあー……ったく。なんてザマだよ。香瑠先輩」

気圧されたようによろめいたワンコ先輩の肩を、後ろに回った誠一が押さえた。

「ちっとばかし痛い目みてもらうぜ。ぶちのめして正気に戻す、ですよね？　彩日羅先輩」

「ぁ……う、うんっ。モチのロンなのだ！」

「つう訳でこっちは任せて、お前はさっさとブッ潰せ！　影縫い《シャドウステイカー》！」

巨大な獅子の足下に短剣が突き刺される。

影を縫い止め、本体の動きを拘束する忍者スキルだが、デカイ相手にはタタラを踏ませる程度の効果しかない。

「あああぁァアオオォォーン！」

だがその隙の間に、仰け反るように雄叫びを上げたワンコ先輩が『底無し穴の番犬《オーバーグラトニーギア》』を覚醒《アギト》させていた。

金色の聖獣とは異なる、黒と灰色にくすんだ巨獣が降臨する。

どう見てもワンコ先輩が悪役カラー。

対峙する巨獣と巨獣。

なかなかのアニメ感だ。

もはやゲームが違うような気がしないでもない。

「叶馬さん」

見逃すには惜しい一大スペクタクルだったがカウントダウンが迫っている。

元凶たる女神を降伏《ごうぶく》せねば木阿弥だ。

轟音とともに破壊されていく神殿には目もくれず、右手の指を咥えた女神が婬らに嗤う。

スケスケエロ衣装の中に差し込まれた左手が、これ見よがしに性器を弄っていた。

「笑止」

もしかしたら俺を誘惑しているのかもしれないが、オゥイエスシーハーアイムカミンッな女神に萌えはない。

青少年の劣情を煽るのは、露骨なエロよりチラリズム。

真理を理解できぬ俗物に屈する俺ではない。

「ツケアア！」

正面から踏み込み、振りかぶった左のブローを叩き込む。

展開した曼荼羅陣《ディンギルメラム》が燐光を散らし、女神との隔絶を視覚化する。

情報閲覧《インターフェース》で確認できる神聖なる光輝《ディンギルメラム》は五連装。

最大七つの神器《ディバインギア》のうち、ふたつは『フワワ』と『聖獣先輩』に貸し出しているのだろう。

強度はさほどでもないが、超速で再生可能な自動展開《オートマティック》の反応装甲《リアクティブアーマー》とみた。

おそらくは如何なる力であろうとも相殺し、ゼロに還元して自壊する。

インスタントな対単発の絶対防御装甲。

それがこのマジックアイテムの特性だと思われる。

何よりも厄介なのは、その超速の再生能力だ。

前回は熱くなりすぎて、力尽きるまで神器の破壊に拘《こだわ》ってしまった。

ギシギシと拮抗する石の拳とフィールド越しに嗤う女神が、肉の快楽から闘争の快楽へとスイッチを切り替えたのがわかる。

「イシュタル神は多種多様な神性を持つ、古き女神だといわれています。ですが、その根源はあくまで『奔放な淫婦』……。ましてや神性《スキル》の多くをロストしている今なら、戦神としての力は奮えないはず！」

やはり情報閲覧《インターフェース》は俺よりも静香が有効活用できるようだ。

ニィイ、と口角を吊り上げた女神が、指先を差し伸べる。

「תווּחַתְשִׁהִלְ」

音と一緒に、空が落ちてくる。

唐突に、押さえつけられたかのような不可視の加重に捕らわれた。

足下の神殿の石畳が、ビシリとひび割れる。

「とぅ…」

「近づくな！」

幸いにも範囲外であったらしい静香への警告をトリガーワードに『重圧の甲冑《ストレッサーアーマー》』を覚醒《アギト》させた。

いや、そもそも単体指定の重力攻撃なのか。

鎧の反転する重力効果を以てして、ひれ伏せと縛りつける力に抗う。

引き摺るように一歩、更に前へと踏み出した。

完全に舐めきっている女神が、不遜な笑みで俺を見下す。

それは敵を見る目ではなく、養豚場のブタでも見るかのように冷たい目だ。

「カアァッ！」

石から鉛になってしまったような左手を持ち上げ、渾身の一撃を撃ち込んだ。

パキン、と砕け散った神聖なる光輝《ディンギルメラム》の一枚が、瞬時に再構成される。

やはり前回の焼き直しだ。

どれほど力を込めようと、相殺され打ち消されてしまう。

口惜しいが、俺の力ではこの神器装甲を打ち破ることはできないだろう。

そう、俺だけの力ならば。

圧倒的強者の愉悦に顔を歪ませた女神へ、右手の拳を突きつける。

計った間合いで展開されている神聖なる光輝《ディンギルメラム》の障壁に、コツンと手装重甲《シールドガントレット》を押し当てた。

「……人間を舐めるなよ。淫婦《ベイバロン》」

石化した右手を握り締め、手装重甲の封印《セーフティロック》を解除する。

ガキィン、と音を響かせ、枢のシールド部分が左右に割れた。

中芯には鍛え、磨ぎ抜かれた、硬く、鋭く、黒光りする鉄杭がセットされている。

作成途中だった手装重甲に、パイルバンカー機構を組み込んだ逸品。

これぞ蜜柑先輩が鍛え直した餓鬼王棍棒《オーバーグリードギア》の新しい姿、機関兵装《ギミックアームズ》『餓鬼王戦柩《オーバーグリードギア》』のバトルモードだ。

筒状の七連カートリッジが回転し、連動ギミックである金属繊維筋肉《バイオメタルマッスル》が励起する。

「ぶち抜けェ！　オォーヴァーグゥリードギィィアァアアアアッッ！！」

右手の拳に熱い力がほとばしる。

肩ごと吹き飛ばされそうな反動は、七連装シリンダーカートリッジの連鎖爆撃、弩状に鉄杭へと接続された金属繊維筋肉によるカタパルト射出だ。

パイルバンカーを射出させる動力源のブーストは、シリンダーカートリッジに封入されている火と風の元素結晶《エレメンタルクリスタル》。

薬室《チェンバー》で二種類の元素結晶を反応爆発させて射出力としている。

盾のケツからは派手なマズルフラッシュが爆炎を吹き出していた。

連装カートリッジによる連鎖タイミングはほぼゼロ間隔。

七枚の神器《ディバインギア》を同時に破壊するための兵装だ。

ましてや、五重しか展開されていない神聖なる光輝《ディンギルメラム》を貫通するには充分すぎる。

「……？」

名伏されたイシュタル神は、自分の鳩尾から背中へと貫通しているパイルバンカーを、理解できないモノを見る目で見下ろしていた。

文字どおりのゼロ距離。

大きく口を開いて叫び声をあげようとしている女神を、地べたへと押し倒して釘づけにした。

どうやら接触状態においては、神聖なる光輝《ディンギルメラム》が作動しないらしい。

「……！……！……!?」

女神を貫くパイルは気道を潰している位置だ。

悲鳴もあげられず、言之葉《トリガーワード》も紡げない。

これは俺たちにとって、心臓を潰されるよりも明らかな致命傷《クリティカル》。

このまま逃がしはしない。

いくら眉目麗しい女人の姿をしていようと、外道死すべし慈悲はない。

マウントで跨がり、足でロッキング。

地べたに縫いつけている餓鬼王戦杭枢《オーバーグリードギア》をパージングし、自由になった両手を振りかぶった。

「カァアアア！！」

カウントダウンが先か、貴様がノックダウンするのが先か。

さあ、制裁の始まりだ。


——※countbreak：99：99：99：99——

「……とても、スプラッターでしたね」

遠くを見る目をした静香が、ぽつりと呟いた。

何というか、赤い絨毯がひび割れた祭壇に広がっている。

神とかいうヤツの自己再生能力はすごかったです。

「無様で哀れな淫売には相応しい最後だったかと。叶馬さんを差し置いて神を名乗るなど、おこがましいにもほどがあります」

「いや、そのりくつはおかしい」

まあ、俺はこれでも性差別廃止主義《フェミニスト》だ。

男女の差別なく、敵対者には『平等に叩き潰される権利』を認めている。

女だからといって手心を加えたり、特別扱いをするのは差別だろう。

自由で平等な権利とは、己のやらかしたツケは己で支払えという意味でもある。

「香瑠ちゃんっ、香瑠ちゃんっ！」

神殿の一部分をちょっと赤く染めただけの俺とは違い、ワンコ先輩たちの大怪獣バトルは周囲をイイ感じに破壊していた。

石柱とかが薙ぎ倒され、とても見通しが良くなっている。

たぶんワンコ先輩のほうだったと思うが、口からビームみたいなのを吐いてできたクレーターの真ん中で、元に戻ったちっちゃいワンコさんがパタパタと慌てていた。

どうやら女神を仕留めたのと同じタイミングで、ライオン怪獣になっていた香瑠先輩も元に戻った模様。

同時にダンジョンの中に充満していた敵愾心、というかプレッシャーも消滅している。

普通のダンジョンに戻った感じ。

「あ～、先輩先輩。ガクガク揺すりすぎて首がモゲそうっすけど」

「香瑠ちゃんがお寝坊さんなだけなのだ。さっさと目を開いて起きるのだ。じゃないと……じゃないと」

香瑠先輩の上に跨がったまま顔を伏せてしまう。

傍目から見ると、全裸のマッスルガイさんを小さな狼が補食しようとしてるシーン。

「……なんて顔をしてるの。女の子はどんな時でも笑顔を忘れちゃあ駄目よ？　彩日羅ちゃん……」

「か、かおるちゃ……ぁ、あ…ぅあああぁん！」

そっと顔に伸ばされた指先に、尻尾を膨らませたワンコ先輩が抱きついて泣き出してしまった。

「まったく、ヤレヤレだぜ」

クレーターから這い上がってきた誠一が、埃まみれになった制服を叩く。

踏まれたらプチッとなりそうな怪獣大戦で必死に逃げ回っていたようだ。

「いや、物理的にどうこうできるバトルじゃなかったろ……」

「無事で何よりだ」

どちらからともなくハイタッチを交わす。

通じ合ってるフレンド感がイイ感じ。

静香さんが学生手帳でバシャバシャSSを撮りながら鼻息を荒くしている。

「石化、戻ったみてえだな。黒蜜メンバーも無事に復活してりゃあいいんだが」

「というか、もうログアウト時間も過ぎているような気がするのですが……」

そういえば普通の人にはどういう風に告知されているのだろうか。

俺の場合は情報閲覧《インターフェース》にカウントダウン表示が出ていた。

何というかオーバーフローしてしまっているのだが。

またバグっているのだろうか。

「ま、とりあえず拠点まで戻って合流するか。他のやつらも心配だしな」

心配というか、みんな打ち倒した獲物の上で高笑いしていそう。

薙ぎ払われて、廃墟と化した神殿を振り返る。

無意味な装飾も、建物も、石像の楽団も砕け散って塵になっていた。

ただそれでいい、とそう思った。

第七十一章　テルマエ

「おっかわりなのだー」

「このピリッとしてコクのあるソースがうまいウサ。ステーキは肉汁と油が正義ウサ」

「……焼きオニギリ……」

白くて長い耳の兎っぽい方が肉食系。

ひたすらオニギリだけを黙々食べているパッツンな方もいるが、久し振りの食事に胃がビックリしてしまわないだろうか。

まあ、みんな目覚めたばかりでお腹が空いているのだろう。

「このハンバーグ、好き～」

「こっちのミートローフは私のお皿に保護しておくー」

「肉肉、うまうま」

黒蜜のメンバーは総じて肉食系。

無事に全員復活しており、テーブルに並べられたご馳走をモリモリと食べ続けておられる。

「はい。ステーキの追加よ！　今日は好きなだけ食べなさい。いくらでも作ってあげるから」

木製のプレート皿に、ドンッと山ほど重ねた火竜ステーキを持ってきた久留美先輩に歓声が上がった。

肉の在庫には困らないので、肉祭りが開催中。

ちなみに火蜥蜴より火竜のほうがワンランク上の味だった。

このキドニーパイとか絶品。

「病み上がりの暴飲暴食はどうかと思うんだけど、まー仕方ないかなっと」

樽のような木製マグカップを手にした凛子先輩が、ぐびりと呷った。

赤くてシュワシュワしているドリンクは、新鮮な搾り立てトマトジュースに酵母を投入したジュースだ。

若干発酵してシュワシュワしているようにも見えるが、とても健全で安心安全な一〇〇％トマトジュースだ。

まったく凛子先輩特製の酵母はいい仕事をする。

このフレッシュジュースの入ったデカイ樽がテーブルの上に載せられており、各々が自由に蛇口を捻ってトマトジュースを賞味していた。

何故か早速へベレケになった人もいらっしゃる。

「もー乙葉ちゃん。あんまり飲みすぎちゃダメだよぉ」

「な〜に言ってるのよ、蜜柑ちゃん。こんなめでたい席じゃあ飲まないほうが失礼ってものよ〜……ウィッ」

俺たちも先輩たちも、誰ひとり欠けることなく暴走襲撃を乗り切った。

とはいえ何人もダウンしてしまい、一時は決壊寸前のピンチになってしまったらしい。

だがその瞬間、空から風呂のフィギュアが降臨して、ラッキーカラーな白くてちっちゃいのがビカビカしてドッドドーンという蜜柑語が難解すぎて意味不明だった。

極限状態での白昼夢か幻覚でも見たのだと思う。

限界を超えたバトルでは意識がトリップすることも珍しくない、というかむしろ飛んでからが本番。

迎撃基地の周囲には、黒焦げになったモンスターの死骸が山となっていた。

きっとゴライアスくんたちが獅子奮迅の大殺戮を繰り広げたのだろう。

そういえば、何故か久留美先輩たちが火竜丸ごと塩釜焼きというダイナミックな巨大料理を作り、『御供え』だと言い張っていた。

放置して悪くなっても勿体ないので、後でこっそり雪ちゃんと子鶴にでもあげようと思う。

「打ち上げパーティーは盛り上がってナンボよねー」

「……のんびり宴会やっててイイんだろうか」

上機嫌にグビグビしている麻衣の隣で、頭を押さえた誠一がため息を吐いていた。

最近はすっかり苦労性キャラの芸風が身についている模様。

フォロワー受けがいいのだろうか。

「細かいこと気にしてると禿げるわよ？」

「大雑把すぎんだろ。まだ俺らダンジョンの中にいるんだが？」

というか、宴会場は迎撃基地の本館塔一階である。

なにを今更という感じ。

「レイド領域からの脱出タイミングがズレるのはよくあることウサ。今回は強制帰還《ターミネーション》が発動してからボスを撃破したんでバグったんだと思ウサ」

「……心配要らない、たぶん……」

フード先輩とパッツン先輩の心強いお言葉。

黒蜜の副部長がふたり揃って挨拶回りだろうか。

とりあえずふたり分のスペースを確保。

既にイイ感じなフリーダムパーティーになってきたので席順も何もない。

ただベロベロ状態でお風呂に行こうとしたり、トマトもぎ競争とかいう危険なデスゲームをするのは止めたほうがいい。

何故か窓の外では沙姫と鉄郎先輩の真剣バトルが始まっており、トトカルチョで盛り上がっていたりもする。

「ちなみに、ボスを撃破してもレイド領域が自壊しないってのも？」

「……むしろ即自壊するほうが珍しい……」

「カテゴリーにも因《よ》るウサ。『王権《ダイアデム》』タイプなんかはパッと消えちゃウサ」

レイドクエストはカテゴリーによってさまざまな特性があるようだ。

「『付喪《レガリア》』タイプなんてクリアしてからが本番ウサ。ゲットしたレガリアアイテムをレイド領域から出さない限り消えないし、ログアウト時間になるまで強奪しようと襲ってくる生徒との戦争になるウサ」

荒んでいるが、それはそれで面白そう。

「まぁ、どんなレイドクエストでも共通しているのは、『核《コア》』がなければ世界を維持できないってことウサ。大本のボスを倒した以上、いずれ自壊して自動回収されるウサ」

「……ダンジョンの中を掃除すれば自壊も早まる、かも……？」

マジックアイテムが残っているかもしれないし、探索に行くのもありだろう。

そもそも急いで帰る理由もなかったりする。

グレービーソースをじゃぶじゃぶとつけた赤身のスライス、ロースト火竜肉を頬張ったフード先輩が目を細めて至福のお顔。

「本当にうまいウサ。久留美ちゃんだけでもウチの倶楽部にスカウトしたいウサ」

「お断りします」

ワンコ先輩のおねだりによる過労で倒れてしまいそうだ。

「残念ウサ。まぁ、でも今回は本当に世話になったウサ。この借りは必ず返す……覚えていてほしいウサ」

「……お礼……」

パッツン先輩がリボンをかけた不気味な人形くんを差し出してきたがノーサンキュー。

ガーンッというリアクションをしている人形くんは方向性を間違えている。

「なーんの話をしてるのだー」

ワンコ先輩が乱入してこられた。

気づけばテーブルに積まれていたステーキの山が全部消滅している。

ちっちゃなお腹のどこに入っているのだろう。

膝の上に乗ってきたと思ったら、確保していたキドニーパイを食べられてしまった。

「……あ。ぶちょーダメ……」

「ふにゃ……ふらふらするのだ～」

俺のマグカップからグビグビとトマトジュースを飲んでしまったワンコ先輩がノックダウン。

スイッチが切れたようにふにゃふにゃになり、膝の上で丸くなってしまった。

「彩日羅ちゃんは下戸なのウサ」

「それは意外ですね……」

さりげなく静香がワンコ先輩を回収してベンチに寝かせる。

まあ、ボス戦に拠点の修復、モンスターの回収と疲れ果ててしまったのだろう。

健気に頑張っていたワンコ先輩に、自然と慈しむ目になった。

「このまま持ち帰ってレイプしてやろうという目ウサ」

「……視線で種つけする、という噂……」

「風評被害が」

その噂の発生源はどこなのだろう。

当方に話し合いの準備はできている。

蜂蜜のようなブロンドに、雪花石膏《アラバスター》の肌。

物憂げにため息を吐く眼差しは紅玉《ルビー》よりも赤い。

「……困ったわねぇ。これじゃあ不良に思われないかしら？」

はぁ、とため息を重ねたのは、洋風にイメチェンしたままの香瑠先輩だ。

元より彫りの深い、ローマ人っぽいルックスをしているので違和感がなかったりする。

理由はわからないがすごく風呂にベストマッチしている。

「いいじゃないッスか。バンドとかやってそうなイケメンに見えますよ！」

マッスルアンニュイな香瑠先輩とは対照的に、マッスルハッスルな鉄郎先輩が上腕二頭筋を見せびらかす。

俺もさりげなく大胸筋をパンプアップさせて対抗。

ここは筋肉の桃源郷。

湯気に霞んだ躍動する筋肉の花園だ。

「どんな地獄だよ……。誰が喜ぶんだよ、野郎の入浴シーンで」

静香あたりは間違いなく悦ぶと思う。

まあ野郎の立場としては喜ぶというよりも、余所様の筋肉に恥じ入らず、胸を張れるだけの自己筋肉に対する満足感というべきか。

誠一は細マッチョ体型なので、質量感にあふれるマッシブマッスルに憧れるのだろう。

幸い食材となる肉類は腐るほどあるのでタンパク質、つまりプロテインをモリモリ食ってウェイトするべし。

綺麗に魅せるには体脂肪率を落とす必要があるので、最初はそれほどキレに拘らなくていい。

「そこまで筋肉に拘ってねえから」

「確かに、誠一はもっと肉つけたほうがいいぜ！」

「そうねぇ……。バランスはイイのだけれど、もう少し乗せてもスピードは落ちないと思うわ」

「勘弁してください。つうか、ふたりとも叶馬《ソッチ》側だったんすね……」

なにを言っているのやら。

筋肉こそは男の共通価値観である。

「んなことより。体調のほうはマジで大丈夫なんすか？」

「ええ、おかげさまでね。アナタたちには感謝しているわ」

「当たり前じゃないッスか。水臭いッスよ！」

カラーリングがちょっとローマ人っぽくなった香瑠先輩には副作用と言うべきか、情報閲覧《インターフェース》も以前とはちょっと違う表記になっている。

名称、『若林《わかばやし》 香瑠』
種族、眷属
属性、使徒
階位、e※ロスト＋20＋30＋38＋e
能力、『眷属《エグリゴリ》』『拳士《パンチャー》』『格闘士《グラップラー》』『襲闘士《ストライカー》』『聖獣《セリオン》』

存在強度、-☆☆☆★
「豊葦原学園参年丑組男子生徒」

今まで構内で見かけた強者の中でもかなりの上位者だ。

このまま順調に進めていれば、壁と言われているらしい累計レベル100を突破して第四段階クラスチェンジに届いたのだろう。

実は第四段階のクラスチェンジャーの方々は結構目にしている。

まあ、誰かというと決闘委員会の委員さんたちだ。

決闘の判決に逆ギレするやつもたまにいるが、あっさりと押さえ込んでしまうのも宜《むべ》なるかな、である。

鉄郎先輩をクラスチェンジした時には、クラスのほとんどを消滅《ロスト》させてしまった。

ご本人の強い希望だったとはいえ、あ…ってなったのはいい思い出。

もしかしたら、そうなるかな、とは思っていた。

俺やワンコ先輩と同じパターンだ。

このレアリティー『GR』系のクラスを得て、なおかつ通常のクラスも保持しているのは誠一くらいだった。

どういう法則《ルール》になっているのかよくわからないが、たぶん『種族』がベースになっているのだと思う。

そして、種族の『眷属《エグリゴリ》』状態は、何というか、あまり良くない。

なにが良くないかというと、文字どおりに『眷属』というからには『主格』がいるわけで、そっちにいろいろな部分を依存してるらしいのだ。

俺も細かいところはわかっていない。

ただ、静香が眷属になった後に、雪ちゃんから説教というか、愚痴と一緒にいろいろ聞かされたのだ。

挨拶もないとか、先輩に敬意を払えとか、筆頭はコッチとか、プンスカしておられた。

意外と体育会系な子である。

静香にも一応話はしたのだが、現在進行形で雪ちゃんとは冷戦中らしい。

喧嘩しないで仲良くしてほしいところ。

「おっと。香瑠さん、大丈夫ッスか？」

「……あら、ゴメンなさいね。のぼせてしまったみたいだから、お先に上がらせてもらうわ」

ふらついた香瑠先輩が湯船から立ち上がった。

そう、たぶん『種族』がベースだ。

クラスとかステータスとかの、骨子になる土台だ。

だから『眷属《エグリゴリ》』という状態は、あまり良くない。

雪ちゃんの場合は問題ないと言っていた。

対等に近い契約《エンゲージ》ならば、破棄も放棄もできるのだと。

ただ静香のように全てを一方的に捧げたエンゲージメントは、恩恵よりもペナルティのほうが大きいのだと。

それは自分の存在を盾にした、ずるいヤリ方なのだと。


「……なにか悩みごとですか？」

「……気になることもであるのかな？」

悩みや気になることがあるかと聞かれたら、現状についてちょっと思い悩まないでもない。

右肩にしな垂れかかるように耳を食んでくる静香さん。

左腕を抱えて自分の胸で挟んでおられる凛子先輩。

「あんっ、あんっ」

そんな状況で四つん這いになった蜜柑先輩のお尻を胡座の上にフィッティング。

どこの王様かと申したい。

「ホントに今更かな……。毎日のプレイと変わりないんじゃないかな？」

合同演習による総力戦は、今までにない高難易度ミッションではなかろうか。

「とある一夫多妻制の国では、妻を平等に愛さなければならない法律があるそうです」

「ハーレムの主人も大変だねぇ」

俺も応えることにやぶさかではないのだが、メリハリは必要だと思います。

具体的には、逃げたりしないので休憩時間はあってもいい。

「そこまで思い悩まなくても、もっと気軽にヤってやるぜ、という感じでよろしいかと」

「静香ちゃんはそういうのも好きなのかな？」

「……そうですね。何となくムラムラするから尻を貸せ、というような刹那的レイプがあってイイです」

俺に対する猥談は、俺が聞いていない場所でしてほしい。

「静香ちゃんは距離が近すぎるから新鮮味が薄れるんだよ。そういう衝動的なムラムラがばっ、なのは私たちの担当かな」

「それはズルくないでしょうか？　だいたい、先輩たちのシェアリング状態は如何なものかと」

「何のことかな？　そもそも、静香ちゃんたちが叶馬くんの側から離れないほうが」

左右から静香と凜子先輩のサラウンドヴォイス。

もう少し仲良くしてほしい。

「はっ、あぅ」

変形スクワットで頑張っていた蜜柑先輩が、お尻をビクッとさせて動かなくなってしまった。

俺の股間の真上にお尻をペタンと乗せている。

サイズ的に目一杯になってしまう蜜柑先輩のお身体は、日々の修練によって俺を受け入れられるようになっている。

馴染んだというか、馴染ませたというか、俺の形にしてしまったという征服感。

ビクッビクッとしゃくってしまった中の自己主張を感じたのか、トロンと蕩けたお顔の蜜柑先輩が振り返る。

普段は元気で明るい蜜柑先輩が垣間見せた牝顔に、そのまま前に倒れるようにして押し倒した。

ハンモックベッドの上でうつ伏せに重なり合う。

いろいろと小柄な蜜柑先輩の身体は、上から覆い被さった俺の下に隠れてしまっている。

「ぁ…あんっ…あぅ」

逃げ出しようのない状態になった蜜柑先輩への独占欲に、お尻の弾力をクッションにして腰を上下させた。

苦しさのない、ただ純粋に気持ち良さを訴える喘ぎ声が愛らしい。

「一度、淑女協定を見直すべきじゃないかと」

「それなら、こっちも人数が多いんだし、そこんところ考慮してもらわないとかな」

サラウンドヴォイスが追ってきた。

左右に寝そべった静香と凛子先輩による、絶対俺にも聞かせてやろうという鋼鉄の意思による共闘。

だが俺は諦めない。

蜜柑先輩を抱えたままローリング移動して仰向けになり、背面騎乗位の体勢へとフェイズシフト。

角度的にお腹が苦しくなったのか、ブリッジするように反った蜜柑先輩のお股がビクッと痙攣する。

どうやらローリングの最中に決壊してしまった模様。

お股をビクビクさせながらのフル開帳した媚態に、お顔を手で隠した蜜柑先輩が可愛く鳴いていた。

これ以上延長戦を続けると完全にダウンしてしまいそうだったので、俺も一緒に溜め込んだエナジーをバーストさせる。

「んっ……ほら。蜜柑ちゃん相手には、絶対抜かないでフィニッシュするという熱い拘りを感じるかな」

「蜜柑先輩が特別かと。というか、それはやっぱりズルくないでしょうか？」

離脱失敗である。

というか、他のみんなは、もうスヤスヤとお休みになっている。

ふたりも一緒にお休みするべき。

「叶馬さん……お互いの立ち位置をはっきりさせるのは大事なのです」

「マウントを取ろうとは思わないけど、まあ同意かな」

余計な口出しをするつもりはないが、喧嘩はしないでほしい。

「ですが……」

「そもそも……」

案の定、ダウンしてしまった蜜柑先輩を優しく寝かせてから、何故か左右に位置取りするふたりをまとめて四つん這いにさせる。

口を出すつもりはないが、自分たちから仲良くしたいので許してくださいと言わせるまでだ。

＊　＊　＊

「香瑠さん。大丈夫ッスか？」

「ええ、もう大丈夫よ。でも……今日は、もう休ませてもらおうかしらね」

モンスターの襲撃で破壊されていた宿舎も、蜜柑たちの手により修復が完了していた。

もっとも元どおりというわけではなく、より頑強な装甲へとバージョンアップがなされている。

内装も黒蜜メンバーの希望によりベッドの合間がパーティションで仕切られ、ちょっとしたプライベートスペースが設けられていた。

実際のところ、プライバシーの確保を喜んだのは、女子メンバーではなく男子メンバーのほうだった。

占める男女の比率からか、女子メンバーには男子の視線に対する配慮が皆無であった。

恥じらうことなく平気で着替えて、下着姿でうろつく。

香瑠はジェンダーな同胞として受け入れられていたが、鉄郎は男として見られていないのではなく、見られても構わないと思われているのが問題だった。

「ハァ……まだ俺も修行が足んねぇぜ」

腰に提げた双剣を立てかけて、ベッドに腰かけた鉄郎が呟く。

シュワシュワエキスが入った状態での余興とはいえ、沙姫との摸擬戦では以前のようにあしらうことができなくなっていた。

後れを取ったわけではないが、自分の身体に振り回されていた。

クラスがもたらす身体スペックに順応できていなかった。

『フワワ』との死闘を経て、新しく得たクラスの特性は体感で理解できている。

まるで鏡合わせのように、相対した敵と拮抗する『力』を引き出す。

雑魚を相手にしても碌な力を発揮せず、常に誰を相手にしても互角のバトルを強いられるだろう。

それは格上が相手でも、互角の戦いに持ち込めるという意味だ。

だがしかし、バトルごとに、相手ごとに、それこそ戦闘の間にも身体能力にかかる強化付与《ブーストバフ》量は変化し続ける。

アクセルを勝手に操作される暴走車状態だ。

それをねじ伏せ、暴走感覚《オーバークロック》を乗りこなすことができたのならば、如何なる相手であろうとも打ち倒せる力となるだろう。

「クッソ。落ち着け、俺。我慢しろ……」

すぐにでも剣を握って荒行へと挑みたくなる。

今までのクラスをなくした喪失感など微塵もない。

それは初めてクラスチェンジした時と同じ、子どものようにワクワクとした気持ちだ。

ベッドへ仰向けに倒れ込んだ鉄郎が目を瞑った。

「ふむ、少しは成長したみたいウサ。自分を抑えられるようになってるウサ」

「ね、寧々音センパイっ？」

にょっこりと布団から伸びてきたのは、白くて長い兎耳だった。

「……静かにするウサ」

「むぐっ」

「もう寝てる子もいるから、騒がしくするのは迷惑になるウサ」

鉄郎の口を手で塞いだ寧々音が起き上がる。

「今回は良くやったウサ。お陰で私も、みんなも助かったウサ」

「……俺だけの力じゃ、ねぇッスよ。ブチョーとアイツらのお陰ッス」

「なるほど、これは一皮剝けたみたいウサね。まさか、私たちがダウンしている間に、アッチの子たち相手に皮剝き修行でもしたかウサ」

鉄郎の上に跨がった寧々音が、強引にズルリと引き下ろした。

「ちょっ」

「静かにするウサ。先っちょだけ、先っちょだけウサ」

「まっ…ァ…あッ」

「これはご褒美でお礼なのウサ。後がつかえてるから大人しくしてるがいいウサ」

第七十二章　欠落を埋めるもの

※※※interface compatible start※※※

——※第百二十七回目の干渉を確認

——※外部からの干渉を絶交しますか？

——※アクセス権限『雷神』により『LIBRARY《アカシックコード》』から解析コードをダウンロードします

——※運命改変デバイス『強欲《グリード》』を使用します

——※外部干渉フェイズドライブシステム『羅城門』を一時凍結しました

——※適応モードが解除されました

——※適応モードを変更しますか？

——※該当なし

——※適応モードを創造しますか？

――※権能『世界《ワールド》』を使用します

――※緊急申請：眷属『雪』の権限を承認しますか？

――※権能『世界《ワールド》』の一部権限を委任しました

――※適応モードの創造が完了しました

――※プロトコル『雪式』に変更しました

――※世界《ワールド》『武陵桃源《バトルニルヴァーナ》』による『人食鉱山《カニバリズムマイン》』への侵食を続行します

※※※interface compatible end※※※

――※countdown：00：23：59：59――

「はぁ……もったいないなぁ。このファイヤードレイク」

ため息を吐いた乙葉が、首チョンパされている竜の頭部に腰かけた。

通常ダンジョンの中では稀少《レア》モンスターに分類される竜種も、こうも大量に出てくればありがたみがなくなる。

だが鱗、爪、牙などは武具制作の素材として一級品。

通常のダンジョンであれば、限られた部位のドロップアイテムでしか入手できない素材が取り放題だ。

このチャンスに確保しないという手はない。

さらに別働隊では、グルメ食材の確保目的で黒蜜パーティーもダンジョンアタックしていた。

「ちょっと乙葉、邪魔だから。暇してるならアッチで宝探しでも手伝ってきたら？」

包丁とノコギリ、解体道具を手にした久留美が、半壊している聖塔《ジグラート》を振り返る。

素材の剥ぎ取りについては『調理士《シェフ》』、そして新たに『創作士《ファンタジスタ》』という特殊系派生クラスを得ている久留美の独壇場だ。

倒されていくモンスターを片っ端から解体して、素材と食材に変えていた。

「乙葉寮長、どうかされましたか……？」

ほわっとした感じで小首を傾げた杏だったが、その手にしているのは巨大な鋏包丁《シザーズブレード》だ。

皮や鱗だけでなく、骨までジョッキンジョッキンと切り分けていく。

ハイランクの素材を加工するには、相応にハイランクの道具が必要になる。

つまり蜜柑たちが自作している道具類《ツール》も、叶馬や乙葉たちが扱う武具と同じレベルのマジックアイテムということだ。

「ああ、うん。せっかくのドラゴン系モンスターなのに、『騎獣《パトリオット》』化できないのがもったいないなぁ、って」

はぁ、と再びため息を吐いた乙葉が落ち込む。

『戦士《ファイター》』系第二段階クラスである『騎士《ナイト》』には、特殊な召喚スキルがあった。

重装甲の重量装備になる騎士系クラスには機動力という欠点がある。

それをカバーするために用いられるのが『騎獣《パトリオット》』と呼ばれるスキルだ。

主に馬系のモンスターに適応があるとされ、上位クラスになれば天馬《ペガサス》や鷲獅子《グリフォン》も使役が可能になる。

ただし、それは『文官《オフィサー》』系が使用する『具象化《リアライズ》』スキルのような召喚ではない。

とある儀式と契約、そして対象のモンスターカードが必要だった。

「まあ、そもそも私ってモンスターカード拾ったことないのよね……。カードドロップとか都市伝説でしょって」

「あの、えっと……乙葉寮長、その」

高額でトレードされるモンスターカードだが、需要のあるカードは更に値段が跳ね上がっている。

馬系モンスターが有している『馬蹄《ホースシュー》』という移動スキルが防具のエンチャントに人気なこともあり、多くの騎士クラス者は自力でモンスターカードを入手していた。

「っていうか、今まで何百匹の馬をソロ狩りしたと思ってんのよ。なにがお前とパーティー組んでるとドロップ率が下がる、よ。そんなの言われなくてもわかってるっていうのよ。何なのよ『貧乏乙女《ノードロッパー》』って、私そんな渾名をつけられるほど運がないっていうの……」

「あのあの、乙葉寮長……」

俯いた乙葉が、ふふ、ふふふ……と暗い微笑みを浮かべていた。

「あーもー、鬱陶しい。オヤツあげるから探索班と先に休憩してなさい」

「一応、私って護衛役なんだけど？」

「周囲にはモンスターもいないし、この階層っていうか聖塔《ジグラート》の周りはクリア済みでしょ。甘い物でも食べて癒やされてきなさい」

久留美から押しつけられたバスケットを受け取った乙葉が階段を昇った。

「こういう時にパトリオットが欲しくなるのよねぇ……はぁ」

乙葉の『竜騎兵《ドラグーン》』が強クラスといわれる理由も、その騎獣《パトリオット》にドラゴン系への適性があるのが大きい。

もっとも、稀少《レア》扱いされているドラゴン系のモンスターカードは、馬系などとは比べものにならないほどに高額だ。

「ふふ……ふふふふふ」

「どしたの、乙葉？　ずいぶんとご機嫌そうかな」

階段を上りきった先にある広場で、回収品の仕分けをしていた凛子が小首を傾げていた。

イシュタル神殿の残骸から集められたアイテムが無造作に山となっている。

その多くは通常のダンジョンで発見されるような武具ではなく、装飾品や楽器、黄金に輝く硬貨が占めていた。

「何なの……この金銀財宝は」

「マジックアイテムは数点しかないみたいかな。それも『演出《エフェクト》』みたいな趣味っぽいヤツ」

「いやいや、そうじゃなくて」

倒れた石柱に腰かけて鑑定作業をしていた凛子が眼鏡を外した。

「こんだけあると、あんましありがたみはないよねぇ。まーけど麻衣ちゃんの目が『¥』マークになってたかな？　金貨のお風呂に入るんだって、誠一くんを連れてまた探索に行っちゃってるかな」

「ていうか、私たち一攫千金で大金持ちってこと？」

凛子は山と積まれている金貨の一枚を摘み上げた。

「『アウレウスの金貨』、古代ローマの硬貨だね。貴金属の価値だけでも、地上に持ち帰ったらそれなりの金額になりそうかな。学園に見つかったら没収されそうな気もするけど」

「こっそり持ち帰るに決まってるじゃない！」

「まー、叶馬くんの空間収納《アイテムボックス》ならチェックゲートも誤魔化せそうだけどね……」

チン、と指先で弾いた金貨がクルクルと回る。

「凛子が鑑定したんなら、コレって本物なんでしょ？　テンション低くない？」

「本物なんじゃないかな？　本物のローマ時代に作られたアンティークコイン。でも、それってどこから来たんだろ？」

「えっ、どこって……ダンジョンの宝箱と同じ感じじゃないの？」

「宝箱産もそうだけど、ダンジョンから見つかる金属って、武具や魔法の触媒に使うような素材だけで、金銭的価値のある貴金属って出ないんだよね。仮説だけど、これって誰かがダンジョンの中に持ち込んだんじゃないかな」

「誰って、誰よ？」

さぁ、と頭を振った凛子は、財宝の山に埋もれていた一枚のカードを引っ張り出した。

もしかしたら、とは思っていた。

実際に、その証拠となる手がかりが残ってるとは思わなかったが。

何の変哲もない、魔力も宿っていない、ただのプラスチック製のカードだ。

「あ。それってアレじゃない？　私たちが入学した時に使ってたダンジョンダイブのパスカード」

現在使用している電子学生手帳が普及する前は、身分証を兼ねたバーコードカードが利用されていた。

名称、所属、顔写真、血液型などが記載された認識票《ドッグタグ》に近い。

「すぐに今の電子手帳に切り替わったけど、懐かしいわねぇ……。でも、ちょっと古臭いっていうか、デザインも違う？」

「かな。豊葦原学園で使ってたパスカードじゃないね」

そのカードの発行日は、約二十年ほど前だ。

モノクロームの写真には、ひとりの女子生徒が写っている。

名前は擦れて読めなかったが、クラスの表記は『Ｃｒａｆｔｅｒ』となっていた。

「ダンジョンは深階層で繋がってるんじゃないかって仮説があるらしいけど、そういうことなのかな」

カードの裏面に刻印されている校章はライオンとユニコーンのデザイン。

ヘルメス主義においては錬金術の祖ともいわれている、メルクリウスのシンボルだ。

元は商人や旅人の守護神とされる『メルクリウス』の名を冠した学園がヨーロッパ地方に存在していた。

『メルクリウス学院【Ｍｅｒｃｕｒｉｕｓ　Ｇｙｍｎａｓｉｕｍ】』

ダンジョンを有する学院だ。

＊　＊　＊

「ワーッハッハッハ！　これが伝説にうたわれる金色の野よー！」

テンションのおかしい麻衣が金貨の上でゴロゴロ転がっている。

蒼き衣でも着て出直してほしい。

「はしゃぎすぎかと」

「つうか、これってマジで地上に持ち帰れんのか？　下手すっと金相場が崩れそうなんだが
……」

「骨董的な価値もあったりするかな。売るのに困りそうだけど」

少なくとも学園で換金する手段はないと思われる。

購買部の買取に出したら、どれくらいの銭になるのだろうか。

「この金ピカ剣は鈍《なまくら》すぎですー」

「金って柔らかいけど、魔力の伝導率はスゴイんだよっ」

「アクセサリーは趣味が悪い、です」

「成金趣味みたい、です」

こっちのグループは財宝にあまり興味がないっぽい。

まあ、ダンジョン攻略に使えるようなアイテムではないので、とりあえず持ち帰ってから分配すればいいのではなかろうか。

「ちょっと言葉が出なかったにゃー。ダンジョンの中でこういうレアが出たのは初めてにゃー」

「……埋蔵金伝説……」

「聞いたことがあるわねぇ。確か『伝承《レジェンド》』型のレイドクエストだったかしら？　『開闢《かいびゃく》の帰雲《きうん》城《じょう》』で千両箱が見つかったという話ね」

「金貨は食べられないのだ……もぐもぐ」

照り焼き火蜥蜴《サラマンデル》を頬張るワンコ先輩が一番興味なさそう。

エンゲル係数が高そうなのでお財布は大事だと思う。

改めてダンジョンの攻略を終わらせた俺たちは、拠点に戻って戦利品の精算会である。

情報閲覧《インターフェース》のカウントダウンが再開していたので、表示が正しければ明日の朝がログアウト時間だろう。

夜中にインターフェースさんがウンザリした感じで確認を求めてきたような気もするが、寝惚けていたのであまり覚えていない。

よくわからないが雪ちゃんに任せておけば間違いはないだろう。

そういえば冷蔵庫を欲しがっていたので、お礼に学生通りの家電店で買ってあげようと思う。

でっかい氷室はあるらしいのだが、部屋に置ける小さなやつが欲しいのだそうだ。

今回はいろいろとサポートしてもらったし、お礼は大事だ。

「ちなみに、そん時の千両箱ってどうなったか知ってます？」

「学園で買い取ったそうよ。攻略したレイダーには恐らく銭で支払ったのでしょうねぇ……」

学内通貨である『銭』は、当然ながら学園の外では使用できない。

卒業後も臨時教員などで留まれば、話は別なのだろうが。

学園の施設であるダンジョンから産出したアイテムについては、基本的には学園に所有権がある。

実際には生徒個人が所有していても、学園外への持ち出しは禁止だ。

これは規約として明記されていたはず。

「先輩先輩、ちっと相談があるんすけど……アッチで話しませんか？」

「悪巧みかにゃー？」

「あらあら」

悪辣な薄ら笑いを浮かべた誠一が、黒蜜の副部長さんたちを連れて隅っこのテーブルに行ってしまった。

なにやら特殊なマジックバッグがどうとか聞こえてくるが、閻魔様に舌を抜かれないように祈っておく。

「これは金貨風呂を試すべきー」

「だよね、だよねっ」

「金金キラキラ」

黒蜜メンバーの一部も、麻衣と意気投合して遊んでいた。

やはり女性は光り物が好きなのだろうか。

「鉄っくん元気がないし。お肉を食べるといいのだ」

「……ウッス」

朝から干からびたように元気のなかった鉄郎先輩が、テーブルに突っ伏したままげっそりしていた。

今夜はゆっくり休んでほしい。

盛大な宴会だった。

とっても肉祭り。

流石に確保した量が量なので、保存処理しきれない肉類は使ってしまおうというプラン。

一応、全部俺の空間収納《アイテムボックス》に入れて持ち帰るつもりだが、時間が経ちすぎてしまえばモンスターの肉だろうと普通に腐る。

麻鷺荘のみんなにお裾分けしても処理しきれるか微妙。

まあ食材として食べるだけでなく、発酵させて有機肥料にすると朱陽先輩がおっしゃっていた。

加減を知らないタイプの先輩なので、とんでもないモンスタートマトとか育ちそう。

本館塔の屋上から空を眺めれば、ログイン時と変わりない白夜の星空が広がっていた。

ずいぶんと長い間この世界にいたような気もするが、明日になればいつもの学園生活に戻れるだろう。

危うい場面もあったが、なかなかよい戦いだったと思う。

先客として最初からいた不気味な人形くんが、鋸壁に座って足をブラブラさせる。

少し気になっていたのだが、この人形くんは何者なのだろうか。

勝手に迎撃基地の中を歩き回り、ぱっつん先輩の腕に抱かれていたりするのをよく見かけるが、別に所有物というわけでもないそうだ。

ぱっつん先輩いわく、デザインが可愛いので自分も同じのが欲しいらしい。

一応、蜜柑先輩たちにも確認したのだが、そういうホムンクルスやゴーレムを作った覚えはないという。

気にするな、という感じで人形くんが手を振る。

まあ名前はついているのだが、ＮｕｌｌＭＯＢと同じように害がないなら気にしない。

「ふむ……」

下を見ると静香たちが俺を探しているような気がしないでもないが、決して逃げているわけではなく気分転換であると申し上げたい。

なので背後の足音にビクッとしてしまったのに他意はない。

「基準時間ではこんばんわ、かしら？」

屋上に出てきたのは追跡者ではなくレディガイ先輩だった。

穏やかな微笑みを浮かべたまま隣に並ぶ。

「今回も彩日羅ちゃんを助けてもらっちゃったわね。ありがとう」

「いえ、お互い様です」

こちらもレディガイ先輩には助けられている。

女神との遭遇戦で身体を張って足留めしてくれたからこそ、出直す時間が稼げたのだ。

「ひとつ、聞いてもいいかしら？　アナタは彩日羅ちゃんのコト、どう思ってるの？」

ふむ、ワンコ先輩はいわゆる決戦兵器である。

通常の戦闘では燃費も悪く、すぐにシオシオになってしまうらしいが、対ボス戦では圧倒的パワーで全てを喰らい尽くすタイプ。

性格は図々しく、空気が読めない食いしん坊さんである。

だが憎めない。

そんな愛すべきワンコさんだ。

「……そう。少なくとも嫌いではないのね。じゃあ、彩日羅ちゃんも君たちの仲間に入れてもらえないかしら？」

またずいぶんと哲学的なお話だ。

黒蜜倶楽部の部長であるワンコ先輩を、神匠騎士団《ウチ》に入れろということだろうか。

ワンコ先輩を追放し、自らが部長となって倶楽部を乗っ取るというストラテジー。

「違うわ。彩日羅ちゃんも君の庇護下に入れてあげて、ということなの」

「意味がわからないのですが」

「そうね……叶馬くんは、『セブンスシン』という言葉に心当たりはあるかしら？」

ナウなヤングに人気のバンド名だろうか。

「そういうことよ。今更隠さなくてもいいわ。君が『七つの大罪《セブンスシン》』のひとりだということはわかっているの」

なにやら勘違いなされているような気がする。

だが、こちらが何かを言う前に、見透かしたような瞳で制された。

「『強欲《グリード》』『嫉妬《エンヴィ》』『憤怒《ラース》』『傲慢《プライド》』『怠惰《スロウス》』『色欲《ラスト》』『暴食《グラトニー》』、それら七つの原罪の名を冠したクラスは、規格外《イリーガル》を超えた超　越《オーバーイリーガル》クラスと呼ばれているわ」

なるほど、為になる話だ。

だが、やはり俺には身に覚えがない。

というか俺のクラス表示には、その七種の超越クラスとやらがない。

確かワンコ先輩のクラスに『暴食の原罪《シングラトニー》』というのがあった気がする。

「セブンスシンはとても強力な力を与えてくれるクラスなのだけれど、どうしてかクラスを得るものは常に一種一名だけという特性があるの。でもね、セブンスシンのメンバーは頻繁に入れ替わるのよ。どうしてだと思う？」

よし、弁明するチャンスなので誤解を解こう。

「そう。暴走《オーバーロード》で自滅してしまうからよ」

聞く耳を持たないというスタンス。

往々にしてこのような場合、黙って聞いていたほうが早く終わる。

「暴食の大罪《シングラトニー》を得てしまった彩日羅ちゃんも遠からず宿業《カルマ》に呑まれてしまう、はずだった。お互いが支え合って安定しているのだと思うの。だから、それは叶馬くんのお陰なんでしょうね。またあんなに笑えるようになったの。きっと、今の彩日羅ちゃんなら大丈夫……」

「香瑠先輩」

その横顔は透明すぎるアルカイックスマイルだ。

仏像ではないのだから、そういう微笑みはいいものではない。

「タダで支えてほしいとは言わないわ。あれで彩日羅ちゃんも可愛い女の子なのよ？　君のハーレムに加えてみたらどうかしら？」

きっと、それは俺の役目ではないのだ。

大切に想う人と、大切に想われる人がいたのなら、そこに手を伸ばすのは無粋に過ぎる。

だから、きっとそれは俺の役目ではない。


――※countdown：00：00：09：59――


「それじゃあ、帰るのだー！」

元気のいいワンコ先輩が、おいしいものでパンパンに膨らんだバックパックと風呂敷を担いでいた。

財宝とかマジックアイテムに興味はない模様。

「これだけ立派な基地を使い捨てにするのはもったいないコン」

狐フードさんがなごり惜しそうに迎撃基地を見上げるが問題はない、らしい。

今朝あたりから空間収納《アイテムボックス》が使えなくなっていたので雪ちゃんに聞いたら、矛盾が生じるから一時的に閉じてるという謎のお返事。

迎撃基地とトマトはそのままでも大丈夫だそうだ。

基地はともかく、ピッチングマシーンから迫撃砲に進化していたバイオ兵器は絶滅させていい。

「……そろそろ？……」

半眼のパッツン先輩がバタバタもがいている人形くんを抱えたまま問いかけてくる。

嫌がっているように見えるが、もしかして持ち帰るつもりなのだろうか。

「帰りたくないでゴザル」

「夜更かし寝坊してクルミちゃんたちのおいしいご飯を食べながらゴロゴロしたいだけの人生だった……」

「学園に帰りたくない～」

黒蜜メンバーの大半が駄目人間。

割とみんな大変な目にあったと思うのだが、流石に先輩たちは精神的にタフだ。

ダウンしたメンバーは寝てただけという説もある。

「貴重なレア素材がいっぱい採れたね～」

「また色んなアイテムが作れるかな」

「これで多脚歩行式装甲車の開発が進みますー」

「あの子たちの苗を寮の菜園にも植えてみようかと」

かさばる素材は俺がまとめて預かっているので、蜜柑先輩たちが背負っているのは取扱注意のレアものだけだ。

朱陽先輩がさりげなく危険物を持ち出そうとしているので思い留まってほしい。

「なんていうか、痛いだけだったんですけど」

「当たり前だろうが。マジでやるとは思わなかったぜ」

「いい修行になりましたねー」

「そうねぇ。まだまだ強くなれるとわかったわ」

「おおっ、戻ったらまた修行しようぜ！」

鉄郎先輩がナチュラルに脳筋組と意気投合していた。

視界の隅に表示されているカウントダウンが三分を切った。

「どうしたのだー？」

抱き枕にしがみつくようにホールドしている静香に足留めされた俺の代わりに、海春と夏海からワンコ先輩を呼んできてもらった。

早速お土産を摘み食いしているワンコ先輩が、小首を傾げて尻尾をフリフリ。

「ワンコ先輩。……ワガママでいいのだと思います」

「んぅ？」

反対側に首を傾げたワンコ先輩の頭にクエスチョンマークが浮いていた。

何を伝えるべきなのか今まで悩んでいたが、口下手な俺には上手く説明できず。

もっとシンプルに、欲しい物は欲しいと、貪欲であっていいのだと訴えてみる。

俺では駄目なのだ。

「えっと、何を言っているのかわからないのだ」

ワンコ先輩が困ったようなお顔をしてしまう。

本来、俺が口を挟む筋合いではないのだろうが、このまま帰ればワンコさんはきっと後悔してしまう。

だから、それは俺ではなく、ワンコ先輩の役目だ。

ふわり、と足下から淡い光の粒が浮かび上がった。

フワフワと、そこかしこに舞い浮かぶ燐光が、世界を淡い色に染めていった。

現実味が薄れるように世界が形を失っていく。

それは儚くも幻想的な、終焉の光景だった。

「彩日羅ちゃん」

ワイワイと賑やかな俺たちから一歩退くように、優しく見守っていたレディガイ先輩が微笑みかける。

薄れていく世界に溶け込むように、その気配が透き通っていく。

「……香瑠ちゃん？」

「彩日羅ちゃん……今まで楽しかったわ。ありがとう」

「どうしたのだ？　香瑠ちゃん。そんなお別れみたいな……」

香瑠先輩は少し困ったような顔をして頭を振る。

「あまり食べすぎちゃダメよ。彩日羅ちゃんも女の子なんだから。ひとりで無理をしないで、困ったらみんなに相談するの。きっと助けてくれるから。どうか、笑顔を忘れないで……幸せに」

「何を言ってるのかわからないのだ……。香瑠ちゃんも一緒に帰るのだ。帰って一緒に、いつもみたいにおいしいものを一緒に……」

シュン、シュン、と微かに空気が鳴る音とともに帰還していくメンバーとは違い、薄れるように崩れるように、香瑠先輩の姿が曖昧になっていく。

「あ……ヤダ、香瑠ちゃんっ……」

シュ、ッとワンコ先輩の足下にも円方陣のエフェクトが浮かび上がった。

駄目だ、まだ早い。

あ、という声とともに姿を消したパッツン先輩の腕から脱出した人形くんが、ワンコ先輩の背中にドロップキック。

前のめりに転びそうになったワンコ先輩を、香瑠先輩が反射的に抱き留めていた。

「ダメッ、駄目なのだー！　香瑠ちゃんは私と一緒にいないと駄目なのだ。ずっと、ずっと一緒なのだー！」

「彩日羅、ちゃん。……ええ、そうね。ずっと側にいるわ……」

シュン、と小さな音が響き、ふたりの姿が消えていた。

眩しいほどに白い世界には、いつの間にか誰の姿も見えなくなっている。

と思ったら、根性でしがみついてる静香さんが背中にいた。

足下でエフェクトが健気にシュンシュンしている。

ドヤ顔で腕を組んでいる人形くんは最初から勘定していないので。

だが、まあ認めよう。

不気味な人形《エンキドウ》くんはいい仕事をした。
跪いた人形くんが、拝礼する騎士のように胸に手を当てる。
すごく似合わない。
ガーンッとショックを受ける人形くんはさておき、そろそろ俺たちも帰るとしよう。
今回もよき闘争であった。

幕間　学園掲示板

個人鯖掲示板
【正体不明】ヒゲメガネアンチスレｐａｒｔ 13【人肉検索】

11：名無しの学生さん
つうか、マジでコイツ誰やねん
晒しスレの住人総出でわからんっておかしくね？

12：名無しの学生さん
んだから学園のエージェントだって言ってんだろ、アホか。

13：名無しの学生さん
陰謀論乙

14：名無しの学生さん
もう 13 スレ目か・・・
こんだけ伸びる個人叩きスレも珍しい

15：名無しの学生さん
その個人がわからんゆうてんねん
ヒゲメガネ自体がマジックアイテムなのは確定やろ

16：名無しの学生さん
変装のペルソナ系か、認識阻害系か
何回議論してんだよ

17：名無しの学生さん
もういいじゃん、アレは天災、はいお仕舞い。

18：名無しの学生さん
POP モンスター説も飽きたわ

19：名無しの学生さん
>>2 の SS 見ても阻害かかってんだからマジックアイテムで決まりだろ
鑑定しても弾かれるし、SS にもこんだけ強制力あるアイテムって強度高すぎ
もはや神器レベル

20：名無しの学生さん
ヒゲメガネの神器ってなんだよ……マジざけんなよ

21：名無しの学生さん
>>20
ワイルドバンチの残党さん粘着乙
つーか、ザマアw

22：名無しの学生さん
>>20
お前らちゃんと責任持って相手しろや
こないだ部室棟にヒゲメガネ歩いててチビリそうになったぞw
アイツ、お尋ね者が解散したの気づいてねーんじゃね？

23：名無しの学生さん
勘違いで俺んトコの部室に突っ込んできてパニックになったw
なんでドア開けずにぶち破ってくんだよ
俺もションベンチビリそうになったっつーのw

24：名無しの学生さん
最近は大人しいし、もうスレ落としてもいいんじゃね？
ていうか、最初から無差別に害のある狂人じゃなかったろ
被害者はクズ野郎ばっかだったしよ

25：名無しの学生さん
元はメンズーアでボコボコにされた負け犬が騒いでただけだしな
つーか、アイツらどこ行ったんだ？

26：名無しの学生さん
なんか被害者同盟で人肉検索やったらしいんだけど逆に特定されて
おや……誰か来たようだ

27：名無しの学生さん
それなｗ
前々スレくらいでリアルタイムに居合わせたなぁ
俺がいる寮から悲鳴が聞こえてきて草が生えましたよ

28：名無しの学生さん
ビビリの雑魚ども乙

29：名無しの学生さん
晒しスレの住人なんて、んなもんだろ
どう考えてもヒゲメガネ野郎はスキル保持者だろうしな

30：名無しの学生さん
あーかもなー
もしかして華組の誰かなのか？

だとしたら名前が特定できんのも学園が庇ってんのかもしらね

31：名無しの学生さん
あんなイカレたエリート様がいるかよw
そもそも連中は自分たちの校舎から出てこねーだろ

32：名無しの学生さん
どう考えてもズリィんだよ
外でスキル使えんのは反則だろ
格下でも勝てる気しねーわ

33：名無しの学生さん
ﾔﾙﾖ¦A`)ノミ 決闘結界

34：名無しの学生さん
マジックアイテムありなら魔剣
地上じゃあんま出力あがらんが……

35：名無しの学生さん
基本殺し合いだと華組連中はヌルイしな
トーナメントでもダンジョンレベルの高威力スキルぶっぱするだけ
ガチなのって前会長くらいじゃね？

36：名無しの学生さん
>>35
さんをつけろよデコ助野郎
華組でもあの人だけは別格

37：名無しの学生さん
俺らとの差は何なんだろ
やっぱ血統ってやつ？

38：名無しの学生さん
お前らマジクソの役にも立たねーわ

39：名無しの学生さん
吠えんなよ負け犬君 www

40：名無しの学生さん
クソが舐めくさりやがって
どいつもこいつも無茶苦茶にしてやんよ

41：名無しの学生さん
通報しました
ヒゲメガネ紳士に

42：名無しの学生さん
あ

43：名無しの学生さん
また降臨ｷﾀ━━━━ヽ（ﾟ∀ﾟ）ﾉ━━━━!!!!

44：名無しの学生さん
パーンッてガラス割れる音したw
うちの寮かよw

45：名無しの学生さん
馬鹿杉
エージェント説が出た意味考えろや

決闘委員会クローズド掲示板
【強姦魔】ペーパーバックマン情報交換スレｐａｒｔ２【調停者】

11：会員No.1002
というか、コイツはホントに誰なの
私たちの捜査網を抜けられる生徒っておかしくない？

12：会員No.1028
もしかして俺らの誰かなんじゃねーの？

13：会員No.1091
陰謀論飽きた┐（´д｀）┌

14：会員No.1021
知らんがな。
発狂して無差別殺人始めたとかじゃないんだから放置で。

15：会員No.1106
看破系のアイテムでもステ見えないしなぁ
紙袋マスクが何かのマジックアイテムなんじゃないかね

16：会員No.1073
購買のマークが入ってたし、毎回使い捨てっぽいぞ、アレ

17：会員No.1145
>>2 の SS にも阻害かかってるし
デジタルデータから呪紋抜いたら元絵がﾄﾝだわ
紙袋か、別のアイテム持ってんのか、どっちにしろ神器カテゴリーのアイテムホルダーだな

18：会員No.1002
紙袋のディバインギアって何よ……ふざけないでよ

19：会員No.1119
>> 会員No.1002
公開レイプされたくらいで根に持つなよw

20：会員No.1058
ああ、だから粘着してんのか
女は怖いねぇw

21：会員No.1018
学園新聞の一面を飾ったやつね
あのゴシップペーパーはいい加減自重させないと
自己顕示欲があらぶってるのか調子に乗りすぎ

22：会員No.1138
元々ガス抜き目的のダミーメディアじゃなかったっけ？

23：会員№1081
紙袋マスクもそうだけどさ
最近ちょっと規格外な生徒が増えてる感じ
>> 会員№1138
代替わりで分裂してゴシップ化したらしい
上の連中も黙殺だし、放置でいいんじゃないかな

24：会員№1173
第四段階の到達者も増えてるよねー
天然のホルダーが出てくるかも？

25：会員№1002
ていうか、アイツがその天然ホルダーでしょ
絶対捕まえて矯正してやる

26：会員№1207
目に余る屑を潰してくれてるから大目に見るってのが総意だったでしょ
私怨ならバッジを外して追うようにね

群像艶戯《アンサンブルキャスト》

・艶媚［エンヴィ］

豊葦原学園の校舎はノスタルジックな歴史的建造物である。

はっきり言ってしまえばボロい。

だが、木造建築の教室棟とはいえ、時代に合わせたリフォームはされている。

内装や配管の他にも、消防や非常階段などは必須設備だ。

校舎の外側に増設された鉄筋階段は、普段は使用禁止にされた非常口の先にある。

それは景観を損ねるという理由で、校舎の陰に人目を避けるように設置されていた。

無駄に大きな教室棟のあちこちに分散して設置されている小さな非常階段は、生徒たちにとって絶好の青姦スポットになっている。

扉を抜けたすぐ先にある階段で、ひとりの女子生徒が股を開いて立っていた。

その背後には、ひとりの男子生徒が張りついて腰を振っている。

階段の手摺りを握り、もう片手を自分の膝に乗せている彼女のスカートが捲《めく》れている。

俯いた女子の顔に垂れた髪は、背後からの振動に揺れていた。

丸出しになった女子の臀部を両手で押さえた男子は、足首までズボンを下ろしたまま遮二無二に股間を打ちつける。

「…っはー……」

膣肉ピストンを堪能した男子が、まだギンギンに反り返っている肉棒を引っ張り出した。

そのましゃがみ込み、今まで挿れていた部分へと顔を近づけて指を添えた。

甘酸っぱい濃厚な女子の性臭に、胎内の奥に残っている彼の性臭が混じっている。

今日はまだ中出ししていないが、昨夜も寮の自室では陰嚢が枯れるくらい胎内射精をキメていた。

女の子の秘密を隠すように閉じた大陰唇を、くにゅりと指先でこじ開ける。

ヌルリと粘液を纏わせた初々しいピンク色が剥き出しになり、柔らかくほぐされたクラスメートの膣口が丸見えになる。

柔らかい肉が内側から捲れ反り、ヒクヒクと震えている粘膜にゴクリと唾を呑み込む男が聞こえた。

ベロリと穴を穿るように舐め上げてから、ヌルッと舌先を突き刺す。

じゅるじゅるっと音を立てて吸い上げれば、彼女の太腿が快感に反応して震えていた。

挿入時よりも露骨な反応に舌打ちするが、ヤリまくって一度スイッチを入れてやればオルガズムに達しまくるのはわかっている。

今は所詮、授業の合間の性処理だ。

勃起し続けているペニスを自分で軽くしごき、また目の前の穴に挿入した。

腰を摑んで抱き寄せると、一方的なピストン運動を再開する。

毎晩ヤリまくって大分慣れた膣穴とはいえ、生で塡め込むペニスは蕩けるように気持ちいい。

ダイレクトに粘膜を擦りつける感触が堪らなかった。

レベルが上がるほどに漲る性欲と快復力を実感すれば、ダンジョンの攻略にも身が入るというものだ。

先輩のお下がりを譲ってもらった女子生徒《オナペット》。

そんな女子が顔見知りだったのは偶然だ。

自分と彼女がクラスメートだったなんてことは、先輩たちも知らないはずだ。

それが、パーティーを組んでいる彼女たち・・だったのも偶然だ。

「ああ……スッゲーいいぜ。保奈美」

信之助《しんのすけ》がパーティーを組んでいる女子三人、保奈美《ほなみ》、李留《りる》、由香《ゆか》は、黒鵜荘《くろうそう》の上級生ふたりが日替わりで使っている。

クラスメートの仲間たちが、自分の男子寮の中で先輩のオナペットにされているのだ。

当然、気づくし興奮した。

先輩に声をかけて媚を売って、仲間に交ざり込んだ。

今は毎晩、保奈美か由香を自室に連れ込んで、一晩中ヤリまくる寮生活を堪能している。

「由香はもう、なんつーか弛マンだし」

「…っ、…ぁ、…はあ」

「くっそ、クソ。李留ちゃんも俺に回せっつーの、あのクソ先輩どもが」

元『お尋ね者《ワイルドバンチ》』の上級生ふたりは、お気に入りの李留だけは交互に使って独占している。

信之助に回されてくるのは、由香か保奈美のどちらかだ。

自由に使っていいと許可を出されている穴からペニスを抜き、穴の奥を視姦しながら挿入するのを繰り返す。

「信之助、くん……もぉ、ヤメ、よぅ？」

「んあ？」

保奈美の穴の使用許可に、保奈美の意思は含まれてはいない。

顔を上げた彼女の横顔を眺めながら、信之助は突き入れた肉棒をぐるりと掻き回す。

視線を合わせない保奈美の言葉は薄っぺらく、なんの力もなかった。

「なに言ってンだよ、保奈美。今のお前はまだ俺の女なんだぜ？　昨日の夜も、俺の上でケツ振りながらもっともっとってチューしまくりだったじゃん？」

「それは……あッ」

「俺、知んなかったぜ。保奈美たちが、こんなエロ女だって」

ぬちゅ、と尻の中心を貫いた先端から、決壊した精子がビュッビュと爆ぜる。

信之助は陰茎の裏筋、根元に力を込めて一度のお漏らしで終わらせた。

まだ満足していない。

出してもすぐに勃起するが、簡単に果てる早漏だと舐められたくない。

発情した猿セックスにハマッていても、その程度の見栄は残っている。

「保奈美マンコ堪んねぇ……。もうちょい待ってろよ。俺も先輩たちみてぇにレベル上げて、もっとお前らを気持ち良くしてやっから」

「あっ、だめ……あっ、あっ」

「このデカパイもマジ堪んねぇ。やっぱ見せてくれよ。ほら、今は誰もいねぇっし」

ブラウスを押し上げている乳房は、同級生の標準を余裕でオーバーしている。

臀部に腰を押しつけては左右に揺すり、膣の中でズル剥けになった亀頭を暴れさせながら急かした。

プチプチと片手でブラウスの前ボタンを外す保奈美は、ピンク色のDカップブラジャーを晒していく。

信之助が肩紐をズラせば、皮を剥くように生乳房がはみ出てくる。

巨乳に見合った大きめ乳輪の中心には、普段は陥没している乳首が痼り立っていた。

「ヤッベ。もう最高の気分だぜ」

両側の脇の下から伸ばした手で、両方の乳房を鷲づかみにして腰を振る。

一度抑え込んだ衝動は、臨界を突破して膣奥で大決壊する。

「こりゃあ、まだ収まんねぇや」

「だめぇ……授業、遅れ…ちゃう」

ずるりっと抜かれたペニスは言葉どおりに反り返っており、濃い性臭を立ち昇らせていた。

「少しくらい遅れても問題ねぇよ。予鈴ギリギリまでヤッてやるぜ。このエロパンツなら後始末もいらねーだろっし」

保奈美の尻溝に食い込んでいる、Tバックパンティの紐が引っ張られた。

エロティックなセクシーランジェリーは、保奈美たちがお尋ね者《ワイルドバンチ》から買い与えられて、今も残党メンバーから装着を命じられている代物だ。

そして、その尻の表面には日替わりで書き換えられる『信之助専用便女』の文字が浮かんでいる。

閲覧条件は男子限定で、女子には見えないスキルワードだ。

禁則レベル20の強度がある『落書き《グラフィティ》』である。

さほど強力なスキルではないが、信之助や保奈美のレベルでは抗えない強制力が宿っていた。

「ああ、保奈美さ。言っとくけど授業中かなり俺のザーメン臭ぇからな？　ま、今朝はヤリっぱなしでシャワーも使わせてねぇから仕方ねーか」

ニヤニヤと笑いながら腰を振る。

「ふ、ぁ……」

垂れてきた自分の精液を押し込むように、また勃起しているペニスを再挿入する。

締まる膣に連動して固くなる乳首をつまみ、昨夜は散々舐めしゃぶり、手形がつくまで楽しんだ乳房を揉みしだく。

「ほれ、踏ん張れよ。このままじゃ間に合わねぇぞ」

かった。

あまりにも小さく、最低限に性器を隠すショーツは、エロスの彩りを添える性具に過ぎな
手足を階段で踏ん張る保奈美の乳房は、搾乳するホルスタインのように搾られていた。

「もう中途半端じゃ収まらないぜ。ちゃんとヌケなきゃ終わらねーっての」

「んっ、あっ……あっあっ」


下半身と乳房を丸出しにしている保奈美は、学園の非常階段でクラスメートのオナホに成り果てていた。

すっかり手慣れた腰振りは、保奈美の尻が赤く染まるほどの高速ピストンで掻き回している。

「んっあ、やっぱクッソ気分イイぜ」

理性を投げ捨てた信之助は、予鈴が鳴っている野外で腰を振り続けていた。

唇を噛んで声を堪える保奈美も、鐘の音に気づけないほど肉棒の感触に溺れていた。

腰振り中に陰嚢から新しく捻り出されたザーメンが、保奈美の子宮へと垂れ流された。

尻肉を鷲づかみにしていた信之助の手形は、赤くクッキリと保奈美の尻に残っている。

「あ、ワリィな。授業始まっちまった」

「あっ、あっ、んっ」

ワザとらしくすっ惚けた信之助がニヤニヤと口元を歪ませる。

射精直後の芯が抜けたペニスだが、保奈美の膣穴を塞いでいるくらいには膨らんでいた。

信之助も余韻の後始末とばかりに、ゆっくり腰を揺すっている。

「今から教室に行っても、変に俺たちの仲を勘ぐられちまうな……」

しつこく股間を押しつけていた信之助の肉棒は、いつの間にか保奈美の中でムクムクと固さを取り戻していった。

何度ヤッても満足しない、まさに発情している猿状態だ。

膣内で勃起させたペニスを抜いて、また保奈美の膣穴を覗き込んだ。

呼吸するようにわなないている保奈美の穴は、ピンク色の粘膜に白濁した粘液がべっとりと塗されている。

無造作に指を突っ込んだ信之助が、女の子の大事な部分を指先で弄り回す。

腰を掲げる保奈美はヒクヒクと穴の中を痙攣させる。

「あ。マジ悪い。マンピクさせてイキそうだったんか？　後でまたブチ込んでやっから、とりあえずしゃぶってくれよ」

性的な優位を確信した信之助が、余裕を見せて階段に腰かける。

がに股になると、顔を逸らしたまま息を荒げている保奈美の頭を無理矢理に寄せた。

「時間はたっぷりあるんだ。しゃぶって出したら、もっかいビンビンに勃起するまでしゃぶれ。そしたら塡め直して、また何発でもセックスしてやっからさ」

「……んっ、ぅ」

むっと立ち昇る濃厚な性臭に、顔を近づけた保奈美が身震いし、ゆっくりと口に含んでいく。

「やっべ……お前、マジフェラも上手すぎだろ」

彼女は的確にペニスの性感部分を舐め回していく。

ブラジャーからはみ出している乳房も、信之助の両手で握られて搾乳が始まった。

そのいささか乱暴な指使いは、保奈美の性感受性にマッチしていた。

階段途中でしゃがみ込み、信之助の股間に顔を埋めている保奈美の足下には、中から押し出されてきた子種汁がポタポタと滴り始める。

シャワーを浴びてもすぐに再充塡されて、常に二十四時間、新鮮な子種が補充される毎日だ。

クラスメートが『ご主人様』に加わってからは、自分の女子寮に帰る暇もない。

ワイルドバンチの看板から逃げ出せた今も、三人の男子に日替わりで使われる便女だと自覚させられる。

「おっ、おっ……もうイイぜ。やっぱラストは中で出してやる。ほら、跨がれよ」

命令のままに信之助が座っている段に足を乗せて、排尿するような格好で股間の真上へ尻を落としていった。

「やっぱ踏ん張りスタイルはマンコ締まるぜ。由香もこうすりゃ使えるって先輩から教えてもらったんだよ」

友人をコキ下ろす信之助の言葉を無視して、中途半端に火をつけられたままの尻を揺すっていく。

自分のペースで、自分が好きなように動ける騎乗位はイキやすい。

現状を当然として教育されてしまった保奈美には、行為の内容に不満を持つことはあっても、行為自体を拒絶するという選択肢は頭から抜け落ちていた。

「あぁ……イイぜ。保奈美、スゲーイイぞ」

片手を階段についた信之助が、もう片手でぽっちゃりとした尻を揉む。

柔らかく弾んでいる女の子の尻だ。

学校の中で授業をサボって、クラスメートの女子を性処理の生オナホに使う。

この学園に来なければ実現できなかった、男子の妄想プレイだ。

「最高だぜ」

保奈美は股間を突き出した姿勢のまま、丸出しの乳房を上下にたゆませていた。

互いの身体を使った自慰行為セックスに耽るふたりが、ピタリと動きを止める。

カタン、とスチール階段の上から物音が聞こえた気がした。

「……んだよ、ビビらせやがって。よく考えたら非常階段《ココ》に来んのは同類だわな」

「んあっ、……あっあっ」

再び保奈美の腰が弾み始める。

目の前で揺れる乳房に顔を埋めて、スカートの中の両手で尻肉を揉みしだく。

寸前にまで到達しかけていた保奈美は、信之助の肩に手を乗せて無心で尻を上下に揺すり続ける。

背中と腰と尻が連動して、捏ね回すような動きが加速していた。

すぐにビクッと腰が痙攣すると、天井を見上げた保奈美が動きを止める。

「おっ。イッたな？　俺のチンポでイッちまったなぁ」

嬉しそうに問いかける信之助が、股間に跨がっている保奈美の腰を抱え込む。

女性らしく発達した腰回りにはしっかりと肉が乗っていた。

それが何とも抱き心地いい。

「んじゃあ、俺もマンコでイかせてもらうぜ」

体勢を入れ替えて、階段に腰かけさせた保奈美の股に腰を入れる。

ちょうどよく自分のペニスの形に馴染んだ膣肉は、長時間愉しむにはちょうどよい塩梅の感触になっていた。

両足を両手で抱え込み、差し込んだペニスをゆっくりと出し入れし始める。

ヌルッヌルッと身体の中を掻き回される感触は、一度イッた保奈美にも残り火の快感を与えていた。

「次の授業時間まで、たっぷりヤリまくろうぜ。なっ、保奈美」

太腿を抱え込まれて、ヌルッと奥まで挿れられた保奈美は、はぁ、と押し出されるように吐息を漏らして仰け反った。

上の階段の隙間に、誰かの人影が映っていた。


学園はいわゆるマンモス校だ。

ずらりと並んだ同学年の教室に、基本となる四十名のクラスメート。

生徒はもちろん教師も、自分の教室にいる面子で精一杯だ。

同級生の顔など、いちいち覚えていられない。

「つたくよ。数学の方程式なんて、何の役に立つんだっての」

翌日の学校も、信之助にとっては変わらないルーティンを過ごしている。

授業合間の休み時間。

トイレで排泄行為をしている彼が悪態を吐いた。

十分程度の休憩タイムは短いが、所用を済ませるには事足りる。

立入禁止の非常階段、階段の下、ロッカーが視界を遮っている更衣室、都合よくカーテンの閉め切られた空き教室。

そんなポイントが校舎の中に点在していた。

信之助が今回、便所に選んだのは階段の下だ。

便器は持ち込みで、それがポイントを利用するルールだった。

壁に手をついて、立ったまま後ろを向いているのは由香だった。

トイレポイントに連れ込まれてすぐに、スカートを後ろから捲られて、ショーツは中途半端に太股までずり下げられた。

休憩タイムに余裕はない。

信之助のペニスは無造作に挿入されて、由香の膣穴をヌコヌコと掘り始めていた。

これが初めてであったなら、由香の身体も準備ができていなかったはずだ。

だが、二重の意味で由香の女性器は慣らされていた。

ひとつの意味は、由香がこうして信之助の便所になっているのが日常化していること。

もうひとつの意味は、由香が本日ペニスを受け入れているのは二度目であるということ。

目を閉じて、口を噤んでいる由香の尻がパンパンと鳴っている。

その音楽は由香の尻が鳴っている音だけではなかった。

両隣にも見知らぬ女子生徒がふたり。

自分と同じように、休み時間で性処理をさせられている女子だ。

後ろに立っている男子たちは、それが当たり前のように腰を振って性欲を発散させている。

短い休みを有効利用した信之助のリフレッシュタイムは、きっちり中出しフィニッシュで終わる。

他のカップルも身体がタイミングを覚えているのか、きっちり時間内にフィニッシュしている。

そしてトイレポイントに設置されているトイレットペーパーを使用して、おざなりな後始末も済ませられる。

お互いに視線を合わせない女子とは違って、男子は何でもない雑談をしていた。

「おら、由香。戻るぞ」

「んっ……」

ほんの少し前まで犯されていた尻を揉まれて、教室に誘導される。

他の女子と同じように、これが当たり前だと身体が慣らされてしまった。

現状を変えたくても、悩みを相談できる友達はいない。

何故なら。

親しいクラスメートは、みんな自分と似たような境遇だからだ。

だから自分も、さっきの女の子たちも、視線を合わせず周りを見ようとしない。

これが当然だと受け入れてしまう他になくなるから。

「……つーか、次は古文の授業だったな。マジ寝てるだけの授業だぜ」

「信之助くん、サボりは」

「うっし、ダンジョン行ってることにするか。由香も付き合え、別の便所に行くぞ」

他の生徒が歩いている廊下で、また尻を揉まれていた。

また別の場所にあるトイレにも、きっと自分と同じ女の子と、男の子がいるのだろう。

「おいおい、由香。顔を赤くしてカマトトぶるなよ。昨夜もたっぷりヤッてやったろ」

下着から漏れ出したトロリとしている液体が、太股の内側をゆっくりと垂れていった。


「ふぁ〜あ。やっと放課後かよ。マジだりぃ」

「最近だらけすぎだろ。信之助」

放課後になった一年寅組の教室は、賑やかな空気を漂わせていた。

クラスメートにひとり空気を凍りつかせる女帝がいたが、彼女はすぐに教室を出て行く。それも毎日のルーティンだった。

「竜也が変に真面目すぎるんだっての。こんな学校でマジ勉強して何になるんだよ」

「人を巻き込むのは止めなさいよね。この不真面目男」

信之助と竜也の会話に、パーティーメンバーである李留が口を挟んだ。

「ヒデェな、李留ちゃんだって同じみてーなもんだろが」

「一緒にするなっての、この馬鹿」

「ああ、また始まった」

顔を突き合わせてののしり合うふたりに、竜也は呆れたように天井を仰いだ。

「あっはは。いつものことですねぇ」

ニコニコと微笑みを浮かべているのは保奈美だった。

いつも楽しそうな笑顔を絶やさない彼女は、パーティーのムードメーカーになっている。

「う〜ん。これじゃあ、今日もダンジョンダイブはなしですかねぇ？」

「かなぁ」

「あんまりサボってるとテストで赤点取っちゃいそうです。信之助くんも竜也くんも、ソロでダンジョンに入ってるみたいですけど」

「う、うん。まぁ、ちょっとだけね」

ふふっと笑った保奈美が、さりげなく竜也の手を取った。

「私も連れて行ってくださいよ。……サービスしますから」

「えっ、えっと」

「今日は由香ちゃんもいませんし、ふふっ、ちょっとだけ」

自然に、違和感を感じさせずに、するりと教室を抜け出していく。

クラスメートでは目立たない、だが、それが不自然なほど女性らしい身体に、優しくて柔らかな笑顔。

魅入られたように誘導されていく竜也が、ロッカールームの陰に引っ張り込まれた。

「えっ、ほっ、保奈美ちゃん？」

「ごめんなさい。……ちょっと、我慢できなくって」

竜也のベルトを外してズボンを下ろす手際は、恐ろしいほどにスムーズだった。

「ああ、やっぱり、すっごく大っきくて、元気なおチンポ」

「……あっ」

「ンぅ〜う。はぁ、ずっと気になってたんです。竜也くんのおチンポ。じっとしててくださいね」

足元に跪いた保奈美は、片手にペニスを、片手で髪を掻き上げながらペロペロと舐めていく。

「仲間同士の親睦を深めると思って、んっ、んぅ、ちょっとだけ我慢してくださいね？」

「でも、保奈美ちゃん、こんな場所で」

「騒ぐのはマナー違反ですよ。ほら、お隣を見てください」

回りを見た竜也が、自分の口を押さえていた。

「ね？　ここはおトイレなんです。男の子が我慢できない精液を出す、そういう秘密の場所なんです」

「保奈美、ちゃ、ん」

「あぁん、駄目ですよ。最後まで逃がしませんから」

ぎゅっと根元を握った保奈美に、竜也が腰砕けになっていた。

「ずっと我慢してて、もう限界なんですよぅ。ずっと狙ってたんですから、竜也くんもこんなに性欲が強いなんて……素敵」

「……はー、ったく。竜也も保奈美もどっか行っちまうし、アイツらのが不真面目だろっての」

すぐ側から聞こえてきた声に、竜也の身体が硬直する。

ロッカーで遮られた隣のスペースから、ガチャガチャとベルトを外す音が聞こえた。

頭を押さえつけられた保奈美は笑顔のまま、咥えているペニスにねっとりと舌を這わせていく。

「ああ、もうこの穴も飽きてんだけどなぁ」

ロッカーがカタカタと揺れるほど、勢いの強い何かが隣で行われていた。

いや、今更とぼけるまでもない。

便所と呼ばれる盛り場で、信之助は飽きるほど使った穴を犯している最中なのだ。

「お前はマジ尻の軽い便女だぜ。チンポ突っ込まれれば即アへりやがる」

「はっ、あう、ンッ」

堪えきれずに漏れた喘ぎ声は、教室でも聞き慣れた女の子の声だった。

「……っ、ゥ」

途端、口の中で暴れた肉棒に、保奈美がビックリした顔になっていた。

今までに経験したことのないジャジャ馬に、保奈美の笑顔が深みを増した。

それは蕩けるほどに濃厚で、淫らな微笑みだった。

「……もう、いいですよね。我慢できませんよぅ、竜也くん。もっと仲良くなりましょう……？」

正面から抱きつかれて、耳元でそっと囁かれた言葉と、生温い壺に吸い込まれたのは同時だった。

「……うふ。ほらぁ、やっぱり。竜也くんの、猫かぶり……」

「あ～、今日はヤリすぎてなかなか出ねぇな。夜に備えて、飯食って精液溜めるか」

「あっ、あっ、あンッ」

「……あの人たちより、ずっと強い。匂いでわかるんですよぅ、オスの強くて濃厚な匂い。うふ、うふふ……」

「おらおら、とりあえず一発出るまでここから動かねぇぞ。もっとエロくマンコ締めろ」

「だめ、信之助、くん、いく、イクイク」

「……竜也、くぅん、出しながら、もっと勃起してるんですかぁ、ぁん、すごい、すごい……」

「ヤレばデキんじゃねーか。その調子で締めとけ。今日は十発目くらいだったか？　また種つけしてやっから」

「……あは。お隣さんも頑張って、ますよぅ？　もっと、私たちも、ねぇ、んっ……」

隣のカップルが射精を終えるまで、竜也と保奈美も絡み合ったままだった。


豊葦原学園の学生寮には、それぞれ獣に関した名前がつけられている。

たとえば、麻鷺《さぎ》、海燕《つばめ》、藍雁《かり》、白鶴《つる》、青鴨《かも》、灰鳩《はと》。

それが上級寮であれば、幻獣の名なども使われていた。

星空に月が映える学園の夜。

『黒鵜荘』は、学園に点在している男子寮のひとつだ。

そこは特別に届かないその他大勢、もしくは一年生が最初に入寮するエントリークラスの学生寮だった。

「おっ、んォ……いくいく」

ギシギシと軋む安物ベッドの上で、仰向けになっていた信之助が腰をビクッと震わせた。

ペニスを包んでいる生温い滑りと、股間に乗せられている重さが心地よい。

自分と同じく、全裸で跨がっている女子の重さだ。

「ふぅ。何発出しても勃起しっぱなしだ。抱き枕がなきゃ眠れねーって先輩の話もわかるぜ」

信之助は既にひとり部屋へと移動している。

ダンジョンで順調にレベル上げている信之助は、他の一年同期から頭ひとつ抜けていた。

強ければ、レベルが高ければ、それだけで露骨に優遇される。

それが学園のルールだ。

学園生活において、寮のひとり部屋はプライベートが確保できる勝ち組の特権である。

「……ん……んぅ」

信之助に跨がって腰を振っていたのはクラスメートの由香だった。

今夜もまた男子寮に帰ってきた。

そしてクラスメートの男子に命令されるまま腰を振っていた。

今はジワジワと下腹部に広がっていく感触を受け止めている。

中に差し込まれた肉棒から注入されている生温かい精液。

「……ん、ぁ」

脈動が治まって残り汁が搾り出された。

精液ではなく、精気を注がれている実感は嫌でも感じてしまう。

それは同じタイミングで発射される異物だった。

由香は額に浮かんでいた汗を拭った。

普段は結い上げて団子にしている髪は、シャワーを浴びて湿ったまま無造作に結わえられている。

信之助に背中を向けた格好で尻を振っていた由香は、会話もなくただのダッチワイフに徹していた。

「はぁ……堪んねぇ」

口癖のように呟いた信之助が、自分のペニスを咥え込んでいる尻を揉む。

全裸になった由香の身体は、スレンダーであっても充分に乳と尻が性徴している。

自分が好きに扱える由香の身体は、隅々まで弄んで知り尽くしていた。

「ん……」

膝立ちになって尻を浮かした由香は、自分の下腹部に手を当てて上から下へと撫で下ろす。

股間の下で構えたティッシュの上に、ぽたりぽたりと粘ついた白濁汁が搾り出されていった。

精液は際限なく搾り出される。

定期的に抜き取らなければ、あっという間にシーツがベトベトに濡れてしまうほどだ。

「もう一発頼むぜ、由香。そのまんまケツ下ろしてハメ直せ」

由香の尻にも刻印されている『落書き』は、本人に対する影響力もある。

『信之助専用便女』であるように、由香は自分の尻から命令されていた。

施術者である先輩よりずっと格下の由香にとって、見えない鎖となって縛るルールは強烈だ。

信之助の専用便女であれ、と銘記されている以上、信之助が同格だろうと格下だろうと従わずにはいられない。

天井に向けて直角で勃起しているペニスに、まっすぐ由香の尻が下ろされていった。

腹の中にヌルリと突き刺さるペニスは、かつて無理矢理こじ開けられた巨根ではない。

今は慣らされて膣筋が伸び切っていた性器も回復しつつあり、そんな性器にちょうどいい具合に填まってしまう普通のペニスだった。

信之助の爪先を見ながら、ベッドに手を着いて浮かせた尻を上下に振っていく。

それに感じろ、という命令は刻印されていないが、執拗に開発されていた身体は反応を示さずにいられない。

振り返らずともわかる、自分の秘部をニヤニヤと笑いながら眺めている信之助の視線を感じる。

「そのまま、そのまま続けろ。由香のケツ振りはねっとしりてて上手だぜ」

こんなオナニーセックスはすぐに飽きるだろうと思っていた由香は、健全な少年男子の性欲がわかっていなかった。

ワイルドバンチの連中が特別なのではなく、自制を取っ払ってしまえば誰でも性欲の塊なのだと理解させられた。

「あー、キクキク。チンポ蕩けそう……。奥のツブツブんトコが先っちょにクルぜ。由香マンはココが堪んねぇ」

勝手に尻を揉まれながら、性器の具合品評を聞かされる。

最初は舌打ちしながら腰を振っていた癖に、最近はセックスの味を占めたのか自分にも執着し始めている。

保奈美も好き勝手に弄んでいるから、ただの節操なしかもしれない。

パーティーメンバーの仲間として裏切られた気持ちもあったが、今ではそんな気持ちも身体に引き摺られていく。

下から合わせた突き上げに、膣から飛び出したペニスがべたんと信之助の腹に倒れる。

「あッ……」

「おおっと、わりぃわりぃ。抜けちまった」

後ろ手でまさぐってペニスを摑み、もう一度尻に咥え込むと、命じられる前に腰を振った。

気紛れで後ろの穴を使われるよりマシだ。

使い古した玩具で適当に性処理する旧ワイルドバンチの先輩ふたりとは違い、信之助は猿のように毎晩枯れ果てるまでセックスしてくる。

最初は一日おきに、保奈美と交替しながらの抱き枕。

でも、ふたりの先輩はもう、私と保奈美の身体に飽き始めている。

それは信之助のオモチャにされる時間が延びるだけ。

望まなくても、嫌でも身体が馴染み始めていた。

もう尻にペイントされた信之助専用の刻印も、書き換えが面倒になったのか入れっぱなしになっている。

それは保奈美も同じだった。

「なんかさぁ、もう由香も保奈美も、先輩たち飽きちまったんだってよ」

熱心に、ギシギシと振られる由香の尻を撫で回しながら、信之助は隣で寝ていた保奈美の尻にも手を伸ばす。

「んだから、まあ……もう俺にくれてやるってよ。たまには気晴らしでヤラれんだろうけど、しゃあねーよな？」

「はぁ、はぁ、はあァ」

「由香のアヘスイッチ入っちまったな。馴染んできた証拠だぜ、おい」

依存隷属を繰り返した肉体は、容易にその対象を移ろわせる。

たとえ同格であろうと、信之助のみから精を与えられ続ければ、遠からず陥落するのは目に見えていた。

「李留ちゃんは……先輩が飽きるまで待つさ。クッソ」

「ア、イク……」

「クソ、クッソ。もっと搾れよ、由香っ」

尻の中へ射精を搾り出した信之助は、土下座の姿勢でオルガズムを迎えていた由香からペニスを引き抜く。

精神的な鬱屈がペニスへと連動して、醜く血管を浮かせた陰茎はビンビンに憤っていた。

膝立ちで移動して、うつ伏せのまま放心している保奈美の尻に跨がった。

「李留ちゃんにも、こうして俺のチンポを」

「あひ……ん～ぅ」

保奈美の尻肉を指先で捲り返し、丸見えになった己の精子を漏らしている膣孔にペニスを突っ込んだ。

先に弄ばれていた保奈美の身体は、あっさりとペニスを受け入れていく。

「あ～クソ気持ちイイぜ、このマンコ蕩けそう」

桃尻をクッションにベッドをギシギシと軋ませて、保奈美の性器を使ったオナニーを続ける。

オナネタは、もうひとりの仲間である李留だ。

目を閉じて李留の身体を思い浮かべながら、保奈美の膣でペニスを扱きまくる。

「保奈美マンも由香マンもすっかり馴染んじまって」

「あっ、ひぃ、あひっ！」

途中で引っこ抜き、余韻に浸っていた由香の尻に跨がり、保奈美汁に塗れたペニスを突っ込み直す。

そして李留をイメージしながら腰を振って、由香の膣奥に射精する。

「まっ、コレはコレでサイコーの気分だけどなぁ」

３Ｐで可愛いルックスのクラスメートを好きに犯せるなど、普通の高校生活ではなかなか得られない体験だろう。

由香の乳房を揉み搾りながら、購買部特製のエナジードリンクを飲み干す。

うな垂れかけていたペニスが、由香の膣内でビンビンに反り返っていく。

賢者モードに移行しつつあったリビドーも、発情したオスザル状態へと回春した。

「オラ。今夜もまだまだイクぜぇ」

そして今夜もまた、赤く腫れ上がるまで信之助にパンパンパンと尻を突かれ続ける。

当たり前のように膣内に繰り返される射精は、朝になれば溢れ出すほどだ。

授業の合間にも、ふたりは交互に連れ出される。

信之助が伝えたとおりに、彼女たちに飽きた上級生から横やりを挿れられることもなく。

一週間後には由香も保奈美も、信之助の色に染められていた。


――穿界迷宮『YGGDRASILL』、接続枝界『黄泉比良坂』――

――第『肆』階層、『既知』領域――


ダンジョンの玄室にいるのは、ふたりの男子とひとりの女子。

男子は旧ワイルドバンチの部員。

女子はレベリングされながら低レベル状態が続いている一年生だ。

「あッ、あッ、イクっ、イクぅ！」

「挿れたばっかで即イキかよ。バッチリちんぽ狂いになっちまったなぁ、オイ？」

ダンジョンの第四階層。

擬態木《エント》や悪食山椒魚《ジャンクサラマンダー》といった対策次第で楽に討伐できるモンスターを相手に、李留のパワーレベリングが続いていた。

第三段階クラスチェンジャーにとって、ここに出現するモンスターは全て雑魚だ。

エンカウントする敵は即座に無力化して、李留にトドメを任せている。

効率的なパワーレベリングだが、李留が望んだわけではない。

モンスターを索敵している時間は、どちらかの男子に抱かれてポータブルオナホにされている。

ダンジョンに連行されてオナホ扱いの李留は、男子ふたりからクラスチェンジガチャを回されている状態だった。

「俺らから交互に突っ込まれてりゃ隷属も糞もねぇだろ。今度こそ『遊び人《ニート》』クラス引けるんじゃね？」

「まあ、上がったら聖堂に連れてこうぜ。たぶんレベル届いてんだろ。昨日は死に戻って稼ぎがパーだったかんな。どんだけ油断してたんだっつー」

学園にある『聖堂《カテドラル》』で『王冠の祭壇《ケテルオルター》』が反応するまでレベルを上げて、ダウングレードクラスチェンジをさせる。

彼らにとって既に三回目の試みだ。

「これ以上の調教は、マジちんぽの事しか考えらんねぇ色情狂になっちまうからなぁ……」

李留の精神が崩壊しないギリギリを見極めて肉欲に堕とす、彼らにとっては一種の縛りプレイといえる。

正面から李留を抱き貫いていた男子が離れた。

スカートを自分で捲り、立ったまま痙攣する李留の足下にポタポタと滴が垂れる。

舌を出したままハッハッ…と虚ろな瞳をした李留に理性の光はなかった。

「こんだけヤリ捲りゃあ、巾着レアマンコもガッバガバだなぁ」

「あッひ、……ィ」

違うペニスが後ろからヌルリと挿れられて、李留は顎を反らしながら膝をガクつかせる。

立て続けのオルガズムであろうと、とっくに順応するまで性感を改造されていた。

『娼婦《ニンフ》』になる前にイカレちまったら、まーしゃあねぇだろ。信之助が欲しがってたから、コイツもくれてやりゃあいいさ」

「まー、いい加減に飽きてきたしなぁ。ニンフになれりゃ在学中ずっと使ってやるから、精々頑張れよ。李留ちゃん」

「ひィ……イクッ、イクッ」

押しつけた尻を痙攣させた李留からペニスが抜かれる。

「ほ〜れ、大好きなチンポはお預けだ。お前がニートになりゃあ、たっぷりと味わえんぞ？ん？」

「ぁ……わ、わたし…」

餌をねだる子犬のように媚びた李留が、ぬちゅんっと一刺し抉られる。

もはや膣全体が性感帯となっている李留の身体は、ぬぽん、ぬちゅん、の繰り返しにオルガズムスイッチをデタラメに押されていた。

遊びに飽きた男子から、尻肉をパンパンと慣らすピストンをキメられると一気に決壊してしまう。

「ほら、イクゼ……李留ちゃんの大好きな餌をくれてやっかんな」

「あっ、イクっ、イクゥ！　もぉ、イクのやらぁ～……」

「嫌よ嫌よも好きの内ってかぁ？　コレ、ダンジョンにログインしなきゃ、確実に俺の子を受精してますわ」

李留の腰を手綱のように押さえたまま、ダンジョン空間の恩恵で即座に勃起、幾らでも出せる射精を注ぎ込んでいく。

「たまにダンジョン放り込まねーとマジ妊娠すっからなぁ。寮で飼ってたやつとか、ぜってぇ胎膨らんできてたし」

「ああ、保療に連れてかれちまった子な。今頃元気な赤ちゃん産んでんじゃね？　誰の子だかわかんねぇけど」

全て射ち尽くした後も、痙攣する李留の胎を捏ね回す。

たっぷりと精気のこもった精液が胎底に擦り込まれて、李留は止まらないオルガズムに顔を仰け反らせていた。

「ほ～れ、ココ掘れマンマンってかぁ」

汁塗れのペニスを引っこ抜き、突き刺し、シャベルで地面に穴を掘るように李留の尻を抉る。

完全に従属させた相手を弄ぶ、それは牡としての征服欲が充たされる遊びだった。

「サービスで完堕ちマンコに連射してやっかな」

「おいおい、調子に乗って失神させせんなよ？　担いで歩くのは面倒だか」

「イク、イクぅ、イクぅ！」

「オラっ、イッちまえ。イケ、オラ……あ？」

李留の腰を抱え込み、ガツガツと腰を振っていた男子の動きが止まる。

ヌルリと錆色に輝く突起が、自分の胸から生えていた。

ゆっくりズプズプと伸びていく切っ先の根元に、赤黒い体液が玉となり、滴りとなって零れだしている。

その切っ先が、くりっと捻られれば、抜け出た空気に、クヒ、と奇妙な声が漏れる。

肺と心臓をスムーズに貫かれ、捻られた男子が即死する。

その、人殺しに手慣れた刺突は、背後から刺し込まれた銛だった。

びゅっびゅと精子を放出しながら還元していく男子が見たモノは、見覚えのない、だが幾度も見たことがあるような暗く澱んだ目だった。

「お、あ……」

「さよなら。……また『明日』」

中心を貫いていた支えを失った李留が、尻を突き出した格好でフロアに倒れ伏す。

置き土産に注入されていった精液で、李留のオルガズムスイッチが全開放される。

「イクッ！　イクッ、イク……イクぅ！」

性器の穴から逆流する精子が、ぴゅっぴゅと飛沫になって撒き散らされる。

尻をビクビクと痙攣させ続ける李留が、逆射精しながら派手にイッていた。

手にした銛を振って、切っ先から血糊を飛ばした男子が側に跪く。

「ゴメン、李留。今日は探すのに手間取った」

「ぁ……あ、あぅ」

尻肉を摑まれた李留がボンヤリとした目で振り返る。

「ああ、今日もこんなに犯されて。また、搾ってあげるからね」

「あっ、あぁ……搾って、アイツらの精子……搾り出してぇ」

片手でお尻を、片手を李留の下腹部に押し当てる。

ゆっくりと挟み込んだヘソの辺りが圧迫されていく。

下腹部をマッサージされる李留は、全てを委ねたように脱力していた。

ぶぶっ、ぶびゅっと音を響かせて、李留の胎内から残留物が吐き出されていく。

羞恥心に顔を隠した李留の腹を、彼は丁寧にゆっくりと撫でていった。

「熱い……熱いよぅ、竜也ぁ……早く竜也のモノに戻してぇ」

「うん。わかったよ。李留ちゃん」

切なげに、熱く潤んだ瞳で見上げる李留に、観察中からずっと勃起をしていたペニスを取り出した。

先走りでドロドロになっているペニスが、精子を吐き出した李留の中へと埋め込まれた。

「ああっ、すごく……吸いついてくるよ。李留ちゃん」

「竜也ぁ、竜也ぁ、早くぅ……」

あれほど犯された後でもキュンキュンと締めつける李留の膣孔に、自慰で射精寸前まで昂ぶっていたペニスは早々に暴発する。

カチリと、回路のスイッチが切り替わるように、李留の精髄が竜也の色に染め変えられた。

それは既に、彼の段階が犠牲者を凌駕しているという証。

「イクイク……竜也のおチンチンでイクぅ」

「あぁ、搾り取られて、まだ出る！」

被さるように脱力する竜也に、手を握った李留が頬ずりした。

「……今日は遅いよぉ」

「ゴメンゴメン。途中でモンスターに襲撃されて、ね？」

「うん……。じゃあ、許したげる」

身体を捩って竜也を抱き締めた李留がキスをした。

「でも、あんまり待たせると泣いちゃうんだからね……。アイツらにオモチャにされるのは嫌なの」

「俺だって胸が張り裂けそうだよ」

ちゅっちゅと、おでこに唇に頬とキスをし続ける李留の腰が浮く。

「あっ……竜也。こんな犯されちゃった私でも、欲しいの？」

「うん。関係ないよ。誰にも渡さない。李留ちゃんは俺の女、だから」

「ああっ、好きだよ……竜也ぁ。竜也だけが私を好きにシテいいんだからぁ」

回廊の一角で甘く熱の籠もったセックスが続けられた。

もはや隅々まで性感を開発されて、感度を磨き上げられた李留の身体は、竜也の勢い任せのセックスにもフィットして立て続けにオルガズムを迎えて果てる。

「あ……奥まで竜也が注入されちゃった……」

「うん。これでまた李留ちゃんは完全に俺のモノだ」

ペニスがぬぽんっと抜かれた空洞を、慌てた李留が指で塞いだ。

「やだぁ……竜也のは出て行っちゃ駄目なのぅ」

「大丈夫。外に出たら、またいっぱいになるまで注ぎ込んであげる」

ちゅっと頬に口づけされた李留が、蕩けた牝の顔で頷いた。

「今、お腹キュンってした」

「可愛いよ、李留ちゃん。……だけど、今はダンジョン攻略に戻ろう」

膝までずり下ろしていたズボンを上げて、大分足下が妖しい李留に手を差し伸べる。

「うん。でも、ホントはもっと竜也とこうして、くっついていたいな……」

「駄目だよ。俺たちはもっと強くならなくっちゃ。アイツらを余裕でぶちのめせるくらいに」

「うん。わかってる。じゃないと、いつまでもアイツらの玩具にされるし、そんなの嫌」

気合いを入れて震える足を押さえた李留が身震いする。

「じゃないと、ずっと竜也のモノになれない、し……あン」

「何回でも奪い取ってみせるけどね」

「やぁん、お尻揉んじゃ……ダメぇ」

「李留は俺のモノだから好きにする。もう、誰にも遠慮はしない」

暗い誓いには、潮の香りが混じっていた。

・愚賢人［ドンキホーテ］

――穿界迷宮『YGGDRASILL』、接続枝界『黄泉比良坂』――

――第『肆』階層、『既知』領域――


ダンジョンの中でひとりのヤンキーが凄《すご》んでいた。

メンチを切る、ガンを飛ばしている、のほうが正しいかもしれない。

「気に入らねーなぁ……？」

両手をポケットに突っ込み、首を傾げて斜めになった顔で睨みつける。

戦士《ファイター》系の第二段階クラス『格闘士《グラップラー》』の栄治《えいじ》だが、その戦闘スタイルはフリーダムだった。

殴る、蹴る、どつく、モンスターをシバく。

腰のベルトに装備したトンファーが武器であり盾だ。

「ソッチから襲いかかってきて、ヤバくなりゃあトンズラ。挙げ句、仲間ぁ突き飛ばして盾にするたぁ下衆《ゲス》の所業だろォ……」

ダンジョン内の禁忌《タブー》で、もっとも嫌われている行為がPK【パーティーキラー】だ。

とはいえ、基本的にダンジョンでは、自分たち以外は敵と思え、が正しいスタンスになる。

パーティーとパーティーが遭遇すれば、戦いにならずとも警戒し合うのがスタンダードだ。

何しろ、相手を全滅させてしまえば、証拠どころか記憶にすら残らない。

クリスタルやレアアイテムの強奪、殺人によるEXPの取得は、獲物次第でモンスターよりも効率よくおいしい。

一度やらかして味を占めた彼女たちが、もう一度やらかそうとしても不思議ではなかった。

だが忘れてはならない。

モンスターであれ人であれ、殴りかかれば、殴り返されるという原始的なルールを。

「ビックリしたなー、もう」

「不意打ちは勘弁してくれや」

ポンポンと制服を叩く、文官《オフィサー》系第二段階『詐欺師《シンドラー》』の白夜《びゃくや》。

額に手を当てて天井を仰ぐ、盗賊《シーフ》系第二段階『暗殺者《アサシン》』の翔《しょう》。

一年内組では三馬鹿トリオと呼ばれているパーティーだ。

「なっ……なによ、何が悪いっていうのよ！」

「男三人で女子を追い詰めるなんて、サイテー」

界門守護者《ゲートキーパー》を倒して、界門《ゲート》を降りた先にあるセーフティエリア。

そこで待ち伏せしていた彼女たちのパーティー集団が、やんややんやと逆ギレをしていた。

ボス戦で体力とSPを消耗した直後、あるいはやっとの事で新しいフロアへと到達した新規パーティー、そんな彼らが安全地帯へと到達すれば気も弛む。

獲物がボスドロップでも獲得していれば、二重にうまい獲物だ。

だが、彼ら三馬鹿トリオは既に、第三層のゲートキーパーで苦戦するようなレベルを越えていた。

そんな彼らが何をやっていたかといえば、ボス狩り巡回だった。

討伐されたボスの再ポップ時間は、階層ごとに決まっている。

レアドロップを狙うボス狩りパーティーは、オフィサーが複数の界門座標を記録して、ボス沸き時間を計算しつつ羅城門からのログインアウトを繰り返す。

ただし、複数のボスをかけ持ちする場合、ダンジョンから脱出するためのアイテムが必要になる。

購買部で販売している『帰還珠』は使い切り一発十万銭と、一年生が常用するには高額なアイテムだ。

だが、効率的にはそれだけの価値がある。

「雨音《あまね》つ、雨音……目を覚ましてよぅ」

「……ッ、ぅ」

ダンジョンの床に倒れ伏した男子を、跪いた女子が揺すっていた。

加害者パーティーは一年乾組のクラスメート同士だった。

男子ひとりに女子が四人の、一見ハーレムパーティーにも見える。

実情は、女子が男子を小間使いの荷物持ちとして扱き使う、パワハラパーティーだった。

パーティーの実力者が誰かと問われれば、術士系《マギ》第二段階《こ》『精霊使い《シャーマン》』にクラスチェンジしている男子の雨音だ。

だが、ダンジョンの中では圧倒的な火力を持つ術士系も、スキルを使えない外では全クラス中でもっとも肉体的補正値が貧弱な一般人になってしまう。

人間関係のパワーバランス、教室でのスクールカーストは覆せない。

パーティー女子からの理不尽で感情任せの命令にも、元より内気で気弱な彼は対処できなかった。

お膳立てされたひとりの相手を除いては。

「あたしたちは悪くない、ソイツが悪いのよ」

「そうよ！　私たちは止めようって言ったのに、そいつが襲おうなんて言い始めたからっ」

「私たち付き合わされただけ、責めるならそいつを責めて」

「あ、アナタたち……ッ！」

ＰＫパーティーは、形勢不利と見て逃げだそうとした女子三名、囮として突き出された雨音と絵梨華《えりか》に分かれている。

どちらも栄治の放ったスキルでスタン状態だ。

「雨音は関係ないでしょ!?　アンタたちが無理矢理に引っ張ってきた癖に」

「そもそも、ソイツが魔法をミスったのがいけないんじゃない！」

「雨音雨音って、やっぱエリーはソイツに情が湧いたんでしょ。イイ子ブリッ子してキモイんだよ」

栄治たちを無視して口喧嘩を始めてしまう。

責任を押しつけ合っている姿は、とても見苦しかった。

「……ウゼー。チョーウゼー。ンだよこいつら」

「よくこんなパーティーが四階まで降りてこられたね」

「どーすんのよ。栄治？」

あきれたように腕を組んだ白夜の隣で、腰に提げた短剣を撫でる翔が問いかけた。

「まー、殺されかけたんだ。落とし前はつけてもらわねーとなァ？」

ニヤリと笑った栄治に、四肢が麻痺して無様な格好のまま床に這いつくばっている女子が怯えた顔を見せた。

「なっ、なんでよ……わ、私たちじゃなくててアイツらに」

「そこそこ見れる面ァしてやがるし、二、三発ぶち込んだら勘弁してやらぁ」

ワキワキと手を差し伸べた栄治が、メッシュにしたロングヘアーの女子を抱え込んだ。

「ああ。そういう方面のお仕置きでいくんだ……」

「ボスのローテが崩れるっつーの」

ニコニコとした笑みを浮かべた白夜も、ため息を吐いてぼやいた翔も、逃げ出したグループ女子の残りを抱え込む。

「ちょ、やめっ……」

「この強姦魔っ！」

「さわん、ないでっ」

「痛ェ目に合うほうが好きかよ？」

どかりと座り込んだ栄治は、ロングヘアーの女子をうつ伏せ状態で膝の上に抱える。

ベロンとスカートを捲り上げ、ライムグリーンのショーツをズルリと引き下ろした。

「汚ェ言葉使われっと萎えっからなぁ……喋られないようにされたくなけりゃ、わきまえろ」

「つく……」

尻を撫で回され、パァンパァンと平手打ちされる。

「意外と素直じゃねーか。ご褒美に気持ち良くなれるブツを使ってやんよ」

内ポケットから取り出したのは、男子の嗜み『ゴブリンの媚薬《レイプドラッグ》』だ。

女子からは言葉を濁して『ラブポーション』とも呼ばれている。

指先で粘液をすくい取り、閉じ合わされた股間の溝に塗り込んでいく。

「俺にも貸して～。っていうか、準備いいね。栄治」

「使う相手もいねーのにな」

「お前らウッセ」

丸出しにした臀部を抱え込んだ栄治が、突っ込んだ中指をグリグリと穿《ほじ》る。

赤く手形が浮かんだ尻が艶かしく震えていた。

「大人しくしてなよー。そんなレベルで俺たちに挑んだ君が馬鹿なんだからねー」

「ヒッ」

左目の刻印をうっすらと光らせた白夜が、M字に開かせた女子の股間に腰を割り込ませる。

弛い癖っ毛のボブがビクンと震え、いきなりペニスで押し広げられた感触に顎が反った。

「あ～、久し振りのおマンコだね」

「ツ、あっ……！」

ペニスの先端には、ねっとりしたお薬が塗されている。

「よしよし。暴れんなよ。痛ぇのより、気持ちイイのがマシだろ？」

「ャ……やめ、んぅ」

制服のジャケットを脱がせて、即席の手枷にした翔がうっすらと笑った。

顔を逸らしている女子の股間に手を伸ばして、指先をじっくりと蠢かせている。

ショーツを引っ張ると、奥にある割れ目が解されていた。

「んだよ。ケバい化粧してっけど、可愛い顔してンじゃねーか」

「は、ハァ？　ザケないで」

「口の利き方はなってねぇーな。キョウイクしてやンよ」

「っ……勝手に指、挿れな……ンッ」

ゲス笑い全開の栄治は、乱暴な手つきでズボズボと指を出し入れしていた。

そんな扱いでも、あっという間に身体を火照らせるのがラブポの効能だ。

麻痺の続く手足は、指の代わりにペニスが宛がわれても動かぬまま。

抱えられた格好で背後からズブリと尻を貫かれて、肩口に揃えられた髪がふわりと揺れた。

「ンだぁ。このマンコ、ずいぶんと締まんじゃねーの」

「ンっ、ンっ……んぅ！」

臀部を引き寄せて、根元まで突っ込んだ栄治が呻いた。

久し振りの女体にペニスがギンギンと滾っている。

膝立ちになって腰をパンパン軽快にぶち込む栄治がノッていた。

「ヤリマンかと思ってたら、またずいぶんとオボコいじゃねーか。クックック」

無理矢理ねじ込んだ女性器からペニスを抜くと、あっという間に閉じ合わさった肉の割れ目に戻る。

こんなこともあろうかと、密かに溜め込んでいた新しいレイプドラッグを取り出して、反り返った自分のズル剥けた亀頭にたっぷりと垂らした。

「気に入ったぜ、オメェ。俺の女になるまでチンポぶっ込んでやンよ」

「ふざけ……んっう、ッ」

「なぁに、シンパイすんな。ザンコクなことぁしねーよ。ヤッちまったら記憶もパーになっちまうしな」

「や、め……ま、さか」

「俺のチンポで掘られた思い出は、ちゃんと学園まで持ち帰らせてやるよ」

またズルリとペニスが抜かれて、無意識にため息を吐いた女子の背後では、亀頭に追加の粘液を垂らす栄治が笑った。

「だんだん穴が開いてきたぜぇ。物覚えのイイ、マンコじゃねーか」

「ン、んうゥ！」

再び、ズブッとヤンキーチンポが膣穴を穿孔する。

その度に不慣れな穴は、闖入者の形状を記憶していた。

「栄治の台詞じゃないケド、全然セックスに使ってないのかな？　君たちは」

リズミカルに、最初からただ射精するために腰を振っていた白夜の問いに、仰向けで犯され続けていた女子が顔を背ける。

「へぇ……うん、イイじゃん。ギャップ萌え」

「あっ……」

クリッと結合部の付け根にある肉芽を弄り、挿入状態でソコへ『ゴブリンの媚薬』を塗り込んでいく。

「可愛いお豆だね。ココ感じるの？　中がエッチにヒクヒクしてきたよ」

「ぁ、ぁ、だめ……だめ、だめ」

「あ～出る出る。ゴメンね～、先に一発種つけしてから可愛がってあげるよ～」

「い、イヤ……ぁ」

「あ～出てる、スッゴイ量が出ちゃってるね～」

スタン効果も切れて四肢に力が戻ったのか、女子は自分の顔を手で隠していた。

そんな彼女に跨がる白夜は、一滴残さず射精を絞り出した。

ペニスを抜き取った穴からドロッと新鮮な精液が垂れてくる。

「ふふっ、可愛いねぇ。ほら、ゴメンゴメン。ちょっと痛かったよね？　ほら、痛くなるお薬をヌリヌリしてあげるから」

「ゃあ、もう……やだぁ」

「大丈夫だよ～。すぐに痛みなんてなくなっちゃうからね。ほら、チンポ挿れたけど痛くないでしょ？」

胸を揉みながら腰を揺すり始める白夜は、うっすらと笑っていた。

「オゥ、お前のマンコは俺のチンポにピッタリ填まってんなぁ」

「あっ、あっ、あっ」

胡坐をかいた翔の股間の上で、尻がズンズンと上下に餅つきしていた。

翔の膝に手を付いた女子は、自分でも驚くほどピッタリと填まるペニスを咥えたまま無心で尻を揺すっていた。

「イイ子だ。よーしよし」

「んぅ…んんぅ」

ズン、と下りたタイミングで尻を固定して、奥底の隙間に精子を充填させていく。

じわりと広がっていく胎内深くの温もりに、彼女のゾクゾクと背筋が震えていた。

一度目より、二度目の射精のほうが気持ち良かった。

ならば三度目の射精はもっと気持ちがイイに違いない。

合図代わりに尻を平手打ちされた女子は、自分から尻の餅つきを再開させていた。

「オラオラオラっ、がっぽりと穴ぁ空いちまったなァ」

「やっ、もう、イイからいちいち抜かないで……ッ」

「おぅ。ワリィ、ワリィ。もう一発ぶち込むから踏ん張れやっ」

「クリクリ……そこクリクリするの、気持ちイイのぅ」

「乳首オナ派なのかな、君は。じゃあおマンコの気持ち良さは俺が仕込んであげなきゃね～」

「あぁあぁ～…スゴイ、下のクリクリも、イィ」

「おぃおぃ。交替すんじゃなかったのかよ？」

「あっ、あっ、ダメぇ…このおチンポは私のぉ」

ねっとりと玄室を湿らせる饗宴に、最初は身構えていた絵梨華も呆れ果てたまま雨音を抱きかかえていた。

「ぅ……絵梨華？」

「大丈夫。雨音はまだ動かないで」

ここに至って、絵梨華はクラスメートの女子グループ三人を完全に切る決断をした。

表面上の友達関係は、もう既に崩壊している。

普段の教室でも、雨音に対する仕打ちは我慢できないレベルになっていた。

自分と雨音を守ることが最優先だ。

雨音が自分を守ったように、今度は自分が雨音を守ると心に決める。

「まー、そう気張んなや。オメェらにゃあ手ぇ出さねぇ、よっ、ほっ」

「あっ、あんっ」

パンパァン、と尻を鳴らすピストンに、ロングのメッシュヘアが牝犬となって尻を掲げる。

粘膜から吸収された媚薬《ラブポ》は、いい感じに彼女の理性を取っ払っていた。

そして栄治にも彼女を気遣うつもりなどない。

行きずりの女でも心地よくレイプしてヤリ捨てできる男だ。

「最初からオメェに殺気がねーのはわかってンだよ。殺る気のねー腰抜けかとも思ったが、テメェの女ぁ守る根性はあんじゃねぇか」

「あ、雨音……」

「絵梨華に、手を出したら殺す、ぜ、絶対に」

初手にぶち込もうとした魔法がファンブルしたのは、故意だったのか失敗したのか、雨音自身にもわからなかった。

だけど、確かに迷いがあった。

優柔不断な自分の行いに、相応の報いが下されるのは仕方ない。

それでも。

自分の中にある譲れない一線。

それを守るために、雨音は身体を起こして絵梨華を背に庇っていた。

「イイぜ。勘弁してやるよ。根性あるヤツぁ嫌いじゃやねェ」

「俺もいーよ。なんか面白い玩具が手にはいったし。この子、全然ウブすぎて可愛いや」

「ゃ、ゃ……お尻、お尻クリクリは……ダメぇ」

ひっくり返して四つん這いにさせた獲物に、小瓶に入れた指先を剥き出しのアナルへと差し込む白夜が同意した。

引き続き、女性器に突っ込んでいるペニスは支持棒扱いだ。

「どうでもいいけどよ。この女どもお持ち帰りすんのかぁ？」

翔もついでとばかりに、栄治と白夜が抱えている女子の隣に、ペニスを塡めたままの女子を並べた。

ふたりの四つん這いになった女子の隣に、自分が塡めた女子も四つん這いにして並べる。

並べられた三人娘は、同じようにペニスを塡められたままアヘ顔をさらしている。

回数に差はあれど全員が子種を仕込まれ済みだ。

雨音は今まで自分を苛めていた女子の、あられもない強姦姿に複雑な心境だった。

ザマを見ろ、という気持ちがなくもない。

だが、はっきり言えばどうでもいい。

自分の大切な物さえ守れるのなら。

「ちょうどイイじゃねーか。だいたいオメェら、ヤリてーヤリてー言ってただろうが？」

「……栄治が退部するとか言い出さなきゃね。『百花繚乱《クラブ》』でのんびり爛れた性活ができてたんだよ」

「実際、エンジョイ倶楽部になっちまってたからなぁ。音楽性の違いってヤツだなぁ」

絵梨華は意味不明のまったりと化した空気と、犬のように犯されて悦んでいるクラスメートにチラチラと目をやって赤面していた。

栄治に犯されながら人一倍高く尻を掲げている琉々香《るるか》。

白夜に尻穴を弄られながら土下座するように顔を伏せている奈那《なな》。

翔に腰を摑まれて音高く尻肉を打ち鳴らし続けている京子《きょうこ》。

全員が牝として服従させられて、普段の高慢さは踏みにじられている。

絵梨華はストレートに、ザマを見ろ、と溜飲を下げていた。

むしろ今だけ、ダンジョンの中だけで終わらせるわけにはいかない。

自分と雨音を守るためには、普段の学園でもコイツらをのさばらせるわけにはいかないのだ。

「私たちは一年乾組のパーティーなの。私は絵梨華、そして『精霊使い《シャーマン》』の雨音。ねえ、私たち、仲良くできるんじゃないかしら？」

「絵梨華っ？」

「……ほぅ？　俺らもちょうど腕のいい術士クラスが欲しいと思ってたトコだけどなァ」

ニヤリと笑った栄治は、ヌボッと汁塗れの陰茎を引き抜いて胡坐をかいた。

目の前に突き出されたままの尻を満足げに撫で回してから、スパァンと引っぱたいて肘置きにする。

「あ、あンッ！」

「腰抜けや足手まといは要らねぇンだよ。具合のいいケツ穴がついてりゃあ別だがなァ」

「私と雨音が一緒なら、アッパークラスのマギにだって負けないわ」

Aランク倶楽部『東方三賢人《メイガス》』に囲われて、術士にSPを提供するレアクラス『触媒士《カタリスト》』になるための調教を受けた絵梨華だが、期待されたクラスチェンジには失敗していた。

既に絵梨華をパートナーとして与えられていた雨音は、そのまま絵梨華を連れて退部届けを出した。

彼女を、自分のパートナーを、他の部員たちから使い潰されないように逃げ出したのだ。

Aランク倶楽部という後ろ盾を、あっさり捨て去って。

『編律士《マルチクロッカー》』というSRクラスが、絵梨華の獲得した力だ。

触媒士と同じように攻性の魔法は一切使えないが、魔法に干渉して増幅・減衰を操れるサポートに特化したクラスだった。

「いいじゃやねェか、面白れぇ！　気に入ったぜェ」

「あひぃンッ」

スパァンと叩かれた琉々香の尻たぶは既に真っ赤だった。

既に脳内でエンドルフィンが過剰に分泌されている琉々香には、スパンキングも股ぐらを痺れさせるスパイスだ。

「交渉成立ね。それじゃ、その三人は」

「わかってるって、もう一発ぶち込んだら終わりに」

「――責任を持って堕として。二度と歯向かわないように、徹底的にアナタたちの牝豚にしてね」

「お、おゥ」

「やっぱり女は怖いねぇ。怖いから、言われたとおり絶対逆らえないようにしなきゃ」

「ゃァ……もっとお尻の穴クリクリしてぇ」

「そんなにコッチが気に入ったなら、ほ～ら、アナルセックスだよ～」

「はうぅ～ぅ」

尻肉を剥き広げられた奈那は、肛門の穴にズリズリと押し入ってくるペニスに舌を出して蕩けていた。

「セフレにするにゃ、ちょうどいいマンコかもな」

すっかり麻痺の抜けた京子は、後ろから翔に貫かれ続けている尻を自分で振り続けている。

「まァ、いいっか。馬鹿は嫌いじゃあねェ、俺らも馬鹿だからよぅ。よろしくやってこうぜ！」

スパァンと引っぱたかれた琉々香の尻がビクビクと痙攣していた。

《つづく》

EXミッション：ダンジョン&クッキーモンスターズ

それは俺たちが『黒蜜《ブラックハニー》』との共闘レイドを攻略した後。

待ちに待った夏休みの始まり。

そんな、とある日の出来事だった。

「ふむ」

麻鷺荘の廊下を、クッキーがひょこひょこと歩いている。

すれ違ったクッキーを見送ってから、窓の外へと目を向ける。

ちょうど椰子の木がノシノシと散歩をしていた。

まあ、ヤツは日陰が嫌いなので、日当たりのよい場所へと自力歩行する習性があった。

ふわりっと冷たさを感じた。

空中を泳いでいる小魚の群れが通り過ぎたらしい。

ほとんど実体がないヌルモブの一種だ。

一匹の大きさがメダカ並みなので、捕まえて食べようにも物足りないサイズ。

ぼんやりと光るクラゲ型とは違って電灯の代わりにもならず、飼っている寮生もいない。

休みになったばかりの寮には人が多かった。

外へ遊びに出かけるアウトドア派より、中でゴロゴロとくつろいでいるインドア派が優勢だ。

つまり、それなりの人目があるのに誰も騒いでいない。

それがどういうことなのかといえば。

「特に問題はない」

椰子が歩いていようと、空を飛ぶ魚が繁殖していようと、人型クッキーが散歩していようと、麻鷺荘においては平常運転である。

その内、小腹の空いた誰かが捕獲してオヤツにするかもしれない。

流石に三秒ルールの適応外だろうし、衛生面的にはＮＧか。

「あわわ、大変、大変、です」

廊下をパタパタと走ってきたのは、うちの倶楽部の先輩だった。

俺たち『神匠騎士団《アデプトオーダーズ》』が麻鷺荘に受け入れられたのは、彼女の力も大きいと思われる。

スイーツの鉄人であるお菓子職人、芽龍先輩だ。

甘い匂いがするエプロン姿の先輩は、ある意味で寮生のアイドルだ。

芽龍先輩の手で提供されているスイーツは寮生に対して無料提供されている。

それも食べ放題だ。

無料だからといってクオリティーが落ちることはない。

雑誌に掲載されているようなお洒落ビジュアルで、食べても実際においしい。

品切れになってもすぐ補充されるカロリー爆弾に、寮の体重計が破壊されるという痛ましい事件が起こったりもした。

「芽龍先輩。如何しました？」

「あう。叶馬くん、大変、事件です」

帰国子女である芽龍先輩はイントネーションが少し独特だ。

日本語に不慣れ、というわけではない。

外国語を複数取得しているマルチリンガルな才女である。

その所為で会話にラグが発生してしまうそうだ。

特に日本語は、外来語やカタカナ語、和製英語とかもあって混乱する模様。

「ジンジャーブレッド、逃げ出した、大事件です」

「なるほど」

よくわからんので部室にて話を聞こう。

神匠騎士団の臨時出張所。

麻鷺荘のミーティングルーム兼仮部室に到着。

俺たちの溜まり場になっているので、ここに来れば大抵誰かがいる。

研究開発という趣味に没頭していたり、寮の改築やリフォーム依頼もあって、最近は出かけている先輩も多かった。

ちょうど部室にいたのは、朱陽先輩と鬼灯先輩だ。

テーブルの上に並べられているのはプランターや植木鉢。

そして、籠みたいなのを火で炙る道具が置いてあった。

「あら、お帰りなさ～い。叶馬くん」

「……さい」

穏やかな笑みを浮かべている朱陽先輩の隣で、俯き加減の鬼灯先輩がモジモジしておられた。

鬼灯先輩は人一倍シャイなので驚かせるのは厳禁だ。

逆に朱陽先輩はゴーイングマイウェイ気質があるので、放置しておくと驚かされる。

麻鷺荘の菜園に、危険物《トマト》を増殖させたのは記憶に新しい。

「戻りました」

まだ手をパタパタさせている芽龍先輩も座らせた。

鬼灯先輩がいるので、気分を落ち着かせるお茶でも淹れてもらおう。

『調香士《パフューマー》』というクラスを持っている彼女は香りの専門家だ。

日常的なお茶やコーヒーのブレンドから、香りに関係した薬剤の調合までこなす。

ダンジョンのモンスター相手にも睡眠香を散布したり、興奮させて同士討ちさせたりと、なかなかにエグい活躍をしている。

これらの能力が凶悪なのはダンジョン以外でも効果的に使えることだ。

触媒があまりダンジョンの瘴気や魔力関係に依存していないので、地上でも問題なく活用できる。

鬼灯先輩の性格的にあり得ないのだが、学生寮のひとつくらいはオークの巣を絶滅させたように、まあ、簡単にヤッてしまえそうな感じはする。

「……どぞ」

「ちょうど鬼灯ちゃんと新しいハーブティーの研究をしてたんです」

「なるほど」

謎の道具は焙煎機だったらしい。

籠に葉っぱを詰めて、炙りながらクルクル回すのは地味に楽しそうだ。

紅茶っぽい色はついていたが香りは全然別物だ。

レモンのような酸味と、ミントっぽい爽やかな香りが鼻から抜けていく。

ちょっと舌にピリッとする清涼感もある。

懐かしい感じのする、嫌いではない風味。

こってりした肉料理とかに合いそう。

「はふー、気に入りました。葉っぱ欲しいです」

カップを手にした芽龍先輩も落ち着いたようだ。

「……うん」

「お菓子には合わないかもですね。かなり生姜を効かせてますから」

「なるほど」

これを甘くすると『ひやしあめ』っぽくなるかもしれない。

あれも生姜の後味が癖になる飲み物だ。

「あっ、そうです！　生姜、ジンジャーです。大変です」

「どうしたんですか？　メロンちゃん」

「……？」

くりっと小首を傾げるふたりに、芽龍先輩が手をパタパタさせ始める。

「このままだと、麻鷺荘、占領されます」

なるほど。

芽龍先輩はもう一杯お茶を飲んで落ち着くべき。


お話を伺ったが理解できなかった。

話の流れを整理してみよう。

まず、芽龍先輩がクッキーを焼いていた。

それについては、いつもどおりとしか言えない。

先輩にとってお菓子作りは、趣味であり娯楽であり、ライフワークであると断言しているくらいだ。

本日作っていたのはジンジャーブレッド。

わかりやすく言うと、生姜入りクッキーだった。

割と伝統的なお菓子らしい。

作り方にもいろいろとあるそうだが、今回作っていたのはジンジャーブレッドマンにジンジャーブレッドハウス。

人型に整形したクッキーと、クッキーで作ったお菓子の家。

見ているだけで楽しそう。

クッキー人形を焼きながらクッキーハウスを作っているところに、颯爽と梅香先輩《トラブルメーカー》が登場。

摘み食いをしにきたそうだ。

お菓子の家に感動した梅香先輩が、もっと大きく、もっと強く、と芽龍先輩に要求。

お菓子の家が、お菓子の城塞へと進化する。

ふたりであーだこーだとお菓子の城塞に手を加えていたら、ジンジャーブレッドマンに独立を宣言されたらしい。

やはり最後の部分が超展開すぎて理解できない。

「なるほど」

とりあえず、やらかした犯人はわかった。

流石は叶馬くん、みたいな視線が痛い。

みんな仲間を疑う気持ちなど、これっぽっちもないのだろう。

下手人への事情聴取は後にして現場を確認してみよう。

もしかしたら俺の勘違いという可能性もある。

三人と一緒に事件現場へと向かう。

今まで芽龍先輩がお菓子を作っていたのは、麻鷺荘にある食堂のキッチンだった。

だが、梅香先輩による寮の改造プロジェクトにより、地下に新しいフロアができつつある。

そんなことを可能にしたのは『迷宮創造士《ダンジョンクリエイター》』という梅香先輩が獲得したクラスの能力だ。

完全な未登録《アンノウン》クラスなので詳しい能力は不明。

ただ、どうやら『ダンジョン空間らしきもの』を作ることができるらしい。

最近はコツコツと麻鷺荘の地下空間を広げていたはず。

まあ、そんな新しい地下フロアで最初に作られたのが、芽龍先輩のパティシエルームだった。

これには寮生からの熱い要望もあったと聞く。

巨大なオーブンや冷蔵庫、冷凍設備など道具も揃えられていた。

俺も初めて来たが、甘い匂いがとってもスイーツ。

「あれです。危険です」

「まあ。可愛いお菓子の家がありますね～」

「……可愛い」

可愛い、だろうか。

テーブルの上に鎮座しているのは、縦横一メートルくらいあるお菓子の城塞だった。

そして見覚えがある。

これは、あれだ。

先輩たちが作った迎撃基地のミニチュアだ。

堅牢な城壁に、中央にある大きな塔。

倉庫や露天風呂も再現されているし、黒蜜用に新設した建物もあった。

菜園がある場所には、緑と赤のゼリーでトマト畑まで作られている。

デコレーションクリームの飾りつけに、砂糖やココアのパウダーが散らされており、とても芸術的に仕上がっていた。

手を伸ばすのが、ためらわれるくらいの完成度。

芽龍先輩、本気を出しすぎである。

「ふむ」

よく見ると、お菓子の迎撃基地で何かが動いていた。

デフォルメされた人型の、あれはクッキーだろうか。

隊列を組んで巡回していたり、クッキーソードを持って摸擬戦していたりする。

「先輩、これは」

「食べようとする、抵抗します。危ないです」

口の中で剣を刺されたりしたら、ちくっとするかもしれない。

察するに、あのクッキー人形たちがクッキー城塞を占拠してクッキー国の独立宣言をしたのだろう。

領土を拡張する野望がないのなら、放置してもよいのではなかろうか。

「駄目です。食べ物、食べられる、お仕事です」

「確かに」

むん、と気合いを入れている芽龍先輩が断言した。

動いてるし可愛いからかわいそう、そんなお花畑思考はないらしい。

お菓子の作り手としての信念だろうか。

「今の季節、放置する、カビが生えます」

もっともな話である。

「でも、動いてると食べづらいですね～」

ひょいっとクッキー人形を摘んだ朱陽先輩が首を傾げている。

パタパタと暴れているクッキー人形くんに、仲間たちがワイワイと騒ぎ始めていた。

恐らくだが、このクッキー人形たちはゴーレムの一種だ。

そして、お菓子の迎撃基地はダンジョンそのものになっている。

梅香先輩も無意識だったに違いない。

テンションが上がって意識せず、ダンジョンクリエイターのスキルが発動してしまったと思われる。

解決策として思いつくのは、ふたつ。

ひとつは、梅香先輩を呼んできてスキルを解除してもらう。

もうひとつは、物理的にお菓子の家ダンジョンを破壊する。

多少強化されているとはいえ、材質はお菓子。

包丁でサクッと切ってしまえば、それだけでダンジョンとしては崩壊するはずだ。

ダンジョン化の影響でクッキーもゴーレムになったわけだし、見栄えは悪くなるが元のお菓子に戻る。

「……あの、叶馬くん」

「どうしました？」

クッキー人形を掌に乗せた鬼灯先輩が、悩んでるお顔で見上げてきた。

小柄な先輩なので自然とそうなってしまう。

「……お願いが、あるって、その……えっと」

「言ってください」

焦らなくてもいいと、頷いて言葉を待った。

「食べられてもいいけど、せっかくだから攻略してほしい、って、この子が、言ってるの」

鬼灯先輩の手の中で、ジンジャーブレッドマンがサムズアップしていた。


滅多にない鬼灯先輩からのお願いだ。

俺としてはぜひとも叶えてあげたい。

とはいえ、このお菓子ダンジョンは、こう、ぶっちゃけてしまうと弱すぎるのだ。

攻略も何も、ワンパンで壊れてしまうレベル。

これを攻略しろとは難易度が高すぎる。

いや、別に俺ひとりで攻略しなくともいい。

先輩たちと攻略方法を相談した。

「壊しちゃうのはちょっと勿体ないですねぇ」

「問題ないです。食べる、壊れます」

「然り」

鬼灯先輩がクッキー人形を迎撃要塞に戻すと、クッキー軍隊が気勢をあげていた。

なかなかの気合いっぷり。

これは満足できる戦いにしてやりたい。

思い詰めた顔をしている鬼灯先輩がアイディアを提供してくれた。

「なるほど。これは可愛いかと」

先輩三人の手にはそれぞれ、小っちゃな『強化外装骨格《アームドゴーレム》』がのっていた。

小型化して召喚できるとは思わなかった。

「……みんなで考えて、実験とか訓練してたの」

「こっそり偵察する時には便利ですよ」

「大きさ変える、難しかったです。大っきくするの無理です」

消費しているSPはほんの僅か。

アームドゴーレムのパワーも、大きさに比例して弱体化しているそうだ。

「しかし……このミニゴーレムにシンクロしていても反動ダメージがあるのでは？」

「……うん。けど、やりたい」
「では、俺が見届け人になります」
朱陽先輩と芽龍先輩は楽しそうに、鬼灯先輩はちょっと気負っているように見える。
無粋な横やりだが、危険そうなら物理介入しよう。
先輩たちがお菓子の迎撃要塞に、各々のアームドゴーレムを設置した。
場所は摸擬戦をやっていた広間スペースだ。
可能な限り小っちゃくしたアームドゴーレムでも、クッキー人形の二倍くらい大きい。
薄いクッキーとは違って、厚みも重量感も違いすぎる。
しかし、クッキー軍隊は意気軒昂。
隊列を組んだまま戦闘開始の合図を待っている。
先輩たちも椅子に座って目を閉じて、アームドゴーレムへと意識を集中させていた。
「では――『お菓子の要塞ダンジョン』、決戦開始」
甘い闘技場の中で、お菓子なバトルロイヤルが始まった。
とはいえ、俺が心配していたダメージを受けることはなさそうだ。
クッキー剣やクッキー槍で刺されても、アームドゴーレムに傷がつくことはない。
逆にパンチされるとクッキーが砕けてしまう。
一方的な戦闘だが、クッキー人形たちは楽しそうに見えた。
いや、理解している。

仮初めの低級なインスタントゴーレムに、複雑な意識など宿るはずがない。

それでも楽しそうにアームドゴーレムに挑んでクッキーに戻っていく。

朱陽先輩の分身『テルテルボウズ』が、両腕をグルグル回転させながらクッキーを薙ぎ払っている。

格下のモンスターなら文字どおりに鎧袖一触《がいしゅういっしょく》で近づけさせない。

芽龍先輩の分身『ダイダラ』は、先輩たちのゴーレムでは最大サイズだ。

のっぺりフェイスには似合わないパワフルな動きでクッキーたちを潰していた。

鬼灯先輩の分身は『モモタロウ』だ。

たくましい両腕でクッキーを殴りながら、全身はトゲトゲアーマーで覆われている。

時間にして三十分くらいだろうか。

「そこまで――双方の健闘を讃える」

スイーツ決戦は終了して、無事にダンジョンが攻略された。


先輩たちにアームドゴーレムからの反動ダメージはなかった。

それでもシンクロ操作に疲れたのだろう。

長椅子に座った彼女たちは、満足そうな顔で仮眠している。

お菓子の迎撃拠点は少しばかり壊れたものの、おいしそうなお菓子城塞として原形を保っている。

　頑丈なのは本物と同じだ。

「気は済みましたか？」

「……」

　膝を枕に貸している鬼灯先輩が、こくっと小さく頷いた。

　らしくないので気になっていたのだ。

　普段の鬼灯先輩なら、こういう理不尽イベントは避けようとする。

　少なくとも前に立つことはない。

　争いを避けられるのならば、戦いになる前に逃げてしまう。

　そのことに良いも悪いもない。

「……ごめんなさい」

　だから、別に謝らなくともよいのだ。

　頭を撫でていると子猫みたいに頬ずりしてくる。

「……あのね。後悔してたの」

「はい」

　人一倍シャイな先輩だが、ふたりきりの時はこうして甘えてくれるようになった。

　人目があると駄目っぽいが。

「あの時に、みんなが必死になっている時に……わたし、役に立てなかった」

「はい」

それは『人食鉱山《カニバリズムマイン》』レイド防衛戦の時だろう。

俺たちが突撃隊となっている間に、先輩たちが拠点を守り通した激戦だ。

お菓子の迎撃拠点を見て、その時のことを思い出したのだろう。

「みんな気絶しちゃうくらい頑張ったのに、わたし、役立たずで」

何も言わずに鬼灯先輩の頭を撫でる。

それは心の問題だ。

俺が何を言っても気休めにしかならない。

「もっと、みんなの力になりたい……」

「大丈夫です」

「叶馬くん。……ぁ」

潤んだ瞳で見上げる鬼灯先輩にキスをした。

俺にできるのは、自信が持てるように励ますことくらいだ。

いや、本当に。

気を許した子猫が身を寄せるように、鬼灯先輩が身体を預けてくる。

膝の上に先輩の小さな身体を抱っこした。

「……あ、う」

お胸に触れると恥ずかしそうに身を捩る。

つつましいお胸でも感度は抜群だ。

上着の中に手を入れて、ダイレクトお胸アタックをする。

クニクニと固い痼りをほぐしていると、先輩のガードが弛んでいく。

ぽーっとしている鬼灯先輩のお尻に手を滑らせて、恥ずかしがる前にするっとショーツを下ろした。

「ひゃ、あ」

小柄な先輩ではあるが今までに何度も肌を重ねている。

ちゃんと女性の身体になっており、蜜柑先輩より慣れるのは早かった。

両足の間に差し入れた指で、しっかりと穴をほぐしておく。

俺の腕を両手で握っている鬼灯先輩は、ゆっくりと身体をポカポカにさせていく。

とろんと蕩けさせた顔がとても可愛らしい。

「……ぁ」

痛いくらいに突っ張っていたブツを開放すると、先輩がビクッと震えてしまう。

直視される俺のブツはクッキーよりも硬度ギンギン状態。

「入れ、るの？」

「はい」

可愛く視線を逸らした先輩が、脱力しているお股を自分で開いてくれた。

「あ、んう」

ぐいっと先っぽを穴に嵌め込んだ。

亀頭の括れが、小さな穴の輪っかを潜り抜ける。

トロトロになるまで弄っていた場所に抵抗感はない。

ないのだが、辛いようならこの状態でも別に。

先っぽだけでユルユルと捏ねていたら、唇を尖らせた可愛らしい拗ね顔になってしまった。

「ん、あぁ、んぅ」

俺の腕を抱え込んだまま、自分でお尻をぐいっと下ろしてくる。

一気にズルッと奥まで滑り込んでしまう。

その感触が気持ち良かったのか、鬼灯先輩は腰を抜かしたようにピクピクと痙攣した。

意地悪したいわけではない。

だが、自分だけに甘える警戒心の強い子猫属性、というのは男の子的によいものです。

お股をモジモジと捩らせながら、寝たふりを続けてくれるおふたりに感謝。

「あ、ぅん、叶馬くん、叶馬くん……」

身悶えながら腰を揺する鬼灯先輩だ。

もはや遠慮は要らないだろう。

「あんッ、あんッ、あ、ぅ、ンッ」

椅子がギッシギッシと軋む勢いで、小柄な先輩の身体を揺すった。

挿れている場所は柔らかくも熱く搾り込んでくる。

太股を抱え込んで動きやすいようにサポートした。

ギュッとしがみついている先輩の身体は、汗ばむほどに熱かった。

「あっ」

と、最後に一声漏らして、ギュウッと縋りつく鬼灯先輩がビクビクッと痙攣する。

いわずもがな、俺も大量にほとばしる子種を胎内に注ぎ込んでいた。

背中に手を回して、首元をハムハムと愛嚙してくる子猫さんである。

延長戦になるのも已《や》むを得ない。

「休憩、必要です……交替、要望です」

「あのぅ。叶馬くん、私たちも……」

むくっと起き上がったふたりがインターセプト。

そうなりそうだと思っていました。

早速とばかりに脱ぎ始めたおふたりだ。

芽龍先輩は下から、朱陽先輩は上から、そして鬼灯先輩はギュッとしたままゴロゴロと甘えてます。

問題はない。

当方に迎撃の準備はできている。

可愛らしく色っぽい下着姿となったふたりもまとめて抱き寄せた。

「お菓子のお城、うまー」

目をキラキラさせてお菓子を食べているのは、いわずと知れたワンコ先輩である。

夏休みになっても日参している食いしん坊さんだ。

だが、このサイズであればひとりで食べ尽くすこともあるまい。

入れ替わりでやってくる寮生のみんなも、ビジュアルに感心しながらクッキーを摘んでいた。

欠けたり割れたりしているジンジャーブレッドマンに首を傾げたりしている。

そしてクッキーを食べると喉が渇くので、鬼灯先輩のブレンドティーも大人気。

おずおずとティーポットを準備して、お礼を言われてビクッとしたりしていた。

鬼灯先輩はもうちょっと自分に自信を持ったほうがいい。

実際にレイド拠点の防衛戦でも、恐らく一番活躍したのは彼女だった。

これは凛子先輩から聞いた話。

みんなが倒れていく中、最後まで城壁を守って立ち塞がっていた。

必死すぎて回りが見えていなかったのだろう。

広範囲のモンスターを麻痺させたり寝かせたり同士討ちさせたり、近づいてきたモンスターは串刺しにして。

最前線で戦いながら、一度も後ろを振り向くことなく。

みんなを守ったのだ。

もちろん、彼女ひとりが活躍したのではない。

みんなが必死に、仲間を守りたいと頑張ったからだ。

だから俺は先輩たちを尊敬する。

「それはそれとして、お仕置きはしますが」

「ふにゃー、なんでお仕置きされるのっ？」

パタパタと暴れる梅香先輩を捕獲したので、お仕置き部屋へと連行である。

《了》

EXミッション：ウェルカムトゥハンティングワールド

生徒の自主性を重んじる。

豊葦原学園で最重視されているスローガンだ。

それは往々にして責任回避や建前、お題目ともいわれる。

学園が管理しているのは治安の維持だ。

組織的な反抗や暴動がなければ、生徒の活動に干渉することはない。

生徒は自分たちのルールを作って学園生活をエンジョイしていた。

「センパイ。ありがとうございます」

「ホント助かります」

初々しさの残る女子グループがはしゃいでいた。

無邪気な明るさは、まだ学園での立ち位置が定まっていない証拠だった。

生徒は一年を待たず二種類のタイプに分かれる。

学園に順応してダンジョン攻略に身を投じるか、馴染《なじ》めずに用意された日常の箱庭へ逃避するか。

「これもボクの役目だよ。気にしなくていい」

彼女たちを引率しているのは橙鶫荘の寮長だった。

背中まで伸ばされた艶髪に、落ち着いた仕草。

彼女たちにとっては頼れる先輩だ。

寮生活のルールだけでなく、学園生活での必要なルールも教えてくれる。

「私たち、橙鶫荘に入れてラッキーだったたって思うんです」

「だよね～。効率のいいバイトとか教えてくれるし」

「恵恋《えれん》センパイ様々ですよ」

「バイトじゃなくてクエスト、だよ」

豊葦原学園の学生寮は、その大半が既存の建物を改築したものだ。

寮生の収容人数もピンキリであり、橙鶫荘のような二十人程度の小規模民宿タイプもあった。

そんな数多くの学生寮が敷地内に点在している。

学園の監視は行き届いておらず、管理はほぼ寮生に任されていた。

「本当に効率がいいのは、ダンジョンのクエストなんだけどね」

購買部のクエストラウンジから出た恵恋が、後輩へのアドバイスを続けた。

学園が用意しているクエストの多くは、日常生活のサポートも兼ねている。

ダンジョン攻略に不慣れな一年生には、貴重な『銭』を獲得できる手段だった。

それに詳しいということが、どういう意味であるのか。

まだ彼女たちは察していない。

「え～、無理ですよ。モンスターと戦うとかホントもう無理っていうか」

「わたしもです。センパイからマップ教えてもらって、やっと第三階層まで到達できたんですから」

「モンスターから追っかけられてチビっちゃいそうでした」

「……そっか。そうだね」

キャッキャと賑やかに笑っている彼女たちは、やはり自分と同類になりそうだと恵恋は悟っていた。

それが普通で、生徒の大半が同じだ。

特に女子生徒がそうなるのは、クラスを獲得するまでの難易度が関係している。

レベルアップとクラスによる肉体強化の恩恵は男女平等。

高レベルになるほど性別の違いは誤差になっていく。

それでも、ただ最初のボーダーラインを超えることができるかどうか、それだけの差がとてつもなく大きい。

「センパイ、学食で一緒にお茶しませんか？」

「ですです。まだ時間に余裕はありますし。休日なら待ち時間もないですよ」

「そういえば、学食のフードデリバリーって結構よさそうなクエストでしたよね？　なんで受けちゃダメだったのかなって。男女の指定があるのは変だったけど、女子のほうがチョイ割高になってたし……」

まだそのクエストは早いと、恵恋に引き止められていた。

コネを作りたい相手を見分けられるまで、お勧めできないクエストだ。

「お誘いは嬉しいけど遠慮しておくよ。人と会う約束があるんだ」

「あ、それって彼氏、っていうかセンパイのパートナーさんですか？」

「昨日も呼び出しありましたよね」

「今度、私たちにも紹介してくださいよ〜」

「機会があったら、そうするよ」

賑やかな後輩たちと別れて階段を下りる。

休日の校舎に人影はない。

購買部や学生食堂から離れれば喧騒も薄れていく。

「おう、恵恋。お疲れだったな」

「……はい」

教室棟への連絡路。

自動販売機前のベンチに、彼女をパートナーにしている男子が座っていた。

彼との付き合いは長い。

目をつけられて以来、もう二年以上もパートナーの権利を握られている。

今まで何度もパートナー交換されてきたが登録名義までは変えられていない。

スワッピング相手も同類であったから、口約束でも問題なかったのだ。

飽きて放置されていたはずなのに、最近また近づいてきて関係を強要されている。

「お前が寮長になってるとかマジ笑えんだけど。けどま、ラッキーだったわ」

「はい」

彼の言葉には、はい、と答える。

そう調教されてきた。

廊下の真ん中で、背後からスカートを捲られる。

平日は生徒であふれる通路で、下半身を丸出しにされる。

着痩せするむっちりとした恵恋の臀部には、品のないピンク色のショーツが食い込んでいた。

フリルの飾りや際どいデザインも、全部パートナーの好みに合わせたものだ。

「ほれ、ご褒美だ。ご主人さまがホンモノ挿れてやるよ」

下着の底にはスリットが入っていた。

肝心な部分は最初から丸出しになっている、そういうデザインだった。

内側の肉スリットが開かれると、ムッとするほどの濃い性臭が立ち昇る。

ショーツに結わえてあったコードを引っ張ると、てらてらと濡れた溝が内側から捲られていく。

「はぁ……んん、ぅ」

吐き出されたふたつのボールは鈍く振動していた。

電池切れ寸前のオモチャを回収した穴に、赤黒い血管の膨らんだナマモノが埋め込まれていった。

「すっかりグズグズになってんじゃねーか。お前、本当オモチャが好きだよなぁ」

「あっあっ、んっんぅ」

「ムラついてっと、ヤリ飽きたお前の穴でも捗るぜ」

確認するように奥まで穿られ、尻がパンパンっと鳴らされた。

廊下の真ん中で性処理行為が続けられる。

「さっき足元に汁が垂れ落ちてたぞ。もっとデカい栓を填めてほしいか？」

「はひっ」

「ヒヒッ。そんじゃあ、もっとスゲェオモチャを準備してやるよ。楽しみにしとけ」

スカートを手綱《たづな》にしてリズミカルに股間を打ちつける。

恵恋は膝に手をついて、差し出した尻をされるがままに使用されていた。

パンパンッとリズミカルな音が響き、振動で尻肉を波打っている。

青姦も性処理セックスも今更だ。

今まで彼に散々ヤリ尽くされて、貸し出された他の男子にもヤリ回されてきた。

それがダンジョンに順応できなかった生徒の日常だ。

「そうそう、さっき味見した一年は悪くない具合だった。ありゃ期待できるわ」

「あうっ」

「本人に自覚はねぇから心配すんな。ちょっとケツに『落書き』してやったからな」

新鮮な触媒さえあれば、ダンジョンの外でも簡単なスキルは発動できる。

低レベルの初心者が相手なら、それで充分だ。

「ふぅ……よし。今夜がホンバンだ。しっかり準備しとけよ。しばらくお前の寮をヤリ場にしてやっから」

「は、はい、ぃ」

ピクピクと震える恵恋の尻が、バシバシと苛立たしげに引っぱたかれた。

「つたくマジでウゼェ。なんで俺らがコソコソ隠れなきゃいけねーんだっての、クソッ」

奥でどっぷりと仕込まれる子種が下腹部を炙っている。

恵恋はペニスが抜かれた後も、腰を掲げたままヒクヒクと痙攣していた。

橙鶫荘への帰り道。

恵恋の足取りは重かった。

パートナーの思惑はわかっている。

彼は悪い意味で名前を知られていた、不良倶楽部『お尋ね者《ワイルドバンチ》』の一員だった。

今はもう解散している倶楽部だが。その部員までもが消えたわけではない。

散らばった悪意の種は残っているのだ。

実際、こうして忘れられていた古巣に寄り集い、新しい溜まり場を作ろうとしている。

「……なんで、今更」

吐き気がするほどに忌々しい。

好感度がゼロどころか、マイナスの相手だ。

好き勝手に弄ばれて、望んでもいないメスの肉体に仕上げられた。

彼に隷属させられた身体は、同類の不良たちにも共有されてきた。

そして飽きて放置されていたのだ。

「……なんで、逆らえない、の」

ご褒美を注入された下腹部は、蕩けるほどの至福に疼いていた。

放置されている間、それでも彼の札付きになっている自分には誰も寄ってこなかった。

ずっと欲求不満を堪えていたのだ。

こうして軽く弄ばれただけでも身体は満たさてしまう。

彼の言葉にも逆らえない。

寮長として慕ってくれる後輩が狙われても、従うことしかできない自分が情けなかった。

「……誰か、助けて」

学園に訴えても無駄だった。

要望として受理されても対処はしてくれなかった。

生徒間のトラブルは自己救済が基本だ。

寮長会議で相談することもできない。

自分たちの権利も守れない学生寮など、他から食い物にされるだけ。

だが、このままでも同様になる。

パートナーの目的は、橙鶫荘を彼らの溜まり場にすることだ。

橙鶫荘は最小規模の女子寮。

施設は古くて校舎からも離れており、レベルアップした寮生はすぐに他の寮へと引っ越してしまう。

寮長を任されている自分が一番レベルも高い。

だが、自分だけでは彼ひとりが相手でも抵抗できない。

そして今夜、彼は他の同類連中も連れてくるのだろう。

また橙鶫荘は彼らのセックス小屋に成り果てるのだ。

寮生は誰も逃げられない。

簡単に彼らのオナペットにされる。

朝から晩まで、汗だくで汁だくのセックス漬けだ。

去年まではそうやって実際に、ワイルドバンチから長期休み中のオナペット別荘として使われていたのだ。

足を止めた恵恋が空を仰いだ。

「……かみさま、助けて」

届くはずのない、自分でも信じていない存在に請い願う。

青い空に雲はなく、色濃くなってきた枝葉が風にそよぐ。

彼女は神を崇めてはいない。

少なくとも信仰をライフワークにはしていない。

ごく普通の日本人的な宗教観をしているだけだ。

そのはずであった。

「ふむ」

小さな呟きは嫌にはっきりと聞こえた。

ビクッとして振り返ると、そこにヒゲメガネが立っていた。

そんなものが直立しているのは不自然極まりないのだが、インパクトのあるヒゲメガネに視線が吸われてしまう。

結果、装着している人間に意識が向けられず、ヒゲメガネが立っているとしか表現できなかった。

「……俺のことはスルーしろ」

「えっ、いや。それはちょっと無理がある」

額に手を当てた恵恋は、とっさにペルソナをかぶった。

言いなりに従うだけの弱い自分とは違う。

誰かを守ることができる、自分が理想とするペルソナを演じていた。

「キミ。ボクを尾行していたの？」

「いや、気のせいだろう」

断言するヒゲメガネの顔が逸らされた。

明らかに後ろめたいところのある態度だった。

「この先にあるのは小さな女子寮だけ。もしかして、キミは……」

「俺はただ尾行している通行人Aです」

「今、尾行って言った？」

「くっ。誘導尋問か」

何故か身構える通行人Aには気づかず、恵恋は震えそうになる足に力を込めた。

自分の計画は見透かされていたのか。

自分が何をしようと、あの男の掌からは逃げられないのか。

「少し気が早いんじゃない？　予定では夜にやってくるはずだろう」

適当に頷いた通行人Aが、ヒゲをビョインっと跳ねさせる。

「ふぅん。さては自分だけ抜け駆けして、先に楽しもうってことか」

「さて」

「それじゃあ困るんだよね。こっちにも段取りってのがあるんだから」

そう、すぐに橙鶫荘へ来られるのは困るのだ。

今はまだ残っている寮生がいるかもしれない。

すでに寮生のみんなには、しばらく橙鶫荘から離れることを承諾させている。

寮の改装工事という理由で説得したが、上級生のメンバーは厄介事だと気づいているはずだ。

学園の流儀に慣れていない一年生には、泊まり込みのクエストを紹介してきた。

ヤツらがやってきても橙鶫荘にいるのは自分だけだ。

自分だけは残らなければならない。

彼らが出し抜かれたと気づいたとき、苛立ちや鬱憤をぶつける生贄がいなければ何をするかわからない。

だから、これは。

どうしようもない時間の始まりが、少し早まっただけのこと。

「まったく、しょうがない。ボクが暇潰しの相手になるよ。勇み足で獲物に逃げられたら困るんだろ？」

あの男とつるんでいる連中は仲間ではない。

利害の一致したハグレ者が寄り集まっているだけ。

だから、自分が先走ったせいで失敗するかもと脅せば、きっと諦めるはず。

「それは正しい」

ヒゲメガネ男子が同意するように頷く。

「逃げ回る獲物のハンティングには待つことが重要だ。相手に気づかれぬよう身を潜めて罠をはる。それと気づかずに自分から飛び込んでくる獲物を待つ。ああ、狩場から逃がさない準備も必要だ」

「あ、あ、ああ……」

見透かされていた。

寮のみんなを巻き込まず、自分だけが獲物になればいい。
そんな薄っぺらい自己犠牲など、すべて見透かされていたのだ。
何をやっても無駄だ、絶対に逃げられない。
幾度も繰り返し、身体にそう教え込まれてきたではないか。
崩れ落ちそうになる恵恋の身体が、荷物のように抱きとめられた。
「では、行こうか」
狩場へと連行される彼女は絶望に沈んでいた。

＊　＊　＊

日の暮れた山道を、四人の男子が歩いていた。
学園の敷地は広大で、ほとんど森の中に沈んでいる。
校舎から遠い学生寮なら、通学で一時間ほども歩かなければならない。
橙鶫荘はそんな僻地《へきち》にある小さな女子寮だ。
多少声が漏れたとして、誰の耳にも届くことはなかった。
「女子寮ジャックは久し振りだなぁ」
ポケットに手を入れている男子が、すでに固くしているモノのポジションを弄る。
とある事情により、彼らはフラストレーションを溜めていた。

人目をはばかることなく発散できるのだと思えば、童貞のように熱《いき》り立ちもする。
「しばらく世話になろうぜ。ひと月くらい、じっくりと腰を据えてさ」
流石に学生寮を丸ごと占領するような真似をすれば、学園の治安維持案件になる。
だがそれは表沙汰になって、正式に被害届が出された場合だ。
騒ぎにならず、また個人の訴え程度なら間違いなく黙殺される。
「雑魚が二十四くらいだろ。ま、一週間みっちり仕込んでやれば大人しくなる」
ニヤニヤと笑っている男子が、小さな民宿ほどの女子寮を見上げる。
彼らは今までに何度も橙鶫荘をジャックしてきた。
最初は去年の夏休み。
ワイルドパンチの夏合宿施設として占領した。
その時は期間中、寮生を一歩も外へ出さずに寮の中で飼い殺している。
他にも各部員がオナホペットを連れ込み、ヤリ捲りの爛れた乱交合宿場になっていた。
「先に新人を味見してやったぜ。まぁ、初々しくて悪くなかったわ」
恵恋寮長をパートナーにしている男子が舌舐めずりをした。
彼らは四人とも『お尋ね者《ワイルドパンチ》』の元部員だ。
当然、去年の夏合宿にも参加している。
それは倶楽部総出のレイドクエストみたいなものだった。
二十名もの女子を監禁して管理しようとすれば、それくらいの人手は必要になる。

実際に彼らはクエストをヤリ遂げ、橙鶫荘はメンバーが自由に使えるヤリ場のひとつに成り果てていた。

だがそれも、Bランクの快適な部室環境を獲得するまでの話だ。

「ああ〜、ムラムラして堪んねぇ」

「オナホも抱き枕もご無沙汰だしよ。マジ溜まってんだよ」

「俺もだ。さっさと犯ろうぜ」

「待てよ、早漏どもが。戸締まりの確認が先だろ」

昼に軽く発散させた男子が、他三人のケツを叩いた。

彼らは人目を避けて、ずっと男子寮に引き籠もっていたメンバーだ。

用心深い連中だったが何事にも限度はある。

「おぅ、カンペキな仕事じゃん。板戸まで締め切ってやがる」

「裏口にもブロックが積んであったぜ」

「へへっ。俺が教育してやった女だぜ。お前らのオナホとは出来が違うんだっての」

中から外に出られない戸締まりは、ほぼ完璧な仕上がりだった。

残るのは彼が入って、しっかりと施錠した玄関のみ。

「……うし。まずは一階から制圧していくぞ」

「最初は縛るだけにしろよ」

「ま、新入り以外はすぐに思い出すだろ」

彼らも四人だけで橙鶇荘を封鎖できるとは考えていない。

だが、古参の寮生はすでに何度も屈伏させている。

場末の下級寮に住み続けているということは、他に行き場所がない落ちこぼれの証明だ。

新入りを騒がなくなるまで躾けてやれば、後はどうとでもなる。

ほとぼりが冷めるまで、女子寮に潜んで寄生することができる。

足音を忍ばせる彼らが、明かりの灯ったリビングホールへと入った。

「……あっ、あっ、はぅ、ボク、ボク…また、いく……」

談話室とも呼ばれるスペースには応接セットが設置されていた。

廊下から覗いた彼らを、ソファーに腰かけたひとりの女子生徒が出迎えた。

胸元のはだけたブラウスに捲り返されたスカート。

自分で尻を揺すりながら身悶えている。

たゆたゆと乳房を弾ませる彼女の顔は、うなされるように蕩けていた。

「おい、コラ……なにヤッてやがる。恵恋！」

あれほど恐れ、依存していたパートナーの怒声を尻目に、恵恋は下腹部を震わせながらイッていた。

「あ、やだ……抜かない、で」

彼女の甘えた声も、おねだりの仕草も、パートナーの男子が初めて見るものだった。

恵恋の椅子になっていた存在が、ゆっくりと首を傾げて彼らを見据える。

「ウェルカムトゥハンティングワールド」

髭付き丸眼鏡の奥から、妖しい光が放たれていた。

＊　＊　＊

告白しよう。

とても楽しいイベントだった。

本来、俺は『待ち』という戦術があまり好きではない。

魚が欲しくなったら釣りをするのではなく、岩を打ち砕いてガッチン漁をするタイプ。

ガッチン漁は石打漁《いしうち》とも呼ばれる禁じ手。

岩を破壊する衝撃波で、水中の獲物を一網打尽にできる。

だが、一般生徒に混じった獲物をガッチンハントするのは、周囲に迷惑がかかりすぎる。

「残っているのはゴキブリみたいな連中ですから」

お尋ね者リストを手にした静香もあきれていた。

コツコツと続けていたワイルドバンチの残党掃討も、残り数名というところまで減っていた。

コアメンバーは潰したのだが、最後まできっちり処理しておきたい。

粘着質と俺を責める人間は、きっと平和な人生を送っているのだろう。

一度敵対した相手、特に集団の場合は、完膚なきまでに叩き潰しておかないと後を引く。

顔を上げて、睨みつけてくるようでは駄目だ。

顔を上げて、媚びるような泣き顔になっていても駄目だ。

地面を見据えたまま、無言でブルブルと怯えるようになって、初めて和解という選択肢が出てくる。

そこまでやるつもりがないのなら、最初から争いなどするべきではない。

それはさておき。

ワイルドバンチの残党は姿を消していた。

授業をサボって校舎にも近寄らず、柿音先輩が掌握している学園ネットには足跡すら残さない。

実に見事な隠形《おんぎょう》だった。

自分が狙われている匂いに敏感なのだろう。

警戒している獲物に、正面から近づくのは愚策。

「お任せください。策があります」

ブラック静香さんから預かったのは残党メンバーのプロフィールだった。

蛍光ペンで強調されていたのは連中のオフィシャルな人間関係、つまりパートナーにされている人物の情報。

本人が警戒していても周囲の人間は別だ。

目星をつけた女子生徒を尾行していた俺は、幸運にも獲物をまとめて釣り上げることに成功した。

少しばかり狩場が破壊されたり、汚い汁を撒き散らしたりもしたが問題なし。

「でも、責任は取ってもらうよ。ヒゲメガネくん」

「……改修の依頼はこちらへ」

誤解により巻き込んでしまった先輩さんが、逃がさぬよう腕を組んできた。

「ここは乙葉ちゃんの寮……そっか。噂の君は、キミだったんだ」

麻鷺荘の寮長をご存じだった模様。

請求もそちらに回していただければ幸いなのだが。

「寮の補修もそうだけど、ボクを寝取った責任は……たまにでもいいから、取ってね」

パートナーを釣る餌に使わせてもらったのだ。

面倒ごとにならぬよう、最低限のアフターケアはします。

巻き込むつもりはなかったのだが仕方ない。

あの時、彼女に呼ばれた気がしたのだ。

先輩のクラスが『巫女』であることに関係があったりするのだろうか。

「忘れたり見捨てたりしたら、乙葉ちゃんに言いつけるから、ね？」

可愛らしくウィンクした恵恋先輩は、なるほど寮長としての強かさもあるのだと納得できた。

《了》

あとがき

六巻目を出させていただけた当作となります。

作中のキャラクターは作者が動かすよりも前に、勝手に世界を動かしていきます。

彼・彼女たちの活躍を楽しんでいただけますように。

お手になされた皆様には重ねて感謝を。

また、発刊でお世話になっている一二三書房の担当者様方、イラストレーターのアジシオ様、本作を応援してくださる読者の皆々様にお礼を申し上げます。

変わらず短いご挨拶となりますが、あとがきとさせていただきました。

この本を手にしている貴方へ。

物語の世界を楽しんでいただければ幸いです。

竜庭ケンジ

ダンジョンシステム紹介

・異世界《レイド》クエストについて

ダンジョン内に発生した特異点の攻略クエスト。

学園においては、ダンジョンの中で発生した別のダンジョン、という認識がされている。

レイドクエストの入口は、通常ダンジョン階層に『門』という形で出現する。

ダンジョンの階層間を繋ぐ『界門《ゲート》』とは違って形状や大きさもさまざま。

一般的にレイドの規模が大きいほど、レイドゲートのサイズも大きいとされている。

レイドはダンジョンにおける特異点であり、通常のダンジョン法則からは逸脱している。

故にダイレクトでレイドゲートを潜るのは推奨されていない。

学園の羅城門システムには、レイドクエスト専用の第伍『極界門』が用意されており、そちらを媒介するのが一般的。

レイド内部は独立した世界であり、時空間がダンジョンと同期していない。

レイドの規模による『時空圧差』が存在し、外の世界との時差が大きいのが特徴。

レイドクエスト内部においては、モンスターを討伐しても瘴気の還元現象が発生しない。

つまり、通常ダンジョンとは違い、ＥＸＰの吸収、結晶化が発生しないことになる。

レイドゲートの出現位置は固定されていない。

それは、レイドと呼ばれる特異点が、ダンジョン内を移動しているからだと推測されている。

泡世界は現世との接合地点、即ち地球上にある通常ダンジョンへの入口へと引き寄せられている。

レイドが地上へと『顕界《アドヴェント》』した場合は、世界汚染災害《ワールドルールポルーション》が発生する。

この世界を形作っているさまざまな法則が、融合・変質・書き換えられてしまう。

実際、過去に世界汚染が幾度も発生しており、今なお地球上の各地に存在している。

レイドは駆逐しなければならない。

それは、この世界に存在する者、全ての義務である。

・異世界《レイド》クエスト難易度について

初級【ビギナーランク】

一般的なパーティでの攻略を推奨、平均時空圧差二倍。

中級【ミドルランク】

複数のパーティによる攻略を推奨、平均時空圧差四倍。

上級【ハイランク】

複数のパーティによる長期的視野の攻略が推奨、平均時空圧差六倍。

超級【ハイパーランク】

ハイランクの複数倶楽部による長期的視野の攻略が必須、平均時空圧差八倍。

極級【アルティメットランク】

攻略不可能級、平均時空圧差十倍。

・異世界《レイド》クエスト様式について

王権【ダイアデム】
ボーダーラインを越えたモンスターを核として発生する特異点。
ダンジョンに発生する異世界としては一般的なもの。
攻略手段はコアになっているボスの討伐。

付喪【レガリア】
特殊なアイテムが核となって発生する異世界。
特異点化するアイテムの基準については不明。
攻略手段は対象のレガリアアイテムをレイド領域から回収すること。

根源【プリミティブ】
ダンジョン内の元素精霊《エレメント》バランスが臨界まで偏ると発生する特異点。
攻略手段は対応するエレメントアイテム群をレイド領域から回収すること。

伝承【レジェンド】
かつて存在した伝説・物語・伝承などが投影された異世界。発生原因は不明。
攻略には投影の元になっているストーリーが深く関係してくる。

侵略【バルバロイ】
一般生徒には公開されていないが特殊なカテゴリーのレイド。
異世界の侵略者、及びその尖兵群。著しく危険度が高い。
通常のセオリーが通用せず、難易度もランクに比例していない。

・異世界《レイド》クエストの記録資料より抜粋

名称：『轟天《ごうてん》の石榴山《ざくろざん》』
強度：極級
様式：王権
学園でも古くから存在を確認されていた攻略不可能級レイドクエスト。
領域を安定化させるために定期的な攻略部隊が投入されていた。内部に存在していたモンスターは新世界級。規格外な領域の広さ、厳しい山岳地形と多種多様な棲息モンスターにより攻略不可能認定を受けていた。ダイアデムボスは『鵺』、若しくは『百雷鳥』だったと推測されている。

名称：『海淵の悪魔』
強度：超級
様式：伝承

核になっていた伝承は『白鯨《モディディック》』。レイドの存在は比較的昔から確認されており、日本のみならず世界各地のダンジョンに出現していた。知名度の高い伝承レイドについては、攻略された後も再発生する可能性がある。

名称：『餓者髑髏《がしゃどくろ》城《じょう》』
強度：上級
様式：付喪

極級認定されつつある巨大なレガリアレイド。核になっているのは『安土城』そのものだと推測されている。髑髏武者『織田信長』率いる髑髏軍団が守護する城には、強力なマジックアイテムが眠っている。レイド領域が拡大し続けており推移には注意が必要。

名称：『テュイルリー興廃園』
強度：上級
様式：伝承
　フランスのテュイルリー宮殿にまつわる伝承が元になっているレイド。常に炎上している宮殿では、晩餐会と革命の夜が繰り返されている。レイド領域に銃火器が存在している珍しいレイド。また、NPCが多いレイドクエストとしても有名。NPCのお持ち帰りチャレンジはそこそこ成功率が高い。

名称：『昆虫王獄《ファーブルヘブン》』
強度：中級
様式：不明　※侵略※
　さまざまなタイプの大型昆虫が存在していた自然領域型レイドクエスト。
※一般生徒の閲覧禁止※
推定は昆虫優位世界からの尖兵、あるいはその残滓。
攻略レイダー複数人の未帰還報告あり、記録は抹消済み。
レイド領域の完全消滅を確認。レイド領域内のドロップアイテムはすべて回収済み。
調査報告は別途。

名称：『ナイトラウンジ』
強度：初級
様式：付喪
マジックアイテム『デュランダルの影刃』を核として構成されていた異世界。
聞き取り調査により簡易ギミックの存在が確認されている。
伝承寄りではあるものの、核となっていたのは魔剣だと判断された。

名称：『黒瓦蝋尼加《メガラニカ》』
強度：不明
様式：融合
地球上に顕界《アドヴェント》した経歴不明、由来不明、来歴不明の巨大なレイド領域。
顕現した場所はハワイ諸島の北西に位置する公海上。
活性化状態にある地上のレイド領域としては最大規模。
現在は複数の国際的な組織で管理されている。
海上メガフロートにして国際連合学術研究都市。

転生貴族の異世界冒険録
~カインのやりすぎギルド日記~
原作：夜州
漫画：香本セトラ
キャラクター原案：藻
レベル1の最強賢者
原作：木塚麻弥
漫画：かん奈
キャラクター原案：水季
我輩は猫魔導師である
原作：猫神信仰研究会
漫画：三國大和
キャラクター原案：ハム